商务印书馆(成都)有限责任公司出品

大书特书

One for the Books

Joe Queenan

[美] 乔·昆南 — 著

陈丹丹 — 译

商务印书馆
The Commercial Press

One for the Books
by Joe Queenan
Copyright © Joe Queenan, 2012
This edition published by arrangement with Viking, a member of Penguin Group (USA) Inc.
Simplified Chinese edition copyright © 2014 Shanghai Sanhui Culture and Press Ltd.
Published by The Commercial Press
All rights reserved including the right of reproduction in whole or in part in any form.

献给爱书人斯基普·麦戈文

目 录

第一章　远大前程　　　　　　　　　　1

第二章　没有名字的脸，没有号码的包　31

第三章　翻开书页　　　　　　　　　　63

第四章　架上期限　　　　　　　　　　89

第五章　准备惊讶　　　　　　　　　121

第六章　斯德哥尔摩综合症　　　　　159

第七章　别的声音，别的房间　　　　199

第八章　生命支持系统　　　　　　　229

致谢　　　　　　　　　　　　　　　253

第一章

远大前程

一般的美国人一年读书四本,一般的美国人觉得这样的阅读量已经足够。竞选高官的人往往觉得这个数目太可怕,没必要如此严格,所以他们有时候也弄不明白达尔文究竟怎么论述雀鸟的喙,记不清楚特洛伊罗斯与克瑞西达[1]谁是谁。这两个问题的答案我都知道,可我觉得这不能作为庆祝的理由,更不值得夸耀。虽说我每年至少读上一百本书,哪怕两百本也稀松平常,但到了新年前夜,我还是觉得一事无成。

　　我每天至少花两小时看书(虚构类占大多数),还有两小时读报刊杂志,为工作做准备,而我的工作主要是嘲笑笨蛋和无赖。理所当然的读书场所我自然不会放过——家、办公室、火车、汽车、飞机、公园,还有私家花园——但我也在戏院、音乐厅、拳击赛场上读书,还不一定是中场休息的时候。我一边读书一边等喝醉的朋友从拘留所保释,我一边读书一边排队做半月板修复手术,我一边读书一边等人从昏迷状态中恢复,我一边读书

---

[1] 特洛伊罗斯与克瑞西达(Troilus and Cressida)是古希腊神话中的人物,莎士比亚写过同名悲剧。——译者注(本书注释均为译者注,以下不再一一标示)

大书特书

一边等送冰的过来[1]。不止一次,我为了忘掉地铁车厢那一端的小混混而埋头读书;至于为什么会在深更半夜独自乘坐地铁,我自己也没法解释。不论走到哪儿,我都会带上本书,比如在超市排队结账,在陪审团任命期间,或者在等待那些我不怎么认识也不太关心的人的时候。不管身居何处,我都能读书,只有一个例外——厕所。我觉得在厕所里阅读的行为粗俗到无法用语言描述,而且对写书的人也不尊重,除非这位作者糟糕到令人发指的程度。

我沉醉于"偷吻"带来的喜悦。高中的时候,坐在我前面的男生壮如犀牛,我经常把《诺博士》或《海底城》[2]架在他的后背上,兴致勃勃地阅读詹姆斯·邦德惊心动魄的历险,而老师正喋喋不休地解释拉丁语夺格[3]、遗传学谬误以及光合作用。大学暑假,我在一家泡泡糖工厂值夜班,时常自告奋勇,爬进天花板上的烟囱里打扫卫生;那些更老、更胖的全职工人才不愿意接这份活。他们就算不恐高,也怕爬梯子。一旦在我的不锈钢鸟巢里坐稳当了——至于这里头究竟有多脏,下面的人根本没办法核实——我便会隔一段时间弄出点声音,造成正在打扫的假象,然后在糖和碎片的环绕下读上一整夜 F. 斯科特·菲茨杰拉德。

二十多岁时,我在毫无乐趣的费城郊区 A&P 仓库打工,负责往卡车上运货。深更半夜休息时,我也会读书。为此,那些和我一起工作的卡车司机可没给我好脸色看。保险起见,我从不

---

[1] 作者在此处用美国剧作家尤金·奥尼尔(Eugene O'Neill)的名作《送冰的人来了》(*The Iceman Cometh*)开玩笑。

[2] 两本书都属于 007 系列。

[3] 夺格(Ablative Case):又称离格或状语格,是拉丁语名词的曲折变化之一。

当着他们的面读俄国文学、存在主义、诗歌或者类似《塞维涅夫人书信》这样的书,免得他们扑上来把我撕成碎片。在"复仇之日"[1]反战示威风头正健的华府,满耳皆是皮特·西格[2]的班卓琴声,我为了转移注意力,读起了遭官方制裁的反传统文化书籍,比如《荒原狼》《东方之旅》和《悉达多》,很符合时代潮流。有一回,我在费城运动场一边看杰瑞·加西亚[3](Jerry Garcia)表演歌曲《Truckin'》,一边把《煎饼房》[4]从头到尾读了一遍。等他快唱完的时候,我已经准备读《在我弥留之际》[5]了。我经常从野餐、生日聚会、足球赛的中途偷偷溜出,躲在小树林、车库或无人光顾的凉亭里读一会儿书。书籍一直是我的安全阀,而当一本书在最意想不到的地方从天而降,就堪称神迹了。书的存在好像在告诉我:这间房子里的笨蛋太多了。伊迪丝·华顿[6]也许已经死了,但她还是比这帮蠢货有意思得多。

我总是抓紧时间阅读,不肯放过任何机会。一天只有二十四小时,其中七小时得用来睡觉。在我看来,剩下的十七小时中至少有四小时应该花在读书上。当然,一天四小时无法满足我的胃口。有个朋友曾跟我说,布莱姆·斯托克想通过《德古拉》告诉我们,人类需要活成百上千年才能读完所有想读的书。德古拉伯爵其实是个被人误解的书虫,数以万计的少女之所以惨

---

[1] 1969年10月持续三天的反战示威游行,主要在芝加哥进行。
[2] 皮特·西格(Peter "Pete" Seeger):美国著名民歌歌手,曾参与民权运动、反越战等各种抗议活动。
[3] 杰瑞·加西亚(Jerry Garcia):乡村歌手,加西亚乐队主唱。
[4] 美国作家约翰·斯坦贝克(John Steinbeck)的早期作品。
[5] 美国作家威廉·福克纳(William Faulkner)作品。
[6] 伊迪丝·华顿(Edith Wharton):美国作家。

遭不幸，并非因为德古拉是邪恶的化身，而是只有从她们细嫩的脖子上吸血，他才能活得足够长，直到把自己想读的书读完。这一说法的真实性我无从判定，因为我到现在还没能抽出时间读《德古拉》呢。

如果可能的话，我想一天读书八到十小时，日日年年都如此。甚至更多。读书是我最喜欢的事，再无其他。当我七岁那年，在一辆巡回贵格城[1]的流动图书馆上借书的时候，我就打定主意了。用弗兰索瓦·拉伯雷的话说：我天生如此。我知道自己为什么会对阅读如此痴迷：我阅读，是因为我想在别处。不错，我身处的世界、特别是这个社会还算差强人意，但书里的世界更美好。一个人要是特别穷，或者缺胳膊少腿，这种感觉就会更明显。当年，我受困于保障房内，面对表现糟糕的父母，才开始了疯狂的读书生涯，好像没有明天。而且我深信，这种每天甚至每个小时都会产生的逃离现实的欲望正是人们读书的主要原因。当然，我指的是聪明人。我的父亲也属于这一类，他九年级辍学后便走向自我毁灭之路，无休无止地从事了一连串毫无意义、磨灭灵魂的工作。但他几乎总是随身带着一本书。他读书就像喝酒，为的是假装他不在这里，就算他真的在这里，他也不想做他自己。我想，这种冲动是很常见的。不管他们的公开说法如何，也不管他们怎么自我安慰，大多数爱书人之所以读书主要不是为了获取更多信息、消磨时间，或者自我进步，甚至不是向C.S.路易斯说的那样，为了知道他们并不孤独。他们阅读，是为了逃入一个更激动人心、更有价值的世界。在那儿，他们不

---

[1] 费城的别名。

会讨厌他们的工作、他们的伴侣、他们的政府、他们的生活。

我这辈子已经读了七八千本书。虽没有做过详细的记录,但这个数目应该差不多。其中还包括不少像《布鲁克林有棵树》《情感教育》这些我读过不止一遍的书,还有比如《伊里亚特》《远大前程》《太阳照常升起》和《诺桑觉寺》这种重读过两遍以上的。(我无法解释最后那本是怎么混上榜的。)这里面垃圾书也为数不少:推理小说、西部故事、关于明星的畅销书——内容空虚,都是复制粘贴来的——还有我的姐姐瑞伊送给我的圣诞礼物,诸如《海因里希·希姆莱:纳粹党卫队和盖世太保头目的邪恶人生》《里昂的屠夫:臭名昭著的纳粹分子克劳斯·巴比》以及《莱尼:莱尼·里芬斯塔尔的作品》。我小时候就跟她说过,我对千年帝国没什么兴趣,看起来,她已经把这个观点牢记于心。八千本确实不是个小数,但算上推理小说、"海滩读物"、不折不扣的垃圾书,水分也不少。再怎么样,我也没有破纪录,据说丘吉尔一生中每天看完一本书,甚至当他忙着把西方文明从纳粹手中解救出来时也不例外。这个成就可了不起:因为不少人都说丘吉尔在整个二战期间都醉得不省人事。

我到五十一岁才开车。我不知道为什么;这个奇怪的生理疏漏我一直没搞懂;但事情就是这样。我怀疑,我一直没学车的主要原因是我太忙于阅读了,而开车会对我喜爱的生活方式造成无法弥补的伤害。多年来在火车、电车、地铁甚至缆车里的时光积累起来可不得了;如果说一个人一星期开车十小时——这个估算很低,特别是在得克萨斯、蒙大拿、苏丹这类地方——这十小时要是用来看书的话,应该可以看完两本了。那么,一年就是一百本,一辈子就是六七千本。所以说,莎士比亚、乔叟、爱默生、萨福都诞生在汽车时代之前并非意外。不错,现在我开车的时间多了,阅读量便不及以前。

我说的这些都是指传统意义上的读书。我是不听有声书的,就好比我不会去听意式焗面。听书缺乏那种特殊的、有个性的触感。而录制有声书的人——通常有点卖弄——夹在我与作者之间,就像多嘴多舌的讲解员夹在艺术爱好者和皮耶罗·德拉·弗朗西斯卡[1]之间,干扰他们的情感交流。更何况很多有声书都是删节过的,我要是真的对所读的东西感兴趣,一个字都不想漏下,哪怕是不怎么精彩的部分。

我也不做快速阅读。读书本是件闲情乐事,快速阅读似乎违背了它的本意。十三岁那年,我在学校图书馆里发现一个工具,可以通过转动手柄调整速率,令一把小尺在书页上滑动,就像死亡神庙的大门,一行行遮住字句,强迫使用者提高阅读速度。我猜它的效果不错,但用起来肯定叫人火大。这是那些六十年代做码表时间研究的专家发明的。在我小的时候,快速阅读十分风行,人人都想学会这一招。那帮大腹便便、胡话连篇的专家一再向我们保证,学会这个技巧,功名利禄便唾手可得。虽然他们自己是永远不会知道的。我从来不会在吃饭和看电影时快进,我也很少在性爱时快进,只有摩洛哥的那次除外,所以,我为什么要在读书时快进呢?只有那种很烂的书,我才会考虑速读。但现如今,我已经越来越不可能读烂书了,除非有人出钱叫我写评论,或者是遇到那种因为差到极点而引人注目的书。比

---

[1] 皮耶罗德拉·弗朗西斯卡(Piero della Francesca):意大利文艺复兴早期的画家。

如,一位热心的理发师曾送给我一本她在狱中的男友写的成长小说,其实是《吉尔伽美什史诗》[1]的当代版,背景在印第安纳州的韦恩堡。即便如此,我也不会选择快速阅读。当然,我读这些书的速度要比读《帕尔玛修道院》或者《白痴》快,但我还是会读完每个字的。大概正因为如此,我才没能飞黄腾达吧。

平均下来,我一年会读一百五十本书,不包括那些我为报刊杂志写评论的书。现如今我读的非虚构类书籍是越来越少了,仅限于《八月炮火》《达尔文、马克思、瓦格纳》《西方哲学史》以及《罗马十二帝王传》这类经典作品。这些书我也不是第一次翻开。关于时事的书我从来不读,我也几乎不读传记或回忆录,除非是和疯狂的非洲探险家或者乔治·阿姆斯特朗·卡斯特[2]或克劳斯·金斯基[3]有关的。自助类和励志书我更是避而不及;如果真想看什么自助手册的话,我宁愿试试《圣经》。

除非有人给钱,不然我才不读商人或政客写的书,关于这些人的书也包括在内。我也不建议别人去读。这些东西都差到不能再差。它们用的是同样的代笔人、同样的书稿顾问,哪怕那些自称亲自写作的,也会落入暴躁、平庸的文风俗套,显然是从他们同僚花钱雇用文人写的那些书里学来的。这些书读起来都一个样:励志,真诚,杀伤力大。评论这些书就好比评论刹车油:用起来不错,但谁又在乎?

---

1 美索不达米亚的史诗吉尔伽美什(Gilgamesh)是已发现的最早英雄史诗,在整个近东—中东地区广为传播,影响深远。
2 乔治·阿姆斯特朗·卡斯特(George Armstrong Custer):美国南北战争时期的军官。
3 克劳斯·金斯基(Klaus Kinski, 1926—1991):德国演员。

我读的书有一半在我家或者办公室；剩下的不是从图书馆借的，就是别人送的，或者我自己买的。我曾经每年至少买五十本书，但是几年之前我就不再这么做了，而是下定决心读或者重读我已经有的书。我的藏书中还有二百五十来本没读过的，以及两百多本我想重读的，这样一来，再买新书也没什么时间读了。总之，我需要三年来完成现有的工作量，增加新的材料只会降低产出。所以，我现在每年购书不超过二十本，通常都是一时冲动，想看本较为轻松、篇幅短小的书，于是便在机场或火车站买了。我还经常选择那些几年之前特别流行的书：《美声》《可爱的骨头》《戴珍珠耳环的少女》等等。我说的这类书，三十几岁的女人会在私家游泳俱乐部读得如饥似渴，任由快要淹死的孩子自生自灭。这些女人认准一条颠簸不破的文化准则：雄踞畅销书榜前列的书一定要在出版当年阅读，只要除夕钟声一响，就算没读完也得扔进垃圾箱。接着，她们会转向下一本极其热门的书，通常涉及市郊中产阶级离奇的自闭症，或者大胆的伦理观念。我曾经计划写一篇文章，题为"最后一个读《克莱里的曼陀林》的人"，可惜没有杂志愿意出钱买它。

当年的畅销书我从来不去读。我喜欢等上几年，待尘埃落定再回过头，看看有什么值得大惊小怪的。我通常还是会找时间读《午夜善恶园》和《少年派的奇幻漂流》的，就好比我通常会找时间弄清楚弦理论、比约克或者马岛战争到底是怎么回事。一般来说，这些书都不错，但称不上伟大之作，而且往往还被改编成了笨拙的电影，惹人发笑，这样的情况实在多得让人震惊——《赎罪》就是个明显的例子。依我看，伊恩·麦克尤恩在飞机上读再好不过。相比而言,乔纳森·弗兰茨[1]更适合在火车上读。至于哪位作者在公交车上读来最有意思,我还没找到。显然不是普鲁斯特。

* * *

直到最近,我才意识到书本完全主宰着我的存在。我开始为自己的收藏编目录,这才发觉家里的每个房间都有书,除了楼下的厕所。连我办公室里的三个房间也不例外。我之所以会忘记这个事实,有一个显而易见的解释:我是爱尔兰裔,书对于爱尔兰人,好比无处不在的自然景观,就像沙子对于撒哈拉的图阿雷格族人一样。正因为如此,我们才忘了在当代的美国家庭,书是格格不入的东西。书已经无法和周围的装潢搭配了,因纽特式的小玩意才更引人注目。17世纪,英国人在克伦威尔的指使下袭击翡翠岛[2],抢走了所有值得抢的,然后烧掉了剩下的东西。此后,爱尔兰人没有了土地,没有了财产,没有了未来。留给他们的只有文字,文字变成了书本,而书本与音乐和酒精奇妙结合,令爱尔兰人超越现实。这正是我小时候的经历。我出生在贫困家庭,经常饥寒交迫,连电视都没得看。但书始终陪伴我们左右。也是书终止了不幸。

无论白天黑夜,我的眼光所及总有书的踪影。一走进我家门,首先看到的就是书,来我办公室也如此。我的门厅里有一个文件柜和几幅油画,除此之外都是书。我家里的三个卧室里各

---

1 乔纳森·弗兰茨(Jonathan Franzen):美国当代小说家。
2 翡翠岛(Emerald Isle):爱尔兰的别称。

有一个书橱，另有两个书橱骄傲地占领了主卧的衣帽间。我的车库里有书，地下室里有书，阁楼里有书，丰田凯美瑞和锡耶纳里也有书。书无处不在，而且大多数都是好书。

我家的餐厅虽小，却有两个巨大的书箱。里面放着一套不完整的百科全书。孩子们小的时候，想知道戈黛娃夫人为何要裸身骑马——是和税收有关，还有易洛魁人为什么对囚犯态度那么差，于是我们在晚餐时间翻阅百科全书寻找答案。这套书是我们从垃圾堆里抢救出来的，少了六卷，到字母 T 就截止了。有些字母丢掉也无所谓，反而有助于小孩子发挥创造力。不过，字母 Z 开头的词有时候会难倒他们。最近我老婆说，既然孩子们都搬出去住了，我们也终于可以摆脱这些笨重的东西了。但我说不行。正因为有了这些书，我们的孩子长大成人才这么聪明、这么有好奇心，而他们的不少同学都长成了傻瓜。社会科学家（通常居住在瑞典）通过实验，观察从出生起就被分开的双胞胎，以及分离多年后重新团聚的领养的孩子。他们说，在书本环绕的地方成长对孩子的个性发展并没有多少可以量化的影响。他们坚持认为，本性总是比教养更重要。不过，社会科学家的结论经常是错的，特别是那些住在瑞典的。

总而言之，我拥有藏书一千三百七十四本，其中四百本在我的办公室。粗略统计，小说、短篇小说合集、剧本或诗歌占了七百多本，剩下的是关于历史、艺术和音乐的书。我老婆有几百本藏书，孩子们搬走后也留在家里两百多本书。"咖啡桌读物"和画册也有七十二本，比如：《花的性生活》《费利柯斯：世界最有名的猫的怪诞故事》。对于一般人来说，这些书已经非常多，但是在藏书家看来并不足为奇。即便如此，一般的美国人到我家来，是不会没书看的，全部看完大概要三百年吧，而且他不太可能有工夫看福楼拜未完成的小说《布瓦尔与贝居榭》的。我还有一百多本参考书、词典、旅游手册和语法书，还有大概三十本玩笑书。包括《印第安纳州居家良药》《限制级圣经》《莎士比亚的低俗作品》《如何建立自己的国家》《简易电脑花园》《合法妓院拥有者手册》《成为牙买加人》以及《给我好看：文学性爱描写读者指南》其中一些是作者自费出版的，其实大部分都是。这些愚蠢的书都是我在各地工作时有人寄过来的，我不会去读它们，因为这些书写出来就不是为了让人读的。但它们令我心情愉快，所以我把它们放在书架上显眼的地方。《印第安纳州居家良药》是普渡大学出版社二十七年前寄给我的，至于他们为什么这么做我一直没弄清楚。现在扔掉它已经没什么意义了。

我还保留了一小部分空洞、粗俗的书，兴许以后能派上用场，比方说，我要是被联邦仲裁法庭叫去作证，调查20世纪后半叶美国文化品味有多差的话。我把这些书锁在金属箱子里，放在办公室外的走廊壁橱。不然，我怕它们会释放热核反应放射物，污染我的其他藏书。这个箱子里装着帕特·罗伯逊90年代初精神错乱的长篇大论《新世界秩序》，这个呆头呆脑的电视布道者认为卡特总统的一些人事任命可能（至少是间接的）受到撒旦的喽啰影响。同样在走廊壁橱里腐烂的还有杰拉尔多·瑞弗拉罪恶的自传《自我暴露》。多少年来，我常在纽约东部的海龟湾看到库尔特·冯内古特[1]在街头游荡，步履蹒跚，总是一副郁闷的表情。我一直没弄明白他怎么会这么惨兮兮，毕竟，他可

1　库尔特·冯内古特（Kurt Vonnegut）：美国著名作家，著有《五号屠场》等。

是美国最成功、最受人仰慕的小说家之一。后来有一天,在读《自我暴露》的时候,我才知道冯内古特有一阵子做了瑞弗拉的老丈人。一个男人最悲惨的命运莫过于此。

我有几百本硬壳精装书,其中不少是有一定年代的。但我的大多数藏书都是平装本。现在的平装本包装得十分吸引人,故意引读者上钩,让他们以为里面的文字也和外面的设计一样迷人。事实往往并非如此。画一幅漂亮的画,或拍一张诱人的照片,要比写一部漂亮的小说更容易。毕加索的名画有几百幅;拉尔夫·艾里森[1]只写了一部伟大的小说。艺术不简单,文学比杀人还难。保罗·科埃略的《我坐在彼德拉河畔哭泣》和《韦罗妮卡决定去死》的包装都很优雅,但封面开出的支票,内容并不能兑现,两本书都如此。与之相反,《伟大的盖茨比》初版封面(斯克里布纳出版社)就乱糟糟的,又丑又俗。至少在我看来如此。但是这本书的质量却无与伦比。

除了少数例外情况,我一般都会在书的内页签名,写上购买日期及书店所在的城市。如果我没有在内页签名,那是因为我已经确定此书不值得保留。至于书店的名字我是不记录的。恐怕因为内页上有了"鲁昂书店"、"城市之光"或"烂封面"[2],总会召来愉快的记忆,而"博德斯"[3]则完全无法引发联想。话虽如此,我在博德斯还买过不少书呢。

---

1 拉尔夫·艾里森(Ralph Ellison):美国黑人学者、作家,主要以长篇小说《隐形人》知名,该书于1953年获国家图书奖。
2 烂封面书店(Tattered Cover):位于科罗拉多州丹佛市,是著名的独立书店。
3 博德斯(Borders):总部在密歇根州安娜堡市的图书集团,曾是美国第二大书商,连锁店遍布世界各地,但2011年已经破产。

我不收藏初版书,旧书对我来说也没什么特别的吸引力。有一部吉本的《罗马帝国衰亡史》在我的书房里待了三十六年,是我老婆在婚后不久送给我的。此书出版于1854年,出版商是位于西约克郡哈利法克斯的米尔纳和索尔比(Milner and Sowerby)。它原本属于我妻子的祖父,处于分崩离析的状态已有一百多年。它的纸页介于黄色和金色之间,很难看,上面还有黄褐色的斑点。一拿起来,就有一股刺鼻的味道,书页的黏合处也在手中散架。依我看,这书里恐怕寄生着维多利亚后期的幼虫。因为它实在太令人反感,当我几年前终于开始读吉本的经典之作时,还是决定先买一套现代文库版的三卷本。这样一来,我可以无忧无虑地勾画有趣的段落,不必担心破坏了无法取代的传家宝,也不害怕活了一个多世纪的虫子从装订线里爬出来,侵蚀我在郊区设备齐全的家。我把这部书和麦考利的三卷本《英国史》放在一起,以做谈资之用。可惜它们并没有成为任何一次谈话的主题。因为我把它们藏在了办公室的里屋,根本不让人进去。要和这些宝贝说再见也不可能。把它们卖掉、丢弃或送人都是罪恶的。但我也知道我是不会去读的。

我的收藏中还没有其他书是符合这种情况的。

我组织藏书的依据不是书的内容,而是其纹理和高度。精装本和精装本放一起;平装本和平装本放一起;那些小巧结实的矮脚鸡(Bantam)名著系列——《毕利·伯德》《黑暗之心》《怒海余生》《傻瓜威尔逊》——也堆在一起。唯一的例外是我那一百五十八本外文书,大多数是法文,它们有专门的书架。法文书的旁边是西班牙文的,再旁边是意大利文的。德文的单独放在另一个架子上。它们令别的书心烦。

* * *

  我有时会读朋友们推荐的书,但不怎么借来看,几乎总是自己去买。因为我喜欢在书上写写画画,纠正标点符号,写两句差评,比如"真的吗?那你怎么解释马克·安东尼在腓立比平原的夹击奇袭?""丽兹·本奈特,你在布朗克斯[1]说这话试试看!"弗朗·欧博恩[2]曾经发明过一种预定阅读服务,不学无术的有钱人可以交几英镑的"虐书"费用,让专人在页边写几句富有见地的评语,造成这本书的主人读过此书的印象。比如"一针见血!"、"胡说八道!",以及"有道理,不过博絮埃已经在《世界通史》里提出同样的观点,并且做了更有力的解释"。这种工作我肯定很擅长。

  我很早就养成习惯,在阅读时勾画印象深刻的段落,并把奇怪的或者不常见的词记在书后的空页,方便以后查字典。Azoic(无生命的)、frottage(擦画法)、omphalos(半圆石祭坛)这样怪异的词有抓住读者领口的力量,它们绝不会出现在主流新闻报道上,否则句子还没说完,就死在了中途。任何有关帕尔·拉格奎斯特(Par Lagerkvist)[3]的言论也有同样的效果。有时候我甚至会把自己的便条、待办事件清单、时间表之类也写在书上,不过我通常只有读诗时才这么做,因为诗选留白的空间很多。也

---

1 纽约市五个行政区之一,在最北面,人口以拉丁裔、非裔居多,失业率、犯罪率高。

2 弗朗·欧博恩(Flann O'Brien):20世纪爱尔兰著名作家。

3 帕尔·拉格奎斯特(Par Lagerkvist):瑞典著名作家,1951年诺贝尔文学奖得主。

许在埃德娜·圣文森特·米莱[1]的书上写"六点半在圣米歇尔广场和安妮见面"、"学德语"、"少喝酒"之类对作者不太尊重,但是如果多年以后偶然发现这些字句,我好像一下子又回到了那个更安全、更意气相投的地方。过去总是比现在更温馨,因为你不再记得当时的恐惧和不确定,那些令你的未来模糊的东西。再说,当年的你比现在年轻四十岁。这段漫长的岁月把不愉快的情节从我们的记忆里剪出去。我们很容易忘记越南战争、燃烧的城市、无数暗杀行动,以及曾经和我们约会的女性。

在自己的书上写东西很开心,这也是我不看电子书的原因之一。书是我的护身符,是死亡的象征,也是玩具。我喜欢和书玩游戏,给它们做记号,留下访问过的痕迹。我喜欢把它们堆在架子上,移来移去,按照新的参数重新排列——高度、颜色、宽度、产地、出版商、作者的国籍、主题、我读这本书的可能性。我喜欢从架子上拿下书,朗读美好的段落,难为那些来我家的笨蛋。从我拥有一本书的那一刻起,哪怕还没翻开第一页,我已经觉得它以某种方式改变了我的生活。我像对待衣服、鞋子和唱片一样对待书;我使用它们。你没办法用 Kindle 做同样的事情。

虽然我在书上写东西,但我不用荧光笔破坏书籍。上大学那会儿我试过这么做,为了考试临时抱佛脚,结果不尽如人意,主要是因为太没选择性。想高亮出《麦克白》里难忘的段落,那恐怕要把整本书都画下来。我不在图书馆的书上写字,但我会

---

[1] 埃德娜·圣文森特·米莱(Edna St. Vincent Millay,1892—1950):美国著名女诗人。

把惊人的段落记在笔记本里。格雷厄姆·格林在《问题的核心》中写道:"我们的内心有个残忍的独裁者,准备盘算一千个陌生人的痛苦,如果这么做能确保我们所爱的人幸福。"奥斯卡·王尔德在《道连·格雷的画像》里写道:"那些已不再爱的人,他们的感情里,总有些可笑的东西。"简·斯迈利在《普通爱情》里写道:"我送给孩子两件最残忍的礼物,那就是,让他们感受到完美的家庭幸福,并确切地知道一切都会结束。"

读到这些段落,总叫我忍不住把它们记在纸上,好像这样一来,我就能向写下这些话的作者们致敬。我相信,这么做也是学习写作的最好办法,哪怕你最后成不了好作家。就像围棋新手背下卡斯帕罗夫和鲍比·费舍尔的手法一样,年轻作家习得技艺的办法就是有意无意地模仿他们崇拜的作家的节奏、格局、遣词造句的方式。我还小的时候,美国体育记者们都在模仿欧内斯特·海明威的写作风格。结果,当他自杀的消息从爱达荷州的凯彻姆传出来之后,全国各地的体育记者都松了一口气,他终于死了。因为海明威在打字机上是不会失误的,其他人就说不准了。雄心勃勃的、有人文关怀的专栏作家——名字的开头总是 Mc——通过模仿吉米·布雷斯林[1]学习写作。这些人就没一个想学福克纳的。

我不接受陌生人的读书情报,特别是那些优柔寡断的男人,领子的颜色和衣服的主色都不一致。有一种人,个性也许值得称道,但文学品味令人怀疑甚至恐惧,我最讨厌这样的人借书或者送书给我。一位朋友把一本改变了他或她一生的书放在你手

---

[1] 吉米·布雷斯林(Jimmy Breslin):美国作家、记者,曾获普利策奖。

上,而这本书又是你从十四岁起就没看上眼的,这个尴尬的瞬间实在令我担忧。总是盯着一本书不放的人没办法理解,强迫别人喜欢《粉丝笔记》《烟草代理商》《小王子》或者《沙丘》是不可能的,更不用说《当你在天堂上撞到最意想不到的六个人之前必须访问的一千零一个地方》了。不可能。除非找来东德国家安全局帮忙。

亲密的朋友很少借书给我,因为他们知道我一时半会儿是不会读的。我有自己的阅读日程表,在我写这句话的时候,尚不包括《万有引力之虹》和《普宁》。唯一的例外是我特别要求借阅的书:一本评价很好的马克·吐温传,一本研究利物浦在促进博爱城[1]的爱尔兰移民中扮演的重要角色的书。我把它们借来是因为当时很想读,可是一旦带回家,我就忍不住想在书上勾画了。我不想冒犯我的朋友,开口借书却不读,但我也不愿损伤他们的所有物,于是,我把这些书放在了客厅的书架上。几年甚至几十年过去了,它们还在那里待着。边上是罗伯特·卡洛的鸿篇巨制——林登·贝恩斯·约翰逊传,再旁边是赫里沃德[2]传,此人在中世纪造反,但没有受到正确的历史评价,再边上是威廉·黑兹利特的散文集,都是很有魅力的作品,我决定读完马克·吐温传和贵格城的爱尔兰移民研究之后再来享受。

我讨厌被人强迫看书。这也许可以用来解释我为什么从不喜欢学校:到今天我还是没办法理解,一个人叫另一个人去读《天使望故乡》,怎么还能指望人家不跟你绝交呢?我一直认

1　费城的另一别称。
2　赫里沃德(Hereward the Wake,1035—1072):11世纪诺曼征服英国时,当地抵抗运动的领袖。

为,把别人不想读的书硬塞过去,会给人造成巨大的心理负担。就好比问也不问人家喜不喜欢香菜,就强迫别人吃印度鸡肉焖饭一样。送书给一个不太熟悉的人,也就是把不请自来的价值观强加于人。假如你把类似《安吉拉的骨灰》这样的书送给一个母亲的娘家姓是麦克纳尔蒂的人,你实际上是在说"吻我吧,因为你是爱尔兰人"!我不会因为和一本书的作者血统有些接近就去读他的书,我没这个义务。就因为出生在挪威,你一定要喜欢克努特·汉姆生吗?在利马长大,你就一定要喜欢马里奥·巴尔加斯·略萨吗?我们之所以喜欢某位作家,是因为这个人的作品令我们感动,而不是因为什么虚假的血统心电感应。约瑟夫·戈培尔和阿尔伯特·爱因斯坦都是德国人,难道说他们同样喜欢《我的奋斗》吗?可能我的举例不当。有个更好的例子:有位墨西哥裔的摄影师是我最要好的朋友之一,他在加州的弗雷斯诺长大,最喜欢的书是《都柏林人》。

强迫我去读的书,就好比我不想吃的圣诞布丁、我不愿听的克莱兹默[1]唱片,会被我一直搁置在原地。为此我不会受到良心的折磨,因为强迫别人读书的人并不想把书要回来。他们自己也没读过,甚至没有阅读的打算。某科研机构(我一下子记不起名字)已经做过研究,买下一本类似《时间简史》这样严肃到惊人的地步,又完全读不下去的书,百分之八十七的人还没读到第二章就放弃了。《时间简史》是1991年的畅销书,它的作者斯蒂芬·霍金说,只要读过这本书,就会"令宇宙的混乱增加二十个百万百万百万百万百万单元,即,令你头脑中的秩序增加十

---

1 犹太人传统歌谣。

个百万百万百万倍"。不知道别人是怎么想的,我很想看看他的文书资料。霍金这个无耻之徒无法约束自己,他又说了:"我们没有其他直接的证据,表明其他星系是由质子、中子、反质子还是反中子组成,但肯定是其中之一:同一星系不可能是不同种粒子的混合,不然我们会再次看到很多毁灭的辐射。因此,我们相信,所有的星系都由夸克而非反夸克组成;有些星系应该是物质的,有些应该是反物质的,这似乎是可能的。"

《时间简史》卖了八百万本。这个星球上能看懂这句话的可没有八百万人。八百人都没有。可能有八个人能看懂吧,但我不是其中之一。买下这种书的人会把它放在靠近前门地方一年左右,有时候会用来压一压邮票,或者砸向变心的情侣的后脑勺。然后,这书就被放在了私家车的后备箱,直到有一天丢给某个看起来挺聪明,足够理解这本书的人。借书给别人其实是清理房间的狡猾办法。

* * *

我喜欢讨论书籍,但我不喜欢和群氓讨论。爱书人和不爱书的人在一起时,后者会主导谈话的方向。话题只能是你们都看过的书,而这个交集小的可怜,要用显微镜才能找得到,无非是《追风筝的人》《引爆点》之类,《恋恋笔记本》是最糟糕的情况。不对,《圣经》是最糟糕的情况。多年来,我花了无数小时和人交流安妮·泰勒、汤姆·罗宾斯、戴维·洛奇,他们都是不错的作家,作品通俗易懂,只是我并非特别喜欢。与之相反,我从未和任何人交流过尤维纳利斯。已经很久没有一个我认识的人跟我提起约翰·多恩了。十多年过去,再没人提及伊塔洛·斯韦沃、伊塔洛·卡尔维诺或者任何我欣赏的名叫伊塔洛的作家了。马赛尔·埃梅、伊凡·多伊格、J. T. 法雷尔、乌果·贝蒂、乔治·贝尔南多、谷崎润一郎、罗伯特·库弗、让·乔诺,这些都是我特别喜欢的作家,但我还没有和任何人谈论过他们。看来我的社交圈子不太对劲。

在脑海中虚幻的房间里,爱书人和作家进行着亲密的交流。一位朋友曾经告诉我,他之所以读索尔·贝娄的书,是因为贝娄看起来人生经历丰富,可以从他身上学到些东西。我对自己喜爱的作家也有同样的感受。如果你已经老了,想早点退休,应该先读读《李尔王》。如果你已经人到中年,想和比你小的女人结婚,不妨咨询下莫里哀[1]的意见。如果你还年轻,相信真爱天长地久,还是先看一眼《呼啸山庄》再做长远规划吧。

爱书的人觉得作家透过纸页,在直接和他们说话,甚至在关照他们、为他们疗伤。他们有时忘记了作家才是分发圣餐的人。人们老说,他们之所以热爱这个或那个作家,是因为他或她就某个话题写出了读者想说的话。在他们看来作家是某种通灵的容器,为没有声音的东西发声。我从来不这么想。我觉得作家用我永远想不出的方式讲出了我永远想不出的话。有人曾这么说艾米莉·狄金森这个美国最伟大的女诗人:跪下来是接近她的唯一方式。这正是我的想法。伟大的作家说的话太好了,以至于重复这些话也让生活更好。一旦爱上其中的居民,城市也会变成宇宙,劳伦斯·德雷尔说。相信奇迹的人,在奇迹发生时不会惊讶,爱丽丝·门罗说。如果再次相遇,我们当然将微笑致

---

1 参考莫里哀的喜剧《太太学堂》(*c'ecole des fevtes*)。

意；否则，便是生离死别，莎士比亚说。只有傻瓜才敢对这样的作家说："你讲出了我正想说的话！"这种人还不少呢。

严肃读者之所以团结在一起，是因为我们相信文学是一系列永无止境的探险，不管是计划好的，还是意料之外的，这些探险都鼓舞人心。我们当中没有一个人只为了炫耀才读书。书本创造的世界也许不对每个人的胃口，但总能对上一些人的胃口。贪婪的读者在某种程度上对周围的现实不满。19 世纪的人因为不喜欢身处的时代而爱上《劫后英雄传》和《昆丁·达威尔特》。当代女性阅读《劝导》《简·爱》甚至《廊桥遗梦》，因为她们畅想，要是丈夫能减少在海滩度假的时间，生活不知道要有多幸福。男人们狼吞虎咽，读完《达·芬奇密码》，因为他们希望生活能比现在复杂一点点，老婆没有那么热衷普拉提就好了。发现自己处于全球阴谋旋涡的正中心，涉及圣殿骑士团和梵蒂冈——这可比在劳动统计局工作，娶个对百货公司广告轰炸地乐此不疲的女人要好多了。

几乎每个读书人都有不可告人的动机。几年前，我开始向菲律宾寄书，收件的是一个名叫艾芙琳的女人。我从未见过她。她是我一个好朋友一辈子的笔友。她在当地开店，但生意一次又一次被台风毁掉。我寄给她的东西她都读：小说、体育书籍、杂志。距离上次给她寄"关爱包裹"已经有十八个月了，我最近收到了一封喜出望外的来信，说，包裹终于到了，它在某个地方被冷落了一年半，直到邮局的小偷决定，包裹里实在没什么值钱的东西，还是发到原来的收件地址吧。我的菲律宾友人之所以读书，既是为了娱乐，也是因为她的小店总被台风摧毁，而书帮她忘记这个事实，同时忘记她生活的世界充满了没文化的小偷。

＊ ＊ ＊

我并不是天生的恋书狂。一开始,我并没有那种占有它们、让它们在架子上骄傲地列队、抚摸它们并陶醉其中的需要。那是很久以后的事了。我年轻的时候,书是无趣的、平淡的,通常还挺难看;直到20世纪80年代,书才变得漂亮起来。也是从那时起,我才开始认真地藏书,或者说聚书的,因为我不认为自己是个藏书家。藏书家痴迷于初版书,而我没有。藏书家参加拍卖会,而我不去。藏书家能有机会细看作家的原稿就会欣喜若狂,我不会这样。我不在乎签名版,也不会到处搜罗奇珍异宝和绝版书。我从不在古旧书店神出鬼没,也不和为叶夫图申科[1]点过一根万宝路烟的消瘦的书商交换名人轶事。我见过的古旧书商不是刻板的要命就是老古董,通常两者都占了。最有说服力的证据是:我在书上写东西,而任何一个藏书家都不会这么做。哪怕最原始、最古旧的《高老头》版本,如果每页都写满了俏皮话,市值也会跌落许多。当然了,除非这些俏皮话出自巴尔扎克之手。

我不是热衷于收集作者签名的人。我的书房里的确有几本签名书,但几乎都是别人送的礼物。我不明白为什么有人那么喜欢签名版,我甚至无法理解那种对原稿的迷恋。有一回,一位邻居向我展示了他最近购买的莎士比亚戏剧的对开本[2]。我根

---

[1] 苏联作家、诗人。
[2] 莎士比亚的剧本合集最初以对开本的形式印刷,其中第一个版本被称为第一对开本(First Folio)于莎士比亚去世后七年出版,现存两百余册,是价格最高的印刷书籍之一。

本不在乎。我想装出一副很感兴趣的样子，但显然力不从心。还有一次，我在南卡罗来大学访问，看到了F.斯科特·菲茨杰拉德的某本小说的原始编辑手稿。可能是《了不起的盖茨比》吧，我还真忘了。把这本书交给我看的是一位研究菲茨杰拉德的专家，最权威的学者。显然，他觉得这是个令我终身难忘的时刻。我用与之相当的热情回应了他。可惜，这都是在演戏。亲眼看见甚至亲手摸到原稿对我来说都毫无意义。这样的东西我在大英图书馆和摩根博物馆不知道看见过多少，唯一给我留下印象的是巴尔扎克的，因为他的原稿可谓排字员的噩梦。面对这些物件，我没办法振奋精神做感动状。可能因为原稿或者乐谱只有功能用途，是一系列表达想法的标记。不像油画，它本身就是美好的。也可能因为我不买这些原稿，所以我才无所谓吧。

即便如此，还有的情况无法解释。高中老师布置作业，叫我读《了不起的盖茨比》的时候，我一定看过了这个很有名的段落：

> 他们是轻率懒散的人，汤姆和黛西——他们把东西砸碎，然后就退到他们的金钱或者无限的懒散，或者使他们在一起的不管什么东西当中，叫别人去收拾他们的烂摊子……

这段话对于当时的我来说没什么意思。但多年之后，我总算遇到像汤姆和黛西·布坎南这样的人，这段话的重大意义才引起我的共鸣。这些朝三暮四的人是典型的私立学校出身的富家子弟，看上去并不坏，但还不如干脆做个坏人。菲茨杰拉德的话令现在的我赞叹不已。他对美国人的观察太正确了,永远都错不了。但是,在南卡罗来大学的档案馆亲眼看见菲茨杰拉德的原稿并没有产生同样的效果。一点效果都没有。

我没有保留那些在我年轻时改变了我价值观的书,只有少数例外。当年的旧书都丢了,虽然我后来买了新版。这些书大多都是我小时候从图书馆借的,比如《金银岛》《海狼》《绑架》《爱丽丝漫游奇境记》。还有不少绝妙的故事也是图书馆里借来的,背景是在非洲最黑暗的地方,上流社会初次进入社交圈的小姐落入了暴躁的食人族手里,在此休假的贵族只能模仿大猩猩,挺身相救。重新构建童年时,我们会把它们想象成一座座文化的喜玛拉雅,可实际上当年的我们在光线暗淡的深谷里欢腾,耗费了不少时光。不过,我的父亲在我七岁那年送给我一本儿童版的《伊里亚特》,有红褐色调的配图,我确实记忆犹新。我一直认为《伊里亚特》是人类历史上最伟大的书,可能因为它是父亲给我的礼物,但主要还是因为它是人类历史上最伟大的书。对于小孩来说,如果第一本引起他关注的书也是第一本令他心碎的书,这个孩子将因此受益。以后看《罗密欧与朱丽叶》《伊坦·弗洛美》[1],结婚、生活都会有所准备。世界名著就好比外科主任的严重警告:读者们注意了;哪怕你很成功,很受人尊敬——甚至是居民的模范——你还是会死得很难看。虽然我很喜欢那本有褐色插图的甜蜜小书,我还是没能留得住它。很多年前,它就从我的生活中消失了,和我的父亲一样。

很遗憾,我没能保留诸如《包法利夫人》《局外人》《土生

---

[1] 美国作家伊迪丝·华顿的小说。

子》《五号屠场》《战争与和平》这类我在青少年及二十出头那会儿读的书。其中有一些被我留在了父母家,他们分居之后,书也成了牺牲品。它们很早就消失了,流落在何处我也不知道。连长什么样我都不记得了。我说的是书不是人。要是我还留着它们就好了,要是我能再翻开来,看看当年第一次阅读时勾画了哪些段落就好了。我想知道自己的观点有没有变化。我还会像以前那样惊叹吗?

我以前的书没留下几本其实并不奇怪。年轻时代,我到处搬家,并遵循了一位朋友的格言:"旅行吧,但要轻装上阵。"这话其实是告诫我要在情况失控之前甩掉女人。但是其他的场合也同样适用。二十多岁的我整装待发,奔去得克萨斯、纽约或巴黎之前,总是把东西丢到我妈的房子里。那房子乱如猪圈,她根本不管。但是我妈也经常搬家,而且她也奉行我那位朋友的哲学,所以我当时拥有的东西也跟着灰飞烟灭。我妈绝对不是多愁善感的类型,她不会保留宝宝的照片,所以也不会大费周章看管我的《田园交响乐》[1]。

可能正是因为童年时代的书丢了许多,我才那么在意地购买、保管成年后热爱的书籍。每听一场音乐会,我都留有票根。二十一岁之后买的每一本书,只要我真心喜欢,都会保留。它们都是我的情书[2]。书作为实体物品,对我有重要的意义,因为它们召来逝去的时光,因为它们是充满感情的存在。一张巴黎地铁票从一本我四十多年前买的书里掉出来,我便一下子回到了

---

[1] 《田园交响乐》(*La Symphonie Pastorale*),法国作家安德烈·纪德(1869—1951)的作品。
[2] 原文为法语,billets doux。

1972年9月12日的圣雅克大街。亨利·格林的《结局》里掉落一纸便笺，记录了一位死去的朋友的电话留言，我便回到了马蒙特酒店，1995年那个芬芳的9月。《向加泰罗尼亚致敬》里有我在1973年写的字条，提醒自己学西班牙语，我当时在加勒比海的格林纳达。直到现在我还没有完成这个任务，也没再回格林纳达看看。需要占有纸质书而不仅仅是电子版的人，在某种程度上是神秘主义者。我们相信，神圣的不仅是书里的故事，也是实物本身。我们相信书本有转变的魔力，可以把黑暗变成光，把虚无变成存在。我们不想把这种神秘的元素从阅读经验中剥夺，使其变成机械的重复。那就太没意思了。

我不指望其他人也和我一样。他们不妨自由下载电子书，把奇怪的世界和星球、平行的宇宙装进阅读器，故事里有学习卡巴拉[1]的独眼蛇，瞎眼的袋鼠和耳聋的女武神从雌雄同体的人马怪物手中合力营救患白化病的少女。但这样一来，这些拒绝走进书店和图书馆的人便失去了偶然发现的乐趣，把真实可信的、非电子的魔力和神秘从生命中隔绝出去。他们打了一个滚，向机器投降了。这么做可能方便得很，但除此之外没有别的好处。技术都是为商业服务的。

有些东西本身就是完美的，再去改进就是画蛇添足。比如天空、太平洋、生育和《哥德堡变奏曲》，书亦如是。书是崇高的，书是发自内心的。它们是美好的实体，充满感情，引发回忆，本身就是一套完美的供给系统。电子书是哪些人的理想读物

---

1 卡巴拉（Kabbala）：与拉比犹太教的神秘观点有关的一种训练课程，旨在解释永恒而神秘的造物主与短暂而有限的宇宙之间的关系。

呢？那些重视书里信息的人，那些视力欠佳的人，那些想在地铁上看书的人，那些不想让别人知道自己在读什么书的人，以及那些家里地方小、杂乱无章的人。但是，对于和书处于热恋状态，乃至定下终身的人而言，电子书是无用的。书是看得见、闻得到的，书是我们的依靠。

第二章

没有名字的脸，
没有号码的包

我从未在图书馆获得过最佳体验。运气好的话还算不错，要是倒了霉，几乎能把我逼疯。1988年1月的某个冰冷的早晨，我顺路去纽约公共图书馆的第五大道旗舰分馆，参观了名为"威廉·华兹华斯和英国浪漫主义时代"的展览。展品包括华兹华斯、柯勒律治等浪漫主义时期的作家的诗文原稿，以及和他们同时代的画家康斯坦柏和特纳的巨作。我把背包寄放到存包处，便直奔展厅，展览非常精彩，很有意思。我花了大概四十五分钟观展，然后回到存包处，把小票交给工作人员。

"就是那个灰色的帆布包。"我告诉她。

她拿走票根，但没有理睬我的话，而是心不在焉地翻找头顶上的架子。几秒钟之后，她把一个白色塑料袋放在桌上。

"这不是我的包。"我说。

"你给我的存根，"她说，"和这个包上的是一对。"

"那肯定有人给我贴错票了，"我解释道，"我的包在那边拐角，灰色帆布的。"

"那边的包都是橘黄色的存根；你给我的是粉红色的，"她说，这会儿有点生气了。我身后已经有人排队，所以我想趁机提高音量,像吉米·斯图尔特[1]那样争取群众的支持。

"我的包是灰色帆布,不是白色塑料,再说什么也没用,"我说,"把我的包给我。"

然而,我身后的人没一个支持我的。冰冷的沉默就是他们的答复。这些人正等着拿自己的衣服和包,在他们眼中,我就是个吹毛求疵、大惊小怪的混蛋。寄存处的女孩也是这个看法。

"你还在等什么呢?"她问我。

"等你把该死的包给我!还用说吗!"我回答。

她的表情僵硬了。我们俩的亲密谈话开始向糟糕的方向转变。用小跟班的行话来说,她手头出"状况"了。她叫我一边站着,等她把包退给后面排队的人。然后,她拿起了电话。

"保安到寄存处来。"她说。

保安很快就来了。保安又矮又胖,衣着邋遢。保安不喜欢被叫到这里。保安严肃得要命。

"怎么回事?"保安口气强硬。

"她不肯给我包,"我说,"有人把票搞错了。你看,我是个作家——所以你只要打开包,就能找到一堆我写的文章。"

"你带身份证了吗?"他问。我带了。当他确定了我就是约瑟夫·M.昆南之后,他绕到柜台后面,仔细查看了引发争议的票根,然后直视那个麻烦的白塑料袋。

"这不是你的?"他问道。

"不是的,我的包是那个灰色的。是法国政府给我的礼物。

1　美国著名影星,出演过《风云人物》《后窗》《惊魂记》等影片,还在"二战"期间加入空军,军衔至准将。

我们还是不要纠缠于细节了。只要你打开看看,就能找到一堆我写的东西,还有这个星期的《新共和》杂志,开篇文章是讲低层阶级的。"

他走过去,拿起我的包,打开,完全无视我跟他说的那些东西,而是取出了我的支票簿。

"这是你的支票簿吗?"

"不错。"

"哪家银行的?"

"花旗。"

"上面还有一个人的名字。叫什么?"

我告诉他账户上另外一个人是谁。叫弗兰西斯卡·简·斯宾纳。

"这人是谁?"

"我老婆。"

"她在哪儿?"

"和孩子在家。"

"你怎么知道她不在楼上呢?"

我跟不上他的思路了。难道他想说,这个包真正的主人叫弗兰西斯卡·简·斯宾纳,她正在楼上参观展览,而我不知道用了什么办法,了解到她那看起来很廉价的包里装了什么,趁她没注意偷偷摸摸下楼,现在想把她的包骗走?可能他以为这个包里装着希望之钻,或者索福柯勒斯的草稿《伊底帕斯在柯隆纳斯》,或者《汉谟拉比法典》仅存的副本之一?

"我不会每次到图书馆都带上老婆的,"我跟他说,"我们有个小小的协议。她做她想做的事,我做我想做的事。但我们共同拥有支票账户。"

他摇摇头,转过身。

"给你老婆打电话,"他说,"我必须和她通话,不然我不会把包给你。"

我下楼打公共电话找弗兰西斯卡。她不在家。那时候还没有手机呢,所以没办法直接找到她。我没辙了。我只能一直等她接电话,才能把包要回来。真是巧了。每次我需要确定我老婆的存在,好从某个过分热心的存包处工作人员手里找回自己的东西的时候,都是她决定带他妈的小孩去公园的那一天。

我又回到楼上。

"她不在家。"我告诉保安。

"那你就拿不到包。"他说。

"我要跟管事的人说话。"

"我就是管事的。"他回答。

我想了一秒钟。然后,决定破釜沉舟。

"报警吧,"我对他说,"不拿到包我是不会走人的。你去叫警察。"

保安还真叫了警察。三十分钟后,纽约最棒的小伙子出现了。他一副典型的警察形象:身高中等,留小胡子,意大利裔,悲观厌世,长得像警匪片《冲突》(*Serpico*)的男主角。他看起来对眼前的事十分厌烦。

"怎么回事?"他问道。

"有人在我的包上贴错了票,现在他们不肯把包给我。就是那个灰色的帆布包,上面有棕色带子的。"他走到跟前,打开我的包。

"告诉我里面有什么。"他说。

"《纽约时报》,伞,《大众福利》杂志,手套,灰色的。"

他点点头。

"还有什么?"

我得承认,没料到他还有这一招。我还真以为提到《大众福利》就能结束了。这也太包罗万象了吧,简直是专为神奇的克雷斯金准备的哈利·胡迪尼魔术学校的入学考试。考得有点太全面了,但我还是直面挑战。

"一套牙科用具,装在绿塑料袋里。豌豆色的。一把白色的塑料梳子。本周的《新共和》杂志,开篇是罗伯特·库特纳写的,关于低层阶级……"

"还有别的吗?"

"还有……"我说。现在我知道了,虽然我的心电感应测试很精准,他们还是不相信我有超能力。在他们看来,我对包里的东西知道得越详细,就越像是个精心策划的骗局。但想叫我弹尽粮绝还早着呢。

"一张柏油村的铁路时刻表,"我继续,"在大中央车站拿的。一支圆珠笔。蓝色的,要是我没记错的话。在内袋拉链里。有个黑色的文件夹,里面放了我写的十几篇文章。对了,你看《新闻周刊》上那篇文章,有我的照片。那个专栏叫《轮到我了》,很靠前的。我写了篇文章叫《说抱歉太迟》,讲的是我爸爸酗酒的事。"

他直直地盯着我看。哦,很好,你以为我会相信这种老一套的伎俩吗?《新闻周刊》上的头像?你就扯吧,老兄。

事情发展到这个地步。进退两难,陷入僵局了。

然后,解药居然从天而降。

"这是你的支票簿吗?"

"不错。"我说。

"账户上有谁的名字?"

"约瑟夫·马丁·昆南和弗兰西斯卡·简·斯宾纳。花旗银行。纽约州柏油村韦迪街30号。"

我停了一下。然后,为了增加效果,我又加了句:

"邮政编码10591。"

警察朝保安看了看,一脸不屑和反感。

"我觉得这包很显然是他的。"警察说着把包交给了我。

于是关于"没有名字的脸、没有数字的包"的奇怪案件正式画上了句号。现在回想起来,那位警官的审讯方式并不难懂。随便哪个懂点戏法的人都能猜到别人包里有什么——包括《大众福利》杂志和白色塑料梳子在内。这种事情大街上天天有,没什么稀奇。但是,哪怕最聪明的塑料袋劫匪也不会凭空猜到某个名不见经传的村子的邮编。

那天安全回家之后,我打开包翻出《新共和》,才发现那篇文章不是罗伯特·库特纳写的。作者完全是另一个人。好险——我差点儿就自投罗网!几周之后,我对该事件的描述刊登在《纽约》杂志上。紧接着我就收到一封安慰信,纽约公共图书馆的馆长瓦谭·格里格瑞恩为其安保人员的粗鲁和无能道歉。他希望我能从心底忘了这件事,我会的,别为此伤了和气,当然不会。话虽如此,我究竟没在接下来的二十年里踏入那座分馆半步。我怀疑那两个保安一直埋伏在那里,等着好好找我出气呢。

没有名字的脸,没有号码的包

* * *

我的意思不是说,我在四十二街图书馆的故事很典型,我一辈子和这类伟大机构打交道都有类似的遭遇。其实我小时候和图书馆相处得还算愉快,彼此意见不合是后来的事。刚开始认字的时候,我家周围并没有公共图书馆。幸运的是,费城派出了一辆流动图书车,每周都会停靠在我家所在的街道。这可算是魔力巴士。每周五晚,我都会在规定范围内借阅尽可能多的书,如饥似渴地阅读,然后下一周再借更多。流动图书馆里大多是《野性的呼唤》《绑架》《黑玫瑰》《地心游记》《海角一乐园》这类书,或者是关于维钦托利[1]、基督山伯爵、科奇西[2]这些脾气不好的受压迫者的故事。与此同时,我的姐姐妹妹们也从外面带书回家,只要对我胃口的,我都拿来读,当然《儿童版曼斯菲尔德庄园》或者《崔西·贝尔登历险记》之类不在其中。我和许多成长环境差的孩子一样,真心以为只要读的书足够多,弄清楚奥地利王位继承战争的起因以及波斯暴君亚哈随鲁(有时也被称作亚哈薛西斯)的葬身之地,有一天我也能拥有一座低调但设施完善的殖民地风格三居室、两辆车、两个孩子、白色的花园栅栏、漂亮的水景。结果这些梦想还真应验了。

在我八岁那年,美国遭遇了严重的经济衰退,我父亲也失业了。不久我们失去了家园——那幢可爱的红砖房——被迫搬进保障房。这可不是什么轻松愉快的事,住在这里的人,十有八九

---

[1] 高卢阿维尔尼人的部落首领,曾领导高卢人反抗罗马入侵。
[2] 北美印第安阿帕契人领袖。

不是如饥似渴的读者。好在一英里以外有一座藏书不少的公共图书馆。但一英里也是不小的距离,书又很重,于是,我光顾那座庄严的石砌建筑物的次数并没有当年的流动图书馆多。

可能还有另一个碍事的家伙。流动图书馆有一位负责开车、登记并收罚款的驾驶员兼工作人员。我记不得这个人叫什么名字、长什么样,是男是女,我只记得他或她不讨人厌。东瀑(East Falls)图书馆正相反,那里的图书管理员都是性格粗暴、独断专行的中年妇女,看上去还不喜欢小孩。火气大的图书管理员是个恶毒的刻板形象,但正如大多数恶毒的刻板形象一样,所谓空穴来风,事必有因。只要你一踏进这座图书馆的大门,工作人员的敌意便扑面而来。怎么搞的,又是你啊?可能是察觉到我们从保障房那边过来,怕我们玩枪战吧。但我和我的姐妹们年级尚小,耍枪还早呢。多年以后,我的孩子们在纽约柏油村公共图书馆的对面长大,他们和那里的助理儿童图书管理员感情很好。福曼夫人是一位很有耐心、温柔善良的女士。她来自英国,身材矮小、表情夸张,几乎是从波特小姐[1]的兼职图书管理员魅力学院毕业的。她给孩子们讲故事、唱歌、玩寓教于乐的棋盘游戏,办星期六下午聚会,请来水平时好时坏的魔术师、挥舞口琴的民俗学者,还有搞笑水平比他们的妆容还要出色的小丑。这些聚会令孩子们沉醉,因为他们在七岁前以为大人们都知道他们自己在做什么,连虐待口琴的大人也知道。

我在东瀑就没有类似的成长经历了。这是一个没有魔术师,没有音乐家,也没有小丑的地方。最接近的教诲或者消遣恐

---

[1] 碧雅翠丝·波特:彼得兔的作者。

怕是某个叫"半城酋长"的人在地方电视台的表演。这个没完没了的节目曾令我和我的姐妹们备受煎熬。"半城酋长"有点神经兮兮,每次还都是重复那老一套。我一直以为他是波兰人,后来才知道他有一半的印第安塞尼加人血统。此人的表演没能为贵格城北美土著电视名人的声望加多少分。

流动图书馆和公共图书馆还有另一个不同点。流动图书馆里的书数目有限,所以你不会被各种可能性吓瘫。而公共图书馆里,成千上万本书安营扎寨,望都望不到头。意识到有这么多本书我根本没时间读,让我很受伤。我也为这些书的作者感到遗憾。"人类希望的虚荣是多么触目惊心,而没有哪个地方比公共图书馆更能体现这一点,"塞缪尔·约翰逊写道,"只见非凡的著作把每一面墙挤得满满当当,当年艰难地沉思、精准地调查而写就的著作,如今除了编目还有几人知?"

更无可奈何的是,这里面不少书简直糟糕透顶。公共图书馆的问题在于,所藏书籍鱼龙混杂、良莠不齐。博物馆至少会把布龙齐诺[1]们和布格罗[2]们区分开来,将丑陋的画作钉在楼道,只用四十瓦的灯泡照明。在这里,它们无法继续破坏无辜的社会,也许总有一天会被老鼠、虫子、霉菌吃掉,而图书馆把所有的书都按照字母顺序堆在一个无底洞里——詹姆斯·帕特森的旁边是马塞尔·普鲁斯特。把詹姆斯·帕特森和马塞尔·普鲁斯

---

1 布龙齐诺(Bronzino):全名尼奥洛·迪·科西莫,是16世纪意大利佛罗伦萨的风格主义画家,作品以肖像画居多,感情冷漠、色彩刺目。
2 威廉·阿道夫·布格罗(Bouguereau):19世纪末的法国学院派最重要的画家之一,多以神话为题材,作品唯美精致。

特放在一起,就好比贝比·鲁斯和"三指布朗"[1]放在一起。好像图书馆以为,发现《蜘蛛来了》被借走了,某个白痴就会说"算了,我干脆看《在少女们身旁》[2]得了"。

图书馆里有很多我永远都不会读的烂书,但这还不是全部问题之所在。图书馆里还有许多我刻意不去读的书。我绝对不会读《嘉莉妹妹》或者《美国悲剧》。我曾试着读过西奥多·德莱塞一次,并决定到此为止。詹姆斯·古尔德·科曾斯已经不流行了,约翰·高尔斯华绥、珍·瑞丝,还有所有跟斯特兹·罗尼根有一丁点关系的书都过时了。我读过《美国人》《华盛顿广场》《阿斯本文件》《黛西·米勒》和《一位女士的肖像》,但我这辈子没打算去读《卡萨玛希玛公主》或者《波音顿的珍藏》。我甚至都不确定会不会读《金碗》或者《鸽翼》[3]。可是,这些图书馆架子上危险的存在仍然令我精神紧张。好像它们在跟踪我、奚落我。你以为你很聪明?你以为自己有文化有教养?告诉你,我们都给你记着呢,你连《去吧,摩西》《悲剧的诞生》和《V.S.普里切特短篇小说选》都没看过,更别说拉斐特夫人的《克莱芙王妃》或《自由地》了。这些事实我们一清二楚。别再自欺欺人了,老伙计。如果你没读过《尤利西斯》,你还是费城街头可悲的土包子,而且一直如此。

我不是怕这些书,我也不怕嘲笑和威胁,我怕的是有一天它

---

[1] 贝比·鲁斯和"三指布朗"都是美国职业棒球手,大联盟球员。
[2] 《蜘蛛来了》是前文中詹姆斯·帕特森写的悬疑小说,《在少女们身旁》是《追忆似水年华》的第二部。因帕特森和普鲁斯特的拼写相近,这两本书可能出现在图书馆同一个书架上。
[3] 这两句话里列举的九本书都是美国作家亨利·詹姆斯的小说。

们会趁我不备抓住我、压倒我。我觉得这些我没读过的书一直在那儿歇着,养精蓄锐,等吉时一到就会奋起直击。它们会在我最脆弱的时候出手,于是,我发现自己在发霉的阅览室里,被捆在又软又厚的高背椅上,嘴巴也被堵住,不得不受《威廉·斯泰隆全集》的折磨,如果我的攻击者特别变态的话,还会逼我看四卷本《约瑟和他兄弟的故事》。至于我被捆在那儿该怎么翻页,我还没琢磨出来呢。我可不是在说俏皮话,这些没读过的名著真的对我怀恨在心。我确实觉得它们在筹备一场致命的埋伏:格特鲁德·斯泰因[1]会把我引诱到一个逃不出的峡谷,然后爱丽丝·B.托克拉斯把我的头皮剥掉。这些书以为只要在关键时刻把我逮住,我就会崩溃、认命,最终一口气读完《米德尔马契》。做梦吧,图书馆,做梦吧。

* * *

十二岁时,我们搬到了一个更新更好的社区,从那时起我也不常去图书馆了。我的姐姐瑞伊开始买平装本,我也到了能读懂父亲的藏书的年纪。这些书大都是《读者文摘》式的畅销书摘要,作者是诸如埃德温·欧康纳、A.J.克罗宁、莫里斯·韦斯特等可靠但中庸的作家,这种人现在大多不存在了。十三岁起,我开始买书,不仅因为我在看完之后喜欢把它们放在架子上欣赏,还因为我已经渐渐养成了在书上勾画的习惯。所以,到了高中,我就没怎么去图书馆了。

---

[1] 主要居住在法国的美国现代作家、诗人,以实验性写作著称。她和终身伴侣爱丽丝·B.托克拉斯在巴黎举办画廊、沙龙,吸引众多文学与艺术界名人。

情况到了大学就不一样了。我的大部分时间都花在了学校图书馆那个又小又窄、臭气熏天的房间。我也不知道这是怎么回事。这里不是学习的好地方，可能是我太想找女孩子吧，不过那个房间雾蒙蒙的，就算有姑娘在，我也看不清她们的模样。到大四的时候，我上的那所大学才开始男女合校，而最近的一家女校的学生愿意翻山越岭来到我们这个天主教会男校的臭烘烘的阅览室嘛？她们没一个是主修物理的。就算有这样的姑娘，也不是我想找的吧。还是说我就喜欢这样的？

现在还真说不清了。

一到放暑假，我就跑到市中心龙根广场的公共图书馆露营，虽然大部分时间我都在听爵士乐。位于我的播放列表榜首的有查尔斯·明格斯、奥尼特·科尔曼以及桑·拉——一个本地的怪人，早年的一次土星旅行大大影响了他的编曲。在这里，我第一次听到艾林顿公爵和约翰·柯川版的《多愁善感》——史上最美的录音。图书馆有一座雅致的天台餐厅，可以看见这个城市不存在的地平线。我总觉得这个小餐馆是品味和优雅的典范，虽然菜肴的口味不怎么样。它其实更像一家自助食堂，但它沐浴在阳光下。多年以后，我故地重游，在图书馆的顶楼做演讲。我谈起了当年在这里度过的无数美好时光，远离我那位暴力、嗜酒的父亲。我说道，这不仅是一座智慧的宝库，也是我的藏身之所。一个有天台餐厅的地方。这是整个博爱城里我最爱的地方。尽管我对它的感情主要是因为爵士乐，和书没多大关系。

类似这种记忆犹新的经历不多。詹金村是费城近郊上流社会的住宅区，我就是在那里和我的妻子相遇的。我曾在当地的图书馆借过不少书。那是一座 19 世纪风格的古典建筑,堆满了半身像和肖像画,好像威廉·迪恩·豪威尔[1]随时会走进来,暴躁地质询他预定的那本《福谷传奇》[2]什么时候才能上架。和许多 19 世纪风格的古典建筑一样,这幢房子其实 1909 年才建好,不过这里的图书馆是托马斯·杰斐逊第一次当政时就设立的。伊迪丝·普鲁特是这里的编目员,我二十三岁的时候她就在这儿,现在也没有离开;这是她一辈子从事的唯一一份工作。普鲁特这个姓氏来自英国康沃尔郡,因为她的祖父和布莱上尉一样,都是圣塔迪人。不过,她的姓氏要是再多一个字,就变成地地道道的法国人了[3]。

能让一个人待在同一个地方这么长时间的只有图书馆了;就连教堂和城里的犯罪集团也有人员流动。我总觉得图书管理员勇气可嘉。因为他们数十年如一日,守护着同一处要塞——就伊迪丝而言,是四十五年——图书馆成了社区的试金石,一座光线微弱的灯塔,当代美国文化威胁着要消灭它,但它一次次顶住压力,存活下来。图书管理员一直在原地,每次回去都能见到他们,好像他们在等你一样。我不知道图书管理员们怎么看待这个现象。只要哪天在詹金村附近停留,我总会去图书馆和伊迪丝谈谈心。她还是年轻时我印象中那样,喜欢说反话,吹毛求疵,很有主见。她也总是很高兴见到我。她还是很喜欢看到每天有莫名其妙的人走进

---

[1] 威廉·迪恩·豪威尔(William Dean Howells,1837—1920):美国现实主义作家、评论家。
[2] 《福谷传奇》:霍桑的小说。
[3] 因为普鲁特(Prout)和普鲁斯特(Proust)只相差一个字母。

大门，提出莫名其妙的要求，虽然这种人很可能被直接撵到门外面。这家图书馆的藏书里有一本是我写的，他们真是太客气了，不过伊迪丝自己对我的作品并不特别热衷。太玩世不恭了，她说，调侃太多了。她告诉我，有个喜欢我作品的图书馆管理员几年前死了。每次听到这样的话，我总是很难判断她是在传递信息，还是说反话，或者是吹毛求疵。可能是说反话吧。

* * *

我几乎半辈子都生活在纽约州柏油村，位于布朗克斯以北十三英里。而我在这里的三十年中有十年住在沃纳图书馆的对面。沃纳图书馆的大楼十分壮观，有巨大的落地窗、高高的天花板、舒服的靠背椅，和令人咋舌的供暖账单。大楼是1928年建成的，1929年又增加了天孔[1]。1929年对于图书馆来说不是个好年份，更别说天孔了。图书馆外有一棵树，树上挂的牌子写有我孩子的姓名。这棵树是我妻子在孩子们还小的时候种下的，主要是为了感谢图书馆内的工作人员。我的孩子们生活在富足的环境中，从小就被宠坏了，他们几乎是在图书馆里长大的，因此我妻子以及和她一样的妈妈们才得以免于发疯。

有很长一段时间，我是沃纳图书馆的常客；也有很长一段时间，我没踏入这里半步。我来图书馆一般是把别人送给我写评论的书捐掉。这些书多半是关于商业或政治的。有的加入了永久收藏的行列，但大多数都在年度图书销售会上被卖掉了，赚来

---

[1] 即拜占庭式圆顶建筑顶端的圆形开口，称为圆顶的眼（拉丁语：oculus）。

的钱用于填补图书馆的花费。在捐赠诸如《一个经济杀手的忏悔》《沙克尔顿之道：伟大的南极探险家教你当领导》这类东西时，我从没有真心以为我在为谁做好事。起码沙克尔顿是不会感谢我的。

图书馆门口的布告栏上总会列出语言学习班、投资理财讲座、电影、音乐会等等即将在这里举办的活动。我害怕图书馆活动，因为它们是民俗学家、神怪作家和寓言家，历史重述者，甚至梦想家的逃难所，更别提这个星球最令人惧怕的生物——自费出书的诗人了。图书馆也许是出于同情，也为本地作家的读书会提供场地，比如那些重构当代版《断头谷传说》的人。某张宣传单上写着："我不认为华盛顿·欧文这个美国最伟大的讽刺大师会介意有人把他从安静的坟墓中唤醒，让他感受60年代褪色的辉煌。"

他要不介意才怪了。

很快，我在本地变得小有名气，好比黑暗星系里一颗黯淡的星。而且经常有人看见我在楼下的儿童图书馆陪孩子玩。于是，图书馆馆长佛罗伦斯·凯恩总是劝我在这里做一次讲座。她是过去那个时代的产物，行走如风、引人注目，好像总是匆匆忙忙，处理各种事务，今天的女性已经没有像她这样忙活的了。虽然我很喜欢她，但我还是谢绝了她的邀请。我跟她说，不会有人愿意过来的，既然在附近的小饭店里就能听到某个本地作家滔滔不绝的讲话，又何必来图书馆听讲座呢，除非这个人是菲尔博士[1]，或者简·奥斯丁。更何况，作家谈论写作生涯的讲座总会招来业余的作家，他们以为成功的作家之所以成功是因为他们运气好，要不就是他们的老爸也是有名的作家。这第二点倒是不错。

但是，一个人的抵抗力会被旁人慢慢耗掉，这就是生活在小城镇的麻烦。凯恩女士一而再，再而三地恳求我，她说，我要是能做一次内容丰富的演讲，对她个人而言是多么多么重要。于是，某一年的春天我缴械投降，终于同意去图书馆谈谈我是怎么成为自由职业作家的。这次演讲反响不佳。就算开创写作事业有严格的规律可循，这些规律也不适用于自由职业。而且，你必须得有写作能力才行。这些东西没人想听。演讲当天，村政厅里正在进行听证会，将决定河边一家混凝土碎化厂的命运。镇上的老居民和新来的人因为这次辩论掐起了架，闹得很厉害。多年的积怨爆发了。村政厅就在图书馆隔壁，几百个人去了听证会。来听我演讲的只有十二人，其中有个扶轮社[2]的，过来就是为了问我愿不愿意下个月去他们社团的每月聚会上做演讲。我才不愿意，因为我长期信奉这样的信条——没钱的活儿不做。但是几年之后，就连他都占了我的上风。

那次演讲，凯恩女士并不在场；她飞到巴黎去了。后来，她因为错过我的演讲向我致歉，但我觉得她去巴黎是正确的选择。

1　菲尔博士（Dr. Phil），即菲尔·麦克格劳（Phil McGraw），美国脱口秀节目主持人。

2　扶轮社（Rotary Club）是依循国际扶轮的规章所成立的地区性社会团体，会员来自各行各业，定期举行聚会，通常会邀请各种来宾在聚会上做关于各种课题的演讲。

我告诉她,演讲的效果总的来说不尽如人意,以后也不会再做了。但凯恩女士意志坚定(虽然表面上看不出来),几年之后,我再次同意和几位本地作家一起开专题讨论会。这次,我们谈论的话题是找经纪人的重要性,我们的听众是一群有远大志向的作家。他们永远都不需要经纪人,因为他们的事业不会超越志向阶段。貌似那一天是纽约扬基队二十年来第一次拿下年度冠军的日子。

从此之后我就再没做过演讲。

* * *

一两年之后,村上几个人问我是否愿意加入某个读书讨论会。我们将投票选定一本书,读完它,在图书馆碰头,讨论它,然后再去附近的小酒馆喝几杯。此后六星期我离开村子,切断手机通信,不回电子邮件,告诉大家我生了种奇怪的眼病,读不了书了,特别是类似《深夜小狗神秘习题》这样的书。

我一直厌恶读书会。我也一直厌恶参加读书会的人。我宁愿让沙鼠啃眼皮,也不要参加读书会。读书会的存在建立在一个错误且自大的概念上,那就是读者可以为对话增加内容。能增加什么呢?一本书就是作者和读者的一系列辩论,而读者是辩不过作者的,一次也赢不了。读书会的成员并没有分享亲密的读书体验;他们的体验是普遍化的。参加读书会的人想和那些对某本书看法一致的人交流。读书讨论会从来就跟阅读没有关系。可能正因为如此,他们才很少选择好书吧。参与者是在找高度的一致性,但好书引发的讨论恰恰相反。好书带来的是矛盾、喧闹、打斗。我认识的那些参加读书会的人基本上都挺聪明的，但不是特别有意思的人。他们想在书里找某种不存在的东西。

让我特别讨厌读书会的原因是书后的"问题讨论"部分。我第一次发现这个东西还是在读安德烈·马金的小说《奥尔加·阿尔贝利娜的罪恶》的时候。这是一部悲惨的家世小说，讲一位俄国移民带着她患血友病的儿子出现在二战后的法国，希望回归正常生活的故事。传闻说她与被列宁赶出国的沙俄皇室有血缘关系，这个叫奥尔加的女人一生中受尽悲伤与不幸的折磨，从未间断。

这部小说的故事情节并不难懂，所以读到最后的时候，我很清楚奥尔加没有得到命运的公正对待。尽管如此，看到书后为读书会准备的八个问题时，我还是吓了一跳。感兴趣的读书会成员可以就这些问题进一步展开讨论。其中第五个问题是这样的：

> 奥尔加被布尔什维克赶出家园，遭一个士兵奸污，被她的丈夫抛弃，连情人也对她冷漠，被她的儿子下毒、性侵，还怀上了孩子。这部小说是否将奥尔加的命运归咎于世上的男人？你是怎么想的？

起初，我以为这个问题是偶然的疏漏，但后来，在看过一堆有类似补充材料的小说之后，我明白了。这种愚蠢、无耻、看上去异乎寻常的问题正是这一题材的特征。它们是被特意设计成这样的，为的是摇醒陈腐的文学界，强迫读者"跳出圈子"思考。

比方说，某个《安娜·卡列尼娜》的版本包括这样的问题："可以说《安娜·卡列尼娜》是一则警示寓言，告诫人们不要通奸吗?"我猜可以这么说吧。接下来又问:"对于安娜·卡列尼娜来说,离婚和再婚有用吗? 如果安娜生活在我们这个时代,她的故事会有何不同?"还真难为这些准备问题的人了,他们习惯于挑战读者的预设,有时简直迎面而上。比如伊迪丝·华顿的《伊登·弗洛姆》,那本以雪橇灾难结尾的小说,就甩出这样一个问题,直截了当:"这部小说是不是太残忍了,没办法欣赏?"

不错,确实如此,我已经查过。

我很快发现好几个网站上也列出供读书会讨论的问题,那种纯朴的、口无遮拦的无礼在网上也同样风行。没有完全理解《安妮日记》微妙之处的读者将在 BookSpot.com 接受如下挑战:"纳粹头子阿道夫·艾克曼被要求就屠杀六百万犹太人做出解释。他说,'死掉一百人是灾难,死掉一百万只是数据。'他说了这句话之后,我们是不是或多或少对谋杀更宽容了?"

时不时有问题冒出来,只是为了看看读者有没有睡着。比如在苏珊·弗雷泽·金的《麦克白夫人》书后就有这样的问题:"喂乌鸦的托芬·西于尔兹松在格兰朵十三岁的时候把她偷走,为什么? 她后来是什么时候和托芬再见面的? 她学会相信他了吗?"

很显然,这些问题没有明确的答案,因为就上古时代的传统而言,喂乌鸦的只比训练鹰头狮的更值得信任。更令人疑惑的恐怕是:喂乌鸦的托芬·西于尔兹松是怎么跑到一本关于麦克白家族的书里来的? 我们大部分人只要对这个文类稍有了解,都会以为类似这样的角色只应该在《战神的烦恼》《我的峡川有多绿》这类书里出现。但这正是这些问题的目的所在:BookSpot 就是跟你拧着玩。

既然出其不备地刁难人是我的第二天性,我决定自己也试试,编纂一些反传统的读书讨论材料,看看有没有出版社愿意买我的账。举例如下:

《奥德赛》:

1. 特洛伊城陷落之后,奥德修斯花了十年时间才重返家园。既然特洛伊和希腊只隔了一丁点的距离,你认为佩内洛普是不是应该怀疑她丈夫对这么长的耽搁做出的解释呢:独眼巨人的吃人阴谋;有杀人倾向的水上歌手组成的军团;能把水手变成猪的女巫?整个故事是不是有点假?

2. 描述一位能不费吹灰之力就把男人变成猪的女人,荷马是在批评所有男人吗?还是说只是水手?抑或是某一种女人?

3. 你认识的女人中有这样的吗?有没有姓包的?

4. 她什么时候下班?

5. 如果说,跨越一条儿童塑料游泳池般大小的水域就花去了奥德修斯十年的时间,为什么《奥德赛》里每个人都坚持认为他很聪明呢?

《白鲸记》:

1. 小说最后完全乱了套。亚哈船长彻底迷上了那条白鲸。你认为亚哈是否应该像《大白鲨》学习,给自己搞一条更大的船?

2. 白鲸是大白鲨的象征吗?

《呼啸山庄》：

1. 你看过根据此书改编的电影吗？你不觉得劳伦斯·奥利弗演这个角色太老了吗？嘿，我就是这么想的。我也从来不觉得他有多帅，你说呢？

2. 要是希斯克利夫爱上的是类似简·爱的人，而不是凯茜的话，你认为他的家还会被一把火烧光吗？

3. 如果希斯克利夫生活在今天，他会在 Facebook 上提及凯茜已死，自己已解除恋爱关系吗？

《追忆似水年华》：

1. 这本小说写了四千多页，结果什么事都没发生。普鲁斯特是在借此含沙射影地批评法国社会吗？

2. 如果斯万被喂乌鸦的托芬·西于尔兹松取代，你觉得这本书会更有意思吗？这样一来，第一部就成了《在西于尔兹松家那边》了。

坦白说，我觉得这些问题编得不错，可谓别具一格、一反传统、耐人寻味，是我特别努力的结果。我已经准备为《印度之行》《天生好手》《三个火枪手》甚至《静静的顿河》编问题了。然后我翻到《化身博士及其他故事》的最后，看到了这个问题：

你如何理解海德的外貌？（他身材矮小、有点畸形。）你认为他应该高大强壮吗？或者大腹便便？还是面色苍白、形容枯槁？为什么这样？为什么不那样？海德的外貌有明确的意义或理由吗？

看到这里,我决定缴械投降了。这些人比我厉害多了,我还是不要自取其辱啦。

* * *

众所周知,图书馆之所以存在,很大程度上是为了满足小气鬼的需要,给他们解闷。由图书馆提供免费读物,吝啬鬼、守财奴们就可以高兴地告诉本地作家,我们借了你写的书,够意思吧?这群卑劣的铁公鸡,认识了三十多年的人写了本书,他们都不肯掏十五块钱买来看。这个作家可能以前帮他们找过工作,可能是唯一一个在他们的小孩难得进一次球时喝彩的人,可能在一场大冰雹里,把他们患癫痫的奶奶从火车站送回家。他们以为,作家努力工作是因为他们看中自己写的东西。错了,作家只看中钱。真理、正义和美国的生活方式当然很重要,但我们最关心的还是钱。一毛不拔的王八蛋从图书馆借书,我们一分钱都拿不到。他们就像来教堂做联谊,品尝你老婆熬夜做的美味香肠卷,结果还抱怨太油腻的人。可能这个类比不太恰当,但也差不了多少。

小时候,我以为公共图书馆是一个火药库,为我提供武器,帮我消灭敌人,取得更高的社会地位。我不再这么想了。现在,本地图书馆之于我,就是个找书看的好地方,我借阅那些做梦都不会买的书,甚至是不想放在家里的读物。一个人从图书馆借书,他的重口味和堕落倾向就不会留下实物证据。那些躺在我家书架上的东西——莎士比亚、狄更斯、勃朗特姐妹——表明我的品味无可挑剔,至少看上去不错。而我从图书馆里借来的书,几乎总有个脾气暴躁、嗜酒如命的警察做主角,此人离过三次婚,孩子憎恨他,新找的女友是个有病的荡妇,他还要弄明白,断头尸为什么总在幼儿园后面的排水沟里出现。这些书不少背景在斯堪的纳维亚,一个焦虑、混乱、酗酒和断头尸的温床。

毫无疑问,图书馆是开展反传统阅读事业的好地方。有一回,在孩子还小的时候,我花了一年时间阅读从书架上随便拿下来的书,我连书名都没看。有些还不错;有些挺差的。碰到糟糕的书,我很快就还掉了。但也有一些伟大的发现——霍华德·诺曼的《北国之光》、威廉·麦克斯韦尔的《别了,明天见》、J.T.法雷尔的《围攻基斯洪普尔》——还有不少拙劣的女性小说。这个实验挺有意思,但我不想再搞一次。

还有一回,我决定每天读一本篇幅短小的书。开展探险之际,我已经拥有或买过一些符合条件的书了,但大部分我还是借来的。这意味着我几乎或天天都在图书馆。某一天的下午,我在沃纳图书馆埋头选书,想挑一本简单的小书完成当天目标,我突然注意到有一些书被拉出来横着放了。其中有四本是1991年诺贝尔奖得主内丁·戈迪默的,有几本2007年诺贝尔奖得主多丽丝·莱辛的,还有几本1999年诺贝尔奖得主君特·格拉斯的。里面也有托马斯·哈代、卡洛斯·富恩特斯、穆里尔·斯帕克、约翰·奥哈拉、达芙妮·莫里哀,没错,甚至还有查尔斯·狄更斯的作品。插图版《圣诞颂歌》就在其中。真是咄咄怪事。

我在下一个过道接着找,找到字母H开头的作者了,这时候我遇到了莫琳·皮特里。她在凯恩女士去世后担任沃纳图书馆馆长。我们聊了一会儿,谈了谈她的儿子阿历克斯,我是看着这孩子长大的,现在他就要结婚了,对象是一位特别讨人喜爱的女孩子，在我们村上一家时髦的波希米亚咖啡店工作。然后，我问莫琳为什么有的书被挑出来单独放。她和我解释，她在清理书架的时候把过去五年没有借出记录的书挑了出来，然后在管理层会议上讨论，是否保留这些书，还是用新买的版本代替，或者干脆从藏书中剔除。她想问问我的意思。

问我是没用的，因为我是个爱尔兰裔美国人，工人阶级出身，作为罗马天主教徒，我还没有原谅教会在60年代用吉他弥撒取代拉丁文弥撒呢，所以，不管是在哪种情况下，出于何种原因，只要是改变我都反对。我会直截了当地告诉她，留下戈迪默，扔掉皮考特。但是图书馆为什么存在，它究竟服务怎样的居民？我们终于和这个问题面对面了。不少人读口水书。他们有权这么做。有人会说，读口水书总比什么都不读要好。从理论上讲，人们最终会对口水书厌倦，转而读更有价值的东西，比如垃圾书。我认为这种事只会在小孩身上发生，对于成年人是不太可能的。成年人不会突然厌倦《最后的演讲》，跳起来说："这书太烂了；天哪，我还是去读马可·奥勒留吧！"人们读烂书是因为烂书符合他们的需要。烂书不是文笔稍逊的好书。烂书就是烂书。它们文笔烂、想法烂、人物烂，主题也烂。烂书的作者就没打算写一本好书。那有什么用？到头来还不是和君特·格拉斯、内丁·戈迪默、多丽丝·莱辛这些诺贝尔奖得主一个下场？杰作被地方图书馆剔出来，等待清理。喜欢烂书的人并不是烂人，就像有人喜欢吃糟糕的食物。他们只是喜欢烂书的单纯人。看书识字的才能在他们身上恐怕是个浪费。

意识到莫琳的计划后，我开始疯狂地借阅可能被打入冷宫的书。我以为，只要我借过这些书，它们就能暂时保命，直到几年之后下一轮清洗。我感觉自己像是亚历山大图书馆的采购处处长,公元642年6月18日那天,他肯定赶在阿拉伯人到达前二十分钟,发疯一般把十几卷欧里庇得斯的剧本往裤子里塞吧。第一回合,我借了三本富恩特斯和戈迪默的,两本玛丽·麦卡锡的。富恩特斯的《光环》只有七十四页,是一个迷人的爱情故事;《美国佬》篇幅虽小却令人难忘;《戴安娜:独自打猎的女神》是一本影射真人真事的小说(romon à clef),讲述了吉恩·赛博格不幸的一生,很伤感,此书以"最深的束缚便是对幸福的期盼"开头。戈迪默的《布尔乔亚晚期世界》很不错,《自然资源保护者》也很好。我看了几本艾丽丝·默多克、穆里尔·斯帕克和约翰·奥哈拉的书,接着又读了《学界丛林》,这是玛丽·麦卡锡的一部麦卡锡时代小说,主角是宾夕法尼亚州某个公立大学的教授,优柔寡断,有左翼倾向,后来丢了工作。此前,我还没有看过一本麦卡锡的书,因为我很讨厌1966年的电影《八个好朋友》,这是根据麦卡锡1962年的小说改编的。还有一个原因,亲密友人推荐的书我一般都会去读,但这辈子还没有谁跟我提起过玛丽·麦卡锡。

　　我一开始读《学界丛林》这本书就不喜欢。麦卡锡的文风太夸张了,一点也不精妙。令我联想到暴躁的爵士乐手,我看过这些人的表演,卖弄各种技巧,让人眼花缭乱,但没有什么目的。但这还不是我讨厌这本书的唯一原因。更大的缺陷在于我手上的这个版本。橘黄色封面,毫无个性,令人反感,连防尘封套都没有。书页很久前就变成了黄疸色,满是旧书都会有的棕色斑点。这本出版于1951年的小说似乎把我踢回了1951年。我自己是1950年出生的,但我也不想穿越到那个年代。

过去的硬壳书往往令人不快,看起来就难受:很有可能,它们粗糙、专横的封面就是为了吓住大众读者。这是一本严肃读物,老兄;购买此书,后果自负。这种变态的营销策略真令人困惑。别碰《存在与虚无》,傻瓜;看侦探小说更适合你。似乎出版商只想把书卖给看得懂的人。这种做法已经是过去的事了。当霍华德·斯特恩的自传1993年出版时,我就看到一个人走在第五大道上,显然不知道应该怎么拿书才好。这个长方形的东西真奇怪,他不知道是该用手臂夹着呢,还是像足球一样抱着。他以前在文化海洋上的处女航,显然没有为此时的挑战做好准备。拿书的技巧大多数人很早就已学会,但对他来说还很陌生。因为他从前没看过理查德·斯凯瑞或朱迪·布善姆。[1] 这个可怜虫翻开书后会发现里面还有字!到时候能出什么事我还真想象不出了。

20世纪50年代的书不需要漂亮,因为那时候根本没有漂亮的东西。书就在那儿;你之所以会读一本书,是因为它可以消愁解闷、启迪心智,或者对你有用,而不是因为它的装帧吸引人。30到50年代的出版物往往有种犀牛窝的质感。这样的设计是有双重目的,其一是把读书的愉悦完全限制在书的内容上;其二是为警方的紧急刑讯提供用品——他们可以用书砸罪犯的脑壳,不用担心留下证据。用一本《无名的裘德》来对付告密者,不消几分钟,你就能知道毒品贩子的下落。

话虽如此,我还是坚持借阅这些书,不管它们长得有多丑。就像是从火海里拯救孤儿;你不必非得喜欢这些小毛孩才去救

---

[1] 皆为美国儿童作家。

他们。但到头来,我还是厌倦了。这活太累人,而且很多书也实在不太好看。也许图书馆应该打包寄给我那位在菲律宾的朋友。实话说,只靠我一个人是救不了这些书的。必须得有人帮忙才行。看起来还真有人这么做了。就在几天前,我又回到图书馆,发现之前留意的书都还在,有卡洛斯·富恩特斯的、内丁·戈迪默的、穆里尔·斯帕克的、约翰·奥哈拉的,还有君特·格拉斯的。这是个小小的胜利,但仍然值得庆贺。

* * *

不久前,我受邀参加了县图书协会的颁奖仪式。该协会对所有在世的作家都表示敬意,只要这个人居住在皮克斯基尔以南、布朗克斯以北。我参加过两次这样的活动,纯粹是对县图书馆系统表示支持,没有其他原因。午餐会后有个颁奖仪式,每位获奖者将受邀就自己的作品做三五分钟的演讲。如果没有以下两件事,这个活动还是可以忍受的。其一,是一个虚情假意的华盛顿·欧文[1]模仿者,他一会儿说"众位乡亲请坐稳",一会儿又说"请君与我倾耳听",三句话不离欧文书中的人物,很显然是花钱请来逗人开心的。这些小丑我见过不少——弗农山、威廉斯堡、西点,他们无所不在。我已经总结出来,那些穿古装、戴三角帽、说过时英语的人,都患有"表演自闭症"。很明显,台下大多数观众早就受不了,都想喊人把表演者的肠子取出来,但这种疾病的患者就是看不出来。

---

[1] 华盛顿·欧文(Washington Irving):19世纪美国最著名的作家之一,纽约人,著有《沉睡谷传奇》等。

缺陷之二是做主题发言的人。这家伙是个中年丁克,在正式场合也穿蓝色牛仔裤和运动鞋,以为会被人当成约翰尼·德普。这位著名的市场研究专家拿出一张 LP 唱片,问在场有没有人知道这是啥。只听得一声声嗤笑。我直接站起来走掉了。这种夸张的演说我不是第一次见到。听好了,图书管理员们:书已经是过去时了。你们的供给系统过时了。你们的商业模型无法运转了。你们应该像做生意一样管理图书馆。毕竟,商人才有成功的商业模型嘛。

果真如此吗?是 AIG 的商业模型还是贝尔斯登的商业模型?或者雷曼兄弟的?MCI 的?全球网络泡沫的?当然啦,我们一定要把设计安然和 pets.com 网站商业模型的那些"聪明得要死"的宇宙级大师请过来,给我们上上课。图书馆可能不是利润丰厚的产业,不错。但据我所知,还没有哪家图书馆伸手要过亿万美元援助款,不然就要把全球经济拖垮。正如吉姆·哈里森在《萤火虫点亮的女人》一文中指出的:"商人若不自视为最实用的人,必被彻底摧毁。"

这位自以为是的蠢材总算结束了讲话,不久之后轮到我发言了。我和召集演讲者的图书管理员说,就算匈人皇帝一直守在罗马城边,也没必要把他请过来做主题发言吧。图书管理员一心要掌握最新科技,其实这么做正是自掘坟墓。至少,这位懂技术的蠢货为图书馆设计的新模型里面,根本没有图书管理员的位置。读者早就知道想读什么,到图书馆来只为把书拿走。图书管理员只要记得更换打印机油墨就好了,再不会有人向他们咨询、请教他们的建议。偶遇、新的尝试、意外的收获,图书馆的迷人之处就这么消失了,取而代之的是坚定不移、以市场为导向的机器。利维坦[1]欢迎你。

我觉得,要是和过去切断联系,这个世界就没什么意思了。再不会无意中看见某本关于潘丘维拉的小说,震撼你的心。再不会发现某个鲜为人知的作家,来自芬兰、秘鲁、柬埔寨或比利时。再不会偶遇阿米什[2]的侦探小说,背景在俄亥俄州农村——这本书为什么会出现在这里?因为一直负责参考咨询的图书馆管理员被调到了侦探小说采购部,她一鸣惊人,选了本展现俄亥俄州阿米什人生活的推理书。简言之,惊喜不存在了。某天,我在沃纳图书馆里徘徊,无意中在新书架上发现了一本名叫《尾声》的小说,篇幅不长。这是本文艺类悬疑小说,作者是法国人雷内·贝勒托。我从未听说过他。此书由艾利森·华特斯翻译,内布拉斯加大学出版社出版。我借走它,当天下午就读完了。正是我想要的东西。意外令世界激动人心,这就是最好的例子。不晓得什么缘故,这本书走进了我的书房。就连图书馆馆长的都不知道是怎么发生的。但事情本该如此。如果你想要秩序、逻辑和效率,你还是去墓地吧。正如我的一位在沃纳图书馆工作的朋友所说:"图书馆不是生意。图书馆是奇迹。"

你的商业模型不好,交给我来搞定吧!这种情况下,《尾声》这样的书是绝对不会和我相遇的。我也读不到尼古拉·特斯拉和他一辈子的死对头托马斯·爱迪生的故事,读不到想把胜利女神像偷走,还给希腊的人的故事,也读不到来自土耳其的

---

[1] 利维坦(Leviathan):《圣经》中的怪兽,后被英国政治哲学家霍布斯(Hobbs)比喻为强势的国家。霍布斯认为人性是自私的,而国家是人造的机器。

[2] 阿米什人(Amish):美国和加拿大安大略省的一群基督新教再洗礼派教徒,拒绝汽车、电力等现代设施,过着与世隔绝的简朴生活。

魅力非凡的盗窃上瘾的人的故事了。因为不会有人买这样的书。不会有人会借这样的书。不会有人读这样的书。也不会有人知道它们的存在。就像J.G.巴拉德在小说里写的那样,随机性被取缔,意外是死罪一条。《尾声》《光年》《寻找松露的人》《不寻常的艺术家》这样的书,我再不会碰到了。《丝》《雪鹅》《无名的阴影》和《沉寂》这样的宝石,我再不会碰到了。说到底,我根本就不会去读J.G.巴拉德[1]写的书。我什么都碰不到了。

---

[1] J.G.巴拉德(James Graham "J. G." Ballard):英国作家,出生于上海租界,以自传写实小说《太阳帝国》而著名,也写过不少实验性较强、颇具争议的作品。

第三章

翻开书页

不知从何时开始,我养成了同时读好几本书的习惯。"几本"很快变成了"很多本","很多本"很快变成了"太多本"。我有几位同时读一两本书的女性朋友;和我最要好的几位男性朋友坚持说自己至少在读一两本书,不过依我看,这只是他们一厢情愿而已,并不符合实际。记忆当中,我成年以来还没有哪一回同时在读少于十五本书的。某些时候,这个数字还翻了好几番。我说的可不是那些被我研究过一阵,又放在一边的书,比如《芬尼根的守灵夜》,或者我在1978年初次尝试阅读的《米德尔马契》,以及我自从十二岁开始就断断续续进行的《罗马帝国衰亡史》。要是这些都算进去的话,可就不只一百本了。我说的是处于积极阅读状态的书——我把它们放在床头柜上,不看完就不拿走。目前,这样的书有三十二本。

我贪得无厌,总想翻开新书。这种嗜好令我乐在其中,就像上了瘾。但有时候,也是一种负担,因为我不想等上二十年,才看到《罗马帝国衰亡史》的结局,我也迫不及待地想要知道谢尔比·富特(《美国内战史》)是怎么看待"石墙"·杰克逊那无与伦比的奇怪葬礼。以我现在的缓慢速度——这两本书差不多都读到一千页了——等我当上爷爷,也不读到君士坦丁堡的陷落;

等我烂在坟墓里,也看不完皮基特在盖茨堡掷骰子那一出。

很难为我这种疯狂的阅读模式总结出什么原因,但有一点可以肯定,我选的书都还不错,不少可以说是伟大作品。上个月我看完了简·加德姆的《戴木头帽子的男人》、汤姆·麦葛尼的《危险驾驶》、丹尼斯·约翰逊的《火车梦》、瓦莱莉·特鲁布拉德的《七爱》、哈金的《疯狂》、劳伦斯·科斯的《八月意外》、多米尼克·法布尔的《新来的服务员》,以及玛莎·汉密尔顿的《31小时》。与此同时,我又读了一遍阿里斯代尔·麦克劳的《没什么大不了》、科马克·麦卡锡的《血色子午城》、托马斯·伯格的《遇见恶魔》、约翰·麦克迦恩的《情色作家》、远藤周作的《武士》,以及伊莉斯·布莱克威尔令人难以忘怀的处女作《饥饿》。读每一本书花去了我三到六周的时间。为了给《巴伦周刊》写书评,我读了本关于 PowerPoint 破坏作用的书,接下来是一本关于奥迪隆·雷东的画册,中间休息七十五分钟,我会读《新来的服务员》。

当是时,我还在拼命看威廉·特雷佛、安德烈·杜布斯、詹姆斯·索尔特和麦维斯·迦兰的短篇小说集,啃了两百页威尔基·柯林斯的《白衣女人》,并重读了《道连·格雷的画像》前半段——这可能是我第七次享受阅读这本书的快乐了。我也重读了威廉·肯尼迪的《腿》和《比利·费伦最伟大的比赛》,并开始读他的最后一部小说《强哥的珠子和双色鞋》——这是别人给我的圣诞礼物。我还收到了一份更奇特的礼物——汉斯·法拉达《每个人都孤独地死去》最近的英译本。这本书我也开始读了,确实是本奇特的小说。我还没提到《发现法国》呢,我是从2009年,在另一个大陆开始读这本书的。还有安姬·迪柏的

《美国印第安人史》,这是我三年前开始,读了一半又放下的书。也不知道是怎么搞的,我居然同时在读三本有关罗马帝国的书,这还不算吉本的经典之作。我也在读保罗·约翰森的三本书:《艺术》《摩登时代》和《美国人的历史》。再加上那些轻松愉快的作品——大卫·里斯的《纸张阴谋》、鲁斯·伦德尔的《穹隆》,以及《回忆亨利·卡拉斯[1]》,这是一本温暖的纪念文集,笑点也不少——显然,问题很严重。可以说,我已经疯了。

病入膏肓的我甚至无法限制自己一次只读一本外文书。这会儿,亨利·鲍思高的《孩子与河》我读了三分之二,让·季洛杜的《温蒂妮》我读了一半,乔治·西默农的《我的朋友梅格雷》我快要读完了。这是我第二次读《我的朋友梅格雷》,虽然这本书写得并不特别出色。还有一些我在断断续续阅读的东西,包括玛格丽特·尤瑟娜尔的自传第一卷《虔诚的回忆》《伯特兰·罗素自传》,以及《追忆似水年华》的第四卷《所多玛和戈摩尔》——这是我第二次读这本书,刚刚开始。照这样发展下去,我是没功夫回头读《尤利西斯》了。

我这种阅读习惯不同寻常,恐怕还会降低阅读效率。有时我觉得自己之所以不情愿看完一本书,是因为我想让阅读它的乐趣延续下去,直到永远。更有时候,我觉得打开一本新书让我特别热血沸腾,而读完它却没有同样的感受。还有一个可能性,那就是,我在任何时刻都可能三心二意。女间谍玛塔·哈里的人生和时代固然精彩,但新泽西魔鬼队成功的中场陷阱是更值

---

[1] 亨利·卡拉斯(Harry Kalas,1936—2009):费城费城人(Philadelphia Phillies)棒球队很受欢迎的解说员。

得关注的问题。

朋友们说我的注意力持续时间太短,无法专心致志,但在我看来正相反。如果我有什么毛病的话,大概是注意力持续时间太长了,所以我才能同时读几十本书,而又对每一本都保持兴趣。更何况,我的记忆力很棒,以至于我可以暂停阅读,半年后再继续,也没忘掉之前的内容。《魔山》《国王班底》和《贝姨》我都是这么读下来的,我也打算这么去对付《月亮宝石》和《克拉丽莎》——叫我一口气读完这两本书的任何一个都不可能。某个围棋选手曾经告诉我,记性好的人看起来很聪明,其实智力一般。我就是这种人。他也不例外。

很长一段时间,我都以为,这种不断看新书的习惯是我小时候养成的,因为很多书开头精彩,如烈火熊熊燃烧,但看到七十页,就烧得差不多了。有些书降温还要更早。阿喀琉斯突然决定大发雷霆,《伊里亚特》就走下坡路了,连明星人物都不给力,因此也不难理解一个渴望冒险的小孩会把这本书在一旁晾几天,转而读起《泰山——奥帕的珠宝》。后来,我为了工作而阅读成堆的非虚构作品,当年的习惯仍然保留。大多数记者写的书,开头两章都还不错,后面的基本上是滥竽充数,到快要结束时再发力冲刺,给个总结。这是因为报刊编辑鼓励作者把卖点丢在前面,好材料都一股脑儿塞在前两章里,而读者也就看这两章。曾经有人告诉我,话题类书的读者常到六十页就不读了,发誓以后再继续。呃,我是真的会继续的。我在高中的时候开始读《吉姆爷》,直到五十二岁的时候总算读完了。亡羊补牢,为时未晚嘛。

但最近,我开始认为这个习惯是我二十岁出头,受聘于新泽西某家学期论文工厂时养成的。那份工作虽然很烂,却是天赐之物。它使我变成了一个高效的写作快手,因为我不得不研究各种题目,并在短短二十四小时之内交出成品。我从来没有真正尽力把我交上去的内容简化,很难想象这些论文是懒惰的白痴学生所为。我想,批改文章的老师显然是看得出来的。但结果如何与我没有半点关系。有生以来我第一次通过写作赚钱。这才是最重要的。

我也通过读书来赚钱。一天平均钻研十五本书,话题可以从蒙特苏马之死到高尔基的晚期戏剧,再到玻利维亚50年代的农业政策、18世纪法国资产阶级的兴起,以及常被忽视的《哈姆雷特》中的航海意象。在为论文工厂劳碌的那两年里,我读的书成千上万。毫无疑问,我阅读上的性中断问题就是那会儿才开始的。我通过写作赚钱,也通过多任务处理而赚钱。从那时起,我就开始同时做好几件事了。

几年前的某个夏天,我做了个实验:看看我能坚持多久不看新书。那会儿在看的书大概有三十本,我指望到七月中旬能把这个数目缩小到足够我对付的范围。只要我每周读三本书,也不翻新书,就并不难做到。开局还不错,我看完了芭芭拉·薇安(鲁斯·伦德尔的笔名)的两部悬疑小说,令我难以忘怀的《挪威的森林》,还有一本名为《男人和女孩》的温暖的故事,作者是乔安娜·特罗普。但过了一阵,我的决心就不如从前了,我打开了佩内洛普·菲茨杰拉德的《书店》(尽管这本书我已经读过六遍)、保罗·福塞尔的《战争年代》(这是我的一位大学老师送的礼物)、亨宁·曼凯尔令人身心疲惫的悬疑小说《霜降之前》,还有另一本书,关于1954年发生在奠边府的法国灾难,是一位参加过越战的朋友借给我的。简言之,这就是我的问题所在:不论我这会儿看的书多有意思——《埃涅阿斯记》也好,《战争与和平》也好,《红与黑》也好——我总是随时准备打开一本有四十六年历史的,讲述1954年越共在奠边府胜利的书。

同样的事去年冬天又发生了,我再次试图把堆积的书删减到足够我应付的范围。我终于缩减到了十五本,结果我又迷上了彼得·凯里的《派诺特和奥利弗在美国》、罗恩·拉什《塞丽娜》和吉姆·汤姆森的《波茨1280》,不知不觉间数目就蹿到了三十多,一直持续到今天。看来,我的背上有一只笨重的猴子,抓牢我不放手。我有一位好朋友,他的阅读习惯比较特别,那就是疯狂购买自己很可能根本不会读的书。还好我没这个习惯,虽然我的藏书里也有我绝不会看的东西——都尔的额我略[1]写的《法兰克民族史》,詹姆斯·格雷厄姆写的《愤怒的器皿,能量的引擎:酗酒秘史》,以及《拿破仑·波拿巴回忆录》,作者甚至不是拿破仑·波拿巴本人——但这些书都不是我最近买的。我已经不再买那些指望以后读的书了;我现在已经六十一岁,人生之路快要走到头了。有一位比我只小一岁的朋友,隔一段时间就会搞一次无节制的阅读狂欢。他也是爱尔兰裔美国人。我上回去他家时,发现他的咖啡桌上有一堆书,包括《美国演讲》——里面有F.肯尼迪1961年在柏林墙外的那一篇,结尾是

---

[1] 都尔的额我略(拉丁语:Sanctus Gregorius Turonensis):也译作格雷戈里和国瑞,法国天主教的图尔主教,高卢—罗马历史学家,也是基督教圣人。

说他自己是块果子冻饼,令人难忘[1]——以及亚当·戈普尼克的《天使与时代》,路易·梅纳德的《思想市场》,以及芬坦·欧杜尔的《大地谎言》。他指着这些书,既骄傲又忧心地跟我说:

"我必须在1月底读完它们,这是最后期限,必须读完。"

当时是1月15日。我数了下,那一堆里有六本书。最多七本。

真是小菜一碟。如果我也做出类似的承诺,消灭我那一堆读了一部分的书,绝对不可能在十六天之内完成。给我十六个月还差不多,而且与此同时,我还不能再打开新书。看着我的那堆任务,想想应该先读哪本,后读哪本,我总是得出同样的结论:《米德尔马契》将是我最后完成的书。这不是不战而降。要知道,为了读完这本书,我已经试过六次了,现在读到了312页。可是啃这本书就好比学曼陀铃、斯诺克和密宗性爱:能掌握这些技巧当然最好,至于其过程我是一秒钟也不会享受的。

我常在看完三本小说后又接着翻开另外四本,很可能是因为我不想沦落到无书可读,只能靠《米德尔马契》度日的地步。我一直想看完《米德尔马契》这种晦涩难懂、无法阅读的书,或者至少能看上几页吧,要是我有这个时间就好了。我早就把它们放在了荒岛书单顶端。但我知道,如果我哪天赶上海难,又能抓住残损的桅杆在海上漂浮、苦撑到某个遥远的海岸,当我拖着自己饱受磨难、淤青浮肿的身子脱离水面,发现一堆包括《达洛维夫人》《芬尼根的守灵夜》《约瑟和他的兄弟》以及《米德尔马

---

[1] 指肯尼迪在演讲中用德语说的"我是柏林人"。有传闻说,肯尼迪应该讲的是"Ich bin Berliner",但他多加了冠词ein,于是,这句话的意思就变成了"我是(柏林产的)果子冻饼"。

契》在内的荒岛读物,我恐怕会一转身扎进海里,漂往另一处岛屿,才不管鲨鱼有多大。

我曾以为自己一直中断手头的书,是因为找不到最想读的那本。错了。可以说,我看的每本书都是我想读的。实际上,这些书都太好看了,所以我才会停下来,因为我并不急着把它们看完。写得很烂的书我可以几小时搞定。问题简单得很:好书实在太多,至少让我每本都读一点吧。读书就好比参观卢浮宫:喜欢提香的人也不一定经得住贝里尼的诱惑。人生就是这样。

一本接一本地看书让我觉得等待已久的旅行终于开始了;虽说读完鲍兹维尔的《约翰逊传》、特奥多尔·蒙森的《罗马史》要花去我五年时光,但至少比学拉手风琴、参加怀旧气垫船比赛之类不切实际的朦胧设想要靠谱得多。从某种意义上说,这些书已经是我生命的一部分了。其他人可能会说:"总有一天我会读《尤利西斯》的。"嘿,我已经开始读《尤利西斯》了,三十年前就开始了。

几年前的某一天,我走进中央车站那家巴掌大的书店,买下了安德烈·巴雷特的《独角鲸之旅》。很难说这本书是不得不买的,因为我前一天晚上刚开始读塔西陀的《罗马帝国编年史》,普鲁斯特、吉本、乔治·艾略特等作家的书也还没读完。但不知道怎么回事,我当时感到一种压倒一切的冲动,只想立马把那本书带走。在书店,有的人被必须读的经典诱惑;而诱惑我的是必须开始读的经典。

"我已经同时阅读二十五本书了,为什么还要买这本呢?"我问一位站在身边的朋友,"你觉得这是一种病吗?"

"对,"收银员插嘴说,"这病来得不错。"

六年之后,我还没看完那本《独角鲸之旅》。

* * *

我不是唯一一个难以冲破终点的人。作家们也有类似的病症。1921 年,罗伯特·穆齐尔开始写一本名为《没有个性的人》的书,说的是一小群脾气暴躁的"世纪末"维也纳人,想把 20 世纪变成奥地利的世纪。在某种程度上,这个想法还真实现了:阿道夫·希特勒就是奥地利人,虽然他从德国人那里得到的帮助也不少。不过这可不是穆齐尔的主人公想象中的奥地利世纪。

穆齐尔的写作习惯不太好。他闲荡;他拖延。他无法集中注意力。到他 1942 年去世时,《没有个性的人》还未完成。然而即便如此,这本未完成之作还是经常被选为 20 世纪三部最伟大的小说之一,另外两部是《尤利西斯》和《追忆似水年华》。《追忆似水年华》的另一英译现在更为常用——《寻找丢失的时光》(In Search of Lost Time),即法语 A La Recherche du Temps Perdu 的直译。但是《追忆似水年华》更有诗意,更美好,而且我三十五年前读这本书的时候,它还叫这个名字,所以它永远都是《追忆似水年华》。我们必须以事情发生时的样子来记忆过去,而不是改头换面之后的形象。当伟大的亨利·阿伦(Henry Aaron)在五六十年代连击费城人队,在康利·麦克运动场一次次破坏全垒打时,他总是被称作汉克·阿伦。事实上,他的全称是"锤子"汉克·阿伦(Hammerin Hank Aaron)。多年后,阿伦告诉人们,他看不起汉克这个名字。他的团队把这个有损人格的乡巴佬名字强加给他,纯粹是出于宣传目的。即便如此,他永远都是我的汉克·阿伦。我不管他是不是讨厌这个昵称。也许马塞尔·普鲁斯特也讨厌《追忆似水年华》这个题目呢。

穆齐尔把余下的人生都用来写作及重写《没有个性的人》，但直到最后也没能完成。他就是没办法扣动扳机。所以，当人们问我："你怎么能把一本书读到1047页，然后停下来呢？"我的回答很简单："穆齐尔写书写到1130页，也停下来了。你们中间谁是没有罪的，就拿石头砸我吧。"

实际上，这些对话从未发生过。如果这个世上的人会就罗伯特·穆齐尔的工作习惯提出有意义的问题的话，他们就没工夫去管斯蒂芬妮·梅尔[1]的工作习惯了。在我认识的人当中，凡是听说过穆齐尔的，都是我曾经送过这本书给他们做礼物的，而且还没有一个收下礼物后特别开心。实话实说，《没有个性的人》是那种你读过之后几乎什么都不记得的书，只是清楚地知道，你享受了阅读过程的每一秒钟。或者，以我为例，当我差不多读完这本书后，记不得它讲了什么，只是清楚地知道，我享受了阅读过程的每一秒钟。在我余下的一生，这本书都将保持差不多读完的状态。我早就计划好了。

我并非一直有读经典的心情，特别是在劳累过度、沮丧或生病的时候。有些经典是致命的。有些经典会令病情雪上加霜。有谁真的喜欢读鲁德亚德·吉卜林呢？有谁还会在埃米尔·左拉的书里获得极大的乐趣？会有人真心喜欢本·琼生吗？不错，他们都是杰出的作家，但有时候仅仅是天才还不够。我读书已有半个世纪，但还没能培养出阅读《七角楼》的心情呢，而且

1　《暮光之城》的作者。

目前看来,我以后也不太可能读这本书。这一现象令人费解。从理论上说,一个人一辈子能够读完那些毫无争议的经典之作。实际上,花上五年时间就可以完成。但我没能这么做。我知道《七角楼》是怎么回事——之所以从来没读这本书,是因为我讨厌马萨诸塞州的人[1],况且,我知道这本书会令我头疼——但我不懂为什么那些我确实想读的书我也一直没读,比如《神曲》《浮士德》以及希罗多德的《历史》。可能我是想留着它们,以备不时之需吧。肯定是这么回事。年龄大了再读书并不会减少乐趣,可能效果正相反——我读《简·爱》、《堂吉诃德》就是这样。要是被问到我最爱的书有哪些,这两本都会出现在名单最上面。但我直到四十九岁才开始读《堂吉诃德》,五十三岁才开始读《简·爱》。说明延迟并不会剥夺快感。

这种对经典的拖延战术和我租借DVD的情形类似。虽说我的咖啡桌上有三部特别好的片子,我却不想在当晚观看。其中一部是埃里克·侯麦执导的敏感的成长故事,一部是黑泽明晦涩的黑白片,关于一场搞砸了的绑架,还有一部讲述了英格兰北方坚强的矿工的故事,鼓舞人心,让你想站起来喝彩。可惜,我今晚特别想看的是《疤面人》。

* * *

以前很长时间,我都难以放弃一本已经看了过半的书。有时候,我也会在看了一章之后就把书扔掉,比如《娜娜》和《信仰审判》。可是,一旦下了功夫,取得显著进展,我就很难悬崖勒

---

[1] 《七角楼》的作者纳撒尼尔·霍桑是马萨诸塞州人。

马了。只有在觉得合乎道德原则的时候，我才会停下来。我确实记得十几岁的时候没能看完《孽海痴魂》和《道兹华斯》，但到现在还能回想高中看完《还乡》和《远离尘嚣》时的满足，而这两本书我都很讨厌。《雾都孤儿》也差不多。这部小说问题不少，其主人公根本就不是主人公，而是个倒霉的毛头小子，飘荡在叙述的边缘。有那么几本小说，是我在高中时被逼着读，而且特别讨厌的，多年之后重新阅读，结果却大不相同。《喜剧演员》是我 1967 年读高中时的家庭作业，当时此书刚出版不久。我不喜欢。但四十四年后又一次阅读，却令我叹为观止。这是个激情的外遇故事，注定以悲剧结尾，书里有这么一句话："有时我觉得，我们与其说是恋人，不如说是共犯，因为一场罪行被捆在一起。"不被这样的内容打动几乎是不可能的，至于为什么有人要把一个发生在热带的香艳小说放进高中男孩的书单，我就想不通了。二十多岁看乔治·吉辛的《新密士街》和福特·马克多斯·布朗的《好兵》也挺艰难，但后来我又重读了这两本书三遍，每次都很喜欢，虽然它们并没有变得简单。《好兵》是很特殊的书，因为它绝不会成为谈论的话题。同属此类的还有莫里斯·梅特林克、伯莱斯·桑德拉的小说，保尔·克洛岱尔和西里尔·图尔纳的戏剧，维利耶·德·利尔—阿达姆的短篇小说以及高尔韦·金内尔的诗歌。我还没有和任何人谈论过上述作家，包括最会掉书袋的学究在内。从来没有。阿莱霍·卡彭铁尔、胡安·鲁尔福、罗贝尔·潘热也属于这一类。再加上博胡米尔·赫拉巴尔吧。

我已经不再强迫自己把书从头看到尾了。到如今，我会毫不犹豫地放下没有一下子吸引我的书。而当我放下这本书后，我就再不会看它一眼。最近看凯特·阿特金森的《善行》就是如此。最令我恼火的是,这本书读到一百多页,作者还在介绍新的人物进来,而且还没让人弄明白她要说的究竟是怎样的故事。好像她规定自己每天只写多少字,前一百页只是后面情节的热身。我被搅得心神不宁。当时我正在法国南方访友,处境十分尴尬。朋友们热诚地推荐这本书,我不能不给他们面子。我又不能撒谎说我从头到尾看完了,不然他们问上几个问题我就露馅了,法国南方人就喜欢这么做。后来,我不得不在他们的藏书里再找一本想看的,缓一缓劲。

经过一阵思想斗争,我最终选择了《绿屋的安妮》。以前我从没正眼瞧过这本书,结果从第一句话起我就迷住了。我知道,用《绿屋的安妮》的水准来看凯特·阿特金森有失公平,就好比拿包斯威尔的《约翰逊传》的水准看《相约星期二》。但作为十分成功的商业小说作家,凯特·阿特金森比 L. M. 蒙哥马利多了一个巨大的竞争优势。读者对阿特金森的品牌忠实度很高,他们愿意在一个什么都没发生的故事上耕耘几百页,因为他们信心满满,只要继续读下去,自己的耐心和勤勉一定会得到回报。人们之所以阅读凯特·阿特金森的书,是因为他们已经读过了许多本她写的书,并觉得满意。但是,当 L. M. 蒙哥马利写下《绿屋的安妮》——这本令她一举成名的书的时候,她不能指望读者对她纵容,因为她才刚刚出道。她只是个无名小卒,必须要从第一句话起就抓住读者的喉咙。她做到了。我还得说,把凯特·阿特金森和 L. M. 蒙哥马利相提并论是不公平的。但对于一位老人,对于即将走向生命终点的人而言,这个比较又是必需的。人生已经是零和博弈,花在平庸之作上的每一秒钟都应该花在伟大的作品上。

话虽如此,我还没有毫无来由地停止阅读任何一本受人尊敬的经典之作。我必须得先找个理由。同样的情况也适用于伟大作家的二流作品,比如福克纳的《塔门》、菲茨杰拉德的《派特霍比故事集》。就这么放下来,我做不到。我没办法满不在乎。一定要有正当理由。好像我在遵从文学意义上的沉默法则(omertà),拒绝告发黑社会同伙。某天下午,我把川端康成的《古都》从图书馆带回了家。自从大二读了《名人》《千只鹤》和《雪国》后,我就爱上了川端的书。我觉得这些书把我从毫无乐趣的费城带到很远很远的地方,确实不错。另外,我以为广阔的阅读涉猎能给女孩子留下深刻的印象,结果并非如此。我已经把这一结论告诉了我儿子,所以他直到今天还努力回避阅读任何川端康成的书。遗憾的是,《古都》有点无聊,我读起来挺困难的。导言里说这本书是诺贝尔委员会 1968 年授予川端康成文学奖的依据之一,他的获奖也当之无愧。但我觉得这本书很难读。难怪《古都》出版不久,川端康成就含煤气管自杀了。然而,我别无选择,只能读完这本书。要不然,我定会对川端康成满怀愧疚。这种责任感从天而降,不是我能控制的。

有的名著我已经读了不少,想放弃得找来种种理由,其中,我与威廉·萨克雷接触的例子最经典不过。他那本极其珍贵的《名利场》我看了一半,终于决定缴械投降,当年我三十二岁。我恨它,鄙视它,但是其作者地位崇高,牢牢占据西方经典、神圣不可侵犯,因此在接下来的二十三年里,我都因为没看完这本书而有负罪感。接着又一天,我走在乔治亚州的奥古斯塔的主干道上,偶然发现一块牌子,写到威廉·梅克比斯·萨克雷曾来过此处。牌子上还摘录了萨克雷说过的话,意思是,奥古斯塔真是个好地方,连奴隶都满脸幸福。我看到这块牌子的时候正赶上下巴突出的瑞茜·威瑟斯彭在最新的电影版《名利场》中饰演下巴不怎么突出的蓓基·夏泼。我这才意识到,一个叫瑞茜·威瑟斯彭的人肯定会变得凶残且令人厌恶,因为这个名字不会有别的结果。我猜想,叫蓓基·夏泼的也一样。我也意识到,《名利场》杂志我一期都没读过,无论主编是蒂娜·布朗还是格莱顿·卡特。在这些很不协调的多种因素的作用下,我对甩掉萨克雷1859年的经典所怀的歉疚被彻底打消。这次,我决定永远不看这本书了。只是,能如此幸运地脱离道德困境实属偶然。

我曾想发明一个词汇,来形容读完一本不喜欢的书之后产生的幸福感。我琢磨着,这个词汇可能就是"幸福感",下一个最接近的是Buchendungfreudejoie。有人和我一样,很难放下已经埋头苦干了很长时间的书。有一位和我最为要好的朋友说过,面对一本食之无味,弃之可惜的书,她最希望能突然看到一个写得极差、令人恶心的段落,以至于继续读下去和犯罪无异。

然后,她会悄悄说:"谢天谢地,总算突破我的底线了,谢谢你。"

* * *

我的一生不过如此,只是一系列和书有关的滑稽的恶作剧。我不断进行各种怪异的高难度表演,但因为这样或那样的原因,从来没有成功过。比方说,我一方面想把我一直想读的书列成单子,坚持下去,直到冲过终点线;另一方面,我又讨厌这么做,想到《艰难时世》里的葛擂梗先生(Mister Gradgrind),滥用权势,列单子、排表,真是难以忍受。我的一部分沉醉于随机和惊喜,所以在宾州车站等人的中途——等的还是一位对我衰败的事业有重要影响的人——我会突然产生难以控制的冲动,想溜进某家书店,买一本薇拉·凯瑟的《啊,拓荒者!》,然后消失在暮色里。

我觉得人生有目标还是很重要的,只要你明白,实现这些目标并不能获得幸福。在任何一项文化全能赛上,抵达临界点、意识到整个事业是多么愚蠢,也同样重要。我二十四岁时,曾花了一年时间阅读世界上最伟大的书籍,从柏拉图的《理想国》到《坎特伯雷故事集》,再到《战争与和平》。我也开始读《尤利西斯》,但是一直没能读完。实际上,我差得太多了。几年之后,我开始读《纽约时报》列出的,过去五十年最伟大的小说;我读完了《朱莱卡·多卜生》《丰普肖特纪事》和《遮蔽的天空》,但还是没有看完《尤利西斯》的工夫。后来,我又很认真地开始读现代文库的百部最伟大小说,和《相约萨马拉》《乱世忠魂》《占星家》好好打了几仗,但还是没能完成《尤利西斯》,虽然它就在这个单子的最上方。之后,我又努力去读安东尼·伯吉斯开列的九十九部二战后最佳英文小说书单;拿下《贫困女孩》《无限梦想公司》和《受害者》毫不费力,但我最终意识到,就算我活到一百岁也不可能读完《泰忒斯诞生》或者《羊童贾尔斯》,更别说《尤利西斯》了——这本书甚至都没被这个书单收录。十之八九,《尤利西斯》将是死神降临之前我读完的倒数第二本书。最后一本自然非《米德尔马契》莫属。

读每一本书之前,我都必须想好一个长期目标,要有某种奖励,或者至少有个安慰奖在旅程的终点等着才好。这并不能妨碍我从书架上随便拿一本旧书去读。但即便我这么做，即便我给自己放个假，暂停精疲力竭的探险，我也会很快跳回常规模式。我的成年生活就是不断优化、设置、部属资源的漫长过程。举例而言，我现在发觉清理闲置书籍已经不可能了。没工夫读一本书，也就是变相承认当初买它是个错误，我不愿做这样的让步。可我的架子上到处是这样的书，购买时看起来不错，但到头来我就是没工夫或者不愿意去读。《疯狂的奥兰多》、卢梭《忏悔录》第二卷显然包括其中，但还有一些不太重要的读物，比如《傻瓜词典》《最后的花花公子：波菲里奥·鲁维罗萨的高贵生活》，或者潘趣为了教训朱迪[1]写的东西。为了给保留这么多书找理由——不少内容还挺奇怪的——我过段时间就会搞一次史诗般的文艺计划，这样从理论上说，我必须保证这些书都在我的藏书室里。以下是我几年来试过的一些计划：

1. 读遍我收藏的书。快成功了，只差一点儿。
2. 重读我的收藏里已经读过两遍的书。已经做过一遍，很有意思。《爱玛》《落水鸟》《夜长梦多》和《万世流芳》从未令我失望。
3. 读遍好朋友借给我的书。尚未开始。
4. 重读我在某一年里读过，而且我印象中还不错的书。还在努力。
5. 花一年时间，只读篇幅短的书。我最开心的一年。
6. 花一年时间，读我闭着眼从图书馆架上拿的书。很

---

[1] 潘趣和朱迪是英国传统木偶戏的角色。

快就没劲了。

7. 花一年时间，读我一直怀疑自己不会喜欢的书。试过一回，坚持到弗雷德里克·埃克斯利的《粉丝笔记》为止。我没能看完的包括《巴比特》（喜欢的）、《洛丽塔》（不凑巧，我女儿那会儿十四岁）、《弗洛斯河上的磨坊》（太凶残了）和《章鱼》（真不容易）。书单上还有《金枝》《亨利亚当斯的教育》《泰戈尔故事选》，以及显而易见的《芬尼根守灵夜》。老实说，能够悬崖勒马我很庆幸。

8. 花一年时间，读英年早逝者的作品。F. 司各特·菲茨杰拉德、阿瑟·兰波、拉尔夫·艾里森、阿尔弗雷德·雅里和哈珀·李。天哪，真够压抑的。

9. 读完我收藏的所有专门放在咖啡桌上的图文书。我把《骗局与奇观：气味摔跤手令人惊异的照片、人体导弹、巨型冰雹、柔术演员、模仿大象的人以及更多更多！》读到正好三分之二，决定是时候收关了。

10. 花一年时间，读我已经开头，但没有完成的书。符合这一条件的，在我家和办公室共有一百三十八本。其中之一——奥特嘉·伊·加塞特的《大众的反叛》——我是1972年开始读的，然后放到了一边，以为自己哪一天还会继续。但直到现在我还没有继续读下去。

11. 花一年时间，读我收藏的书中尚未开始读的书。这样的书其实不过十五本，最多二十本。包括保罗·肯尼迪的《大国的兴衰》、彼得·怀特的《人数》、阿瑟·施莱辛格的《杰克逊时代》、马修·伯曼的《一切坚固的东西都烟消云散了》，还有雅克·普莱维尔的《话语》。这些都是我想读的书。这些也都是我确定会喜欢的书。完成这个任务恐怕不会超过三个月。这些书就在我的办公室中间。但为什么我不去读呢？我弄不明白。

12. 花一年时间,只读收藏的外文书。我有一百五十八本这样的书,不过其中有些是德语的,我读不来。这个计划到现在还从未认真实施过。对娜塔丽·萨洛特和阿兰·罗布—格里耶的三部实验小说恐怕也无所助益。

13. 花一年时间,读冰岛作家的书。开玩笑而已。

这些计划有的沉闷,有的疯狂,大多数时候我会及早醒悟,偃旗息鼓。但即便我没能完成自我强加的任务——类似赫拉克勒斯清理奥吉亚斯王的牛厩——我还是因此获得极大的收获,只有少数情况例外。举个例子吧:几年前,我决定花一年时间,每天读一本书。我之前已经说过,温斯顿·丘吉尔据说成年后每天读完一本书,我一直都很羡慕。但我是不大可能完成同样的壮举的,除非我只读篇幅短小的书。因此,某一年的秋天,我开始前往图书馆借阅我能在两小时内读完的书。三小时最多。我也读了我已经买过的三十本书,出版社或好友送的十多本书,我从小说中心借的二十五本书(小说中心是曼哈顿中城的一家私人图书馆,很不错,虽然名气不大),以及我从垃圾堆里翻出来的几本。几乎都是长篇小说、中篇小说或短篇小说集,因为阅读篇幅不长的虚构类作品比非虚构类的更容易,除非亨利詹姆斯或者托马斯曼牵扯其中。小于一百页的不多,大多数是一百到一百五十页的,只有两三本超过两百页。

我最喜欢的是这个计划的随机性。我经常不戴老花镜就去图书馆,选几本看起来不错的简短小说带回家。我通常纯粹靠猜,因为封面上的字太小了,我根本看不清。要是回家后,我发现借了本苦乐参半的励志故事,说某个刚刚离婚的女人,搬到了缅因州、中央高原或者津泰尔海峡,一开始被当地人的粗鲁和笨拙吓了一跳,随后又被其精明的魅力吸引,我就会把书还掉。就这样继续下去,我至少每天读一本书,坚持了四个月,按我自己的时间表稳步进行。我有一些美好的发现:《远方明亮的星》,一部震撼心灵的小说,关于1917年墨西哥战争,作者是罗伯特·詹姆斯·奥姆斯泰德;巴西作家莫阿西辛克莱奇异的寓言故事集《迷之眼》。阿梅丽·诺冬的小说《东京未婚夫》,讲述一个比利时女人在日本教法语,一个成绩不佳的学生和她相恋的故事,里面有这样一句话:"如果我爱过你一次,我就会爱你到永远。"更别提一系列背景在俄亥俄州阿米什人聚集地的诡异的悬疑小说了。

这是个宏伟的计划,鼓舞人心。我享受每一秒钟。可惜一飞到瑞典这个计划就散了架,我生了病,变得抑郁,脖子上长了个瘤,看起来不太妙,飞到伦敦,被哈利街上一家免约诊所蛊惑,偏离了我的计划轨道。我的每项计划都难免这样的结局。虽说我在启程之际有最真诚的心意,下定决心完成使命,只可惜后劲不足,到了中途就心烦意乱了。心灵固然愿意,肉体却软弱了。哎,其实我连心里怎么想的都不敢确定。

到头来,我已经落后得毫无希望,只看了微不足道的二百五十本书,和原目标相差太远。要是采取速读或大看儿童文学,我恐怕还能蒙混过关。但我不能这么做。粗人才速读。儿童文学嘛,毕竟是给小孩看的。其实到最后都无所谓,又没人计分。整个工程就好比跑马拉松的跑到一半,发现马拉松很白痴。但我就是喜欢这段插曲;能够每天早晨翻开一本书的封面,午夜看完最后一句话,令我兴致高涨。在这期间,我读了《简妮的肖像》

（罗伯特·南森）、《树上的男爵》（伊塔诺·卡尔维诺）、《魔鬼词典》（安布罗斯·以马斯）这样的经典。读了穆里尔·斯帕克的三本尖酸刻薄的小说，和乔伊斯·卡罗尔·欧茨的几本匆忙写出的作品——包括《黑水》，从溺水受害者的角度重写了查帕奎迪克岛事故。我读了阿尔贝托·摩拉维亚的三部小说、波拉·福克斯让人揪心的回忆录《绝望的角色》、彼得·泰勒的《富有的女人》、托马斯·肯尼利的《詹米·布莱克不斯密的呼喊》，以及知名作家的短篇小说集，比如帕特里西亚·海史密斯、洛丽·摩尔、苏珊·米诺、雷诺·普莱斯和巴里·汉娜。也有不太知名的作家，比如蒂姆·帕里什、伊娃·法吉斯、马克·理查德、布莱斯·沃森、克里斯汀·舒特、约翰·毕格奈。帕里什的《红棒人》和毕格奈的《拷问者的学徒》是我特别的收获。

我也读了卡波特无精打采的第一部小说《夏日路口》，田纳西·威廉斯阴冷的第一部小说《石太太的罗马春》，瓦勒斯·斯蒂格卓越的处女作《记住笑》——这部作品还参加了小布朗出版社1937年办的小说处女作大赛。它已经七十二岁了。陈旧、褪色的封面上有如下宣言："我们在被人遗忘的短小说领域寻找成功之作，我们的比赛鼓励许多作家用这个独特的文学形式创作最好的作品，而这个故事从一千三百四十份手稿中脱颖而出，是我们寻找到的第一颗果实。"事实上，这本书的封面就是一则巨大的广告，甚至把两千五百美元的奖金写在最上面。我还是第一次看到这样的封面，佩服得五体投地。我是在当地图书馆找到这本书的。不消说，几年内都没人借阅过。它是我从2011年沃纳图书馆清洗计划里拯救的书其中之一。它至今还在那里。

我钻研起以前没读过的著名作家,包括纳吉布·马哈福兹(《王位之前》)、牙买加·琴凯德(《露西》),以及约翰·伯格,后者心酸的小说《从 A 到 Z》以一系列打乱顺序的字母,记录了非洲监狱里一个政治犯和梦想着他被释放的女人的恋情。这段冒险带我来到许多我从未想过要去的地方。因为我的选择是随机的,我读了来自冰岛、中国、泰国、挪威、瑞典、丹麦、阿根廷、比利时、以色列等地的作品。这些书的题材千差万别,从 1941 年纳粹逼近某芬兰村落时没能逃走的樵夫,到狂乱的泰国异装癖者在宗教节日期间的困境。其中一些书非比寻常——皮埃尔·米雄的《渺小人生》、安妮·狄勒德的《山楂树》、让·艾什诺兹的《跑》、N.M. 凯尔比的《在天使的陪伴下》、黎氏艳岁的《我们都在找的土匪》、安德鲁·霍勒伦的《悲》。我爱这些书。它们在我的生命中仅仅停留过一天——最多两天——但是那些天因为它们而特别。每天我都满怀期待,遇见那颗我将在午夜送别的珍宝。小书有大书所没有的好处。大书是塞尚,小书是杜飞[1]。小书制订自己的规则,并因此成功。鸿篇巨制就算再好,读起来也难免沉闷。读《尼古拉斯·尼克贝》很累。读《亚当·贝德》更是苦差。读《丛林》是自我折磨。而读这两百五十本小书从来没让我受不了。

并不是每本书都同样迷人。路易·德·伯尼埃尔的小书《红犬》讲述了一只活泼的澳洲犬努力装萌未果的故事。吉本芭娜娜毫不妥协的轻小说有特定的阅读群体,我不在其中。戈

---

[1] 劳尔·杜飞(Raoul Dufy, 1877—1953):法国画家,擅长风景、静物和装饰画,色彩明亮,风格属于野兽派,名气不如前文提到的印象派后期画家塞尚。

尔·维达尔的短篇小说集《云·食》愤世嫉俗且残暴。菲利普·罗斯的《羞辱》很糟糕。但这些都无关紧要,因为读一流作家的烂书与读平庸作家的好书还是有所区别的。这就好比看到威利·梅斯栽倒在大都会的中场,结束了他的运动生涯。虽然令人难过,但他还是威利·梅斯。

并不是所有篇幅短的书读起来都快。安妮塔·布鲁克纳[1]优雅的小说通常不足两百页,但读完需要不止一天,因为这些故事都没精打采、令人沮丧,呈现速度缓慢,没有火车那样向前冲的劲头。布鲁克纳不做文体上的实验,她的小说并不时髦。主角几乎都是不幸的中年妇女——你几乎能察觉到樟脑丸的味道——故事也都差不多。它们就好比酋长乐队的唱片;除非你是铁杆乐迷,否则有一张唱片就足够了。不过,忠实于这样一位不停写同样故事的作者也是安心的,她要不是没有意识到作品中的重复,就是根本不在乎。汤姆·麦葛尼和约翰·麦加恩也属于这个类型。他们就像海顿,总能从容应对。虽然应对同样的场合,但依然从容。

那一年快过完了,我也差不多扫完了当地图书馆值得阅读的短小说。看起来收尾的时候到了。我又拾起了更厚重的大部头,比如塔西佗的《罗马编年史》以及《白衣女人》。这些书带给我的快乐完全不同,因为翻开书页的那一刻我就知道它会成为我接下来几天的伴侣,也许会延续几星期,甚至几年。这种乐趣再怎么夸张也不为过。十年前我第一次读《堂吉诃德》的时候,连续六星期都不肯接电话。读《简·爱》时也如此。我只希望

---

[1] 安妮塔·布鲁克纳(Anita Brookner):英国小说家、历史学家。

这样的书能有更多。若果真如此,我就再也不会接电话了。

小书自成一格。写得好时点到即止,再多就画蛇添足了。艾伦·班尼特的《非普通读者》就是个完美的例子。这本可爱而诙谐的中篇小说讲述了伊丽莎白女王偶然发现一座流动图书馆,于是突然间沉迷文学的故事。有段很搞笑,说有本书被女王给忘记了,丢在了豪华轿车里,结果英国特情局以为是炸弹,把它销毁了。

"怎么可能爆炸?"女王说,"那是安妮塔·布鲁克纳啊!"

《非普通读者》的创意很好,就这个话题读上一百二十页毫不费事。但要我读两百二十页就不行了,甚至一百三十页都很勉强。正如迈尔斯·戴维斯曾经解释的那样:天才在于懂得何时终止。

在班尼特这本中篇小说的二十一页,女王的自我发现之旅刚刚启程之际——最后她会读到普鲁斯特的——有如下这段话:"她明白了一本书如何通向另一本书,无论转到哪里总有打开的门,要读完想读的书,每天的时间都不够用。"

正是我的想法,丝毫不差。

第四章

架上期限

1982年11月是传说中美国历史上房屋销量最多的月份。那个月,全国橄榄球联盟罢工了三星期,于是不幸到绝望的男人们一下子从橄榄球场的霸权下解放,星期天的下午无事可做,只能陪欣喜若狂的老婆逛房地产市场。我家正是如此。我挥手告别青春和梦想,虽然一百个不情愿,还是同意(几乎同时)收获一座房子、一片花园和小孩。我陪老婆走上那短暂而致命的旅程,乘火车北上哈德森,离开曼哈顿公寓到了杜布斯渡口。在此开启我们的购房探险。

　　杜布斯渡口位于布朗克斯北部十英里处的郊区,平凡无害、民风淳朴。它的名字唤起田园诗的氛围,可惜实际情况要差一点。迎接我们的房产经纪人是一位正在休假的文物保护主义者。她告诉我们,虽说贷款利率是天文数字,经济衰退得厉害,导致目前房价偏低,但是在文化单调的杜布斯渡口,我们还是买不起房子。我们不妨去五英里以北的柏油村试试,那里没有杜布斯渡口生机勃勃,但是房价要比周边地区低三成,因为种族混合居住,公立学校有半数学生是少数族裔。要是真想淘个便宜货,还可以去杨克斯,她附带说了一句。我们完全没有认真考虑过搬到杨克斯。特别是我那位英国出生的老婆。不会有人愿意从草木繁茂、田园牧歌般的科茨沃尔德[1]搬到杨克斯的。没这可能。

如此一来,我们便选中了柏油村。房价是决定因素,但柏油村还有其他优点,令其在艾尔姆斯福德、瓦尔哈拉、北百原等相邻村落中出类拔萃。首先,它没有瓦尔哈拉这种荒谬的名字。其次,这儿有家香喷喷的意大利熟食店,热闹得很。我有种回到费城的感觉,费城到处是香喷喷又热闹的意大利熟食店。这儿还有家一元店——连午饭窗口都有——也让我联想到贵格城的岁月。不过,对于我这个一辈子生活在城里,根本就没想搬到郊区的人而言,引我上钩的其实是柏油村中心位置的一家可爱的小书店。都市人搬到郊区,最担心的就是失去艺术、音乐和文明,因为郊区基本上是和艺术、音乐及文明隔绝的,只有少数例外。我一开始以为自己来到了死亡之谷的阴影,而书店的存在从某种程度上抚慰了我抛弃城市、拥抱郊区、告别青春和梦想、埋葬人生而产生的痛楚。

我们买下了房产商给我们看的第三套房子——非常便宜,但需要修缮,自从19世纪50年代那一家爱尔兰裔美国人搬到这里后,就再没人住过。房子破破烂烂,但地理位置不错——街对面就是公共图书馆,百码之内还有家小超市,和1883年建成的夏伊洛浸礼会教堂只隔两扇门。这座教堂以前还做过歌剧院,音乐女神欧忒耳珀从未离开此地。不喜欢福音音乐的人可来错地方了。我们当即就被这个村子迷得神魂

---

[1] 科茨沃尔德(Cotswolds):位于英格兰的心脏,涵盖包括萨默赛特、牛津在内的六个郡,古色古香,有典型的英国小镇风情,风景名胜众多,旅游业兴旺。

颠倒，不过主要原因可能是我们的第一个孩子在圣诞节的早上降临，哪怕正在加尔各答的地牢里露营，我们也会神魂颠倒吧。当初吸引我们的两样东西相继消失，但我们对柏油村的迷恋依然如故。意大利熟食店在我们搬来不到一年就关门歇业了，被一家没心没肺、态度冷淡的便利店（CVS）所取代。这家店的老板很忧伤，从没露过笑脸。（有当地人说，CVS的全称是"尽量不笑"，"Chuckles Very Sparingly"。）一元店也没撑多久；时代变了，一元店却没跟着变。但当它终于倒闭的时候——主要是因为便利店取代了它的大部分功能——一个略微高档的美食店取而代之。所以我们也没有太大的损失。出乎意料的是，书店的寿命要比极品熟食店、传奇一元店长很多。我们在柏油村的最初几年也因此而格外愉快。

这家被珠宝商、眼镜店和银行包围的书店一开始叫"书栈"，颇为实用但创意不足。五年后转手，它才进入了全盛期，改名为"书·物"，对于书店来说不太吉利。它品位不俗、内涵丰富，在此地格格不入，因为这个工人阶级主导的小镇基本上没什么品味和文化。居民们也读东西，但读的不多——主要是路牌啊，自助洗衣机说明啊，麦片盒子这些，以及价码过高的罚款单背后的小字。这家店原先就不错；领导班子更迭后变得更加卓越。书店经理是个可爱的年轻人，名叫科里·弗里德兰德学识渊博，工资很低。传统小镇书店里该有的书这里都有——悬疑书、爱情小说、自助指南、垃圾书——但只有圈内人看的书它也不缺，比如三岛由纪夫的《金阁寺》、沃尔特·阿比什的《它有多德国》、布鲁斯·查特文的《伍兹》、齐诺瓦·阿切比的《荒原蚁丘》。要是没了这家店，住在这里的人看起来就不太聪明、没什么见识。它不属于此地,更适合曼哈顿东村、赛多纳、阿维尼翁或者火星。世界各地的书籍出现在一家郊区书店,出人意料地赋予了这条布满发廊、比萨店和酒吧的街道以优雅的气息。这家店建立在一座实际上不存在的村落里,它不畏苦难坚持,期待只要大家都努力,就不会引起当地人的注意。就好比某个爱搞恶作剧的神灵把一个昂贵的肉店安插在遍地是素食主义者的镇上。

有段时间,这家店的生意很不错。我作为老客户也帮了忙;从 1982 年 11 月到 1994 年关门歇业,我在这里买过两百多本书,作者包括查尔斯·布可夫斯基、艾丽丝·默多克、保罗·鲍尔斯、朱利安·巴恩斯、罗伯特·斯通、雷夏德·卡普钦斯基、佩内洛普·莱夫利、理查德·普莱斯、托马斯·伯纳德、伊万·多伊格、J. M. 库切、艾瑞克·克拉夫特、玛格丽特·德拉布尔、迈克尔·弗莱恩、赖特·莫里斯、查理·巴克斯特、威廉·博伊德、唐诺·魏斯雷克和佩特洛尼乌斯。我们买下房子的当天我就在这家店买了《太阳照常升起》和舍伍德·安德森的《小城畸人》,后来看了一遍又一遍。因为重读这两本书会把我带到当时那个瞬间,未来在我们面前伸展,似乎永无止境,这个未来又无限光明,充满魅力。

我和书店的工作人员处得友好,包括一位脾气暴躁的老人家(她在书店干活的同时还拥有一家印刷厂),以及住在河对岸皮尔蒙特村的副经理。皮尔蒙特村是英国上校约翰·安德烈被当地强壮的爱国者捉拿并吊死的地方。他的靴子里塞着贝内迪克特·阿诺德[1]的字条,提出把纽约西点的堡垒交给英军。我搞不清这些人怎么想到去搜安德烈的靴子;从表面上看,这些强壮的爱国者和路边的强盗没什么区别。这个逮捕行动就发生在柏油村,或者柏油村的边缘,这也是这个村子最有名的一件事。

1992年,我的第一本书出版,我就在这家书店开过朗读会。我的女儿好几个星期六的下午在这里上班,穿得跟贝贝熊一样。这样的装束把人热得要死,但她应付自如。这是她第一份赚钱的工作。我的孩子们很快养成习惯,觉得每周去书店几次是世界上最自然的事。而我自己在接下来的十二年里几乎每天都会去这家书店看看。这是柏油村最好的东西。

"书·物"的店主是一对中年夫妇。他们在五英里以北的奥斯宁边缘还开了一家更大的店。奥斯宁就是星星监狱的所在地。1899年,正是在这里用电椅处死了第一个女囚,而电椅的发明还要归功于托马斯·爱迪生。此公的邪恶十分随意,可以说是条件反射,但了解的人还不多。这张电椅被称为"老烟囱"。不过,"书·物"的旗舰店并不在奥斯宁的那一边,而在一英里开外的傲慢村落——布莱尔克利夫庄园,被繁忙的商业区包围,那里有超市、银行等等标配的乏味设施。

这家店有一些忠实的顾客,至少店主是这么认为的。该店

---

[1] 贝内迪克特·阿诺德(Benedict Arnold):美国独立战争时期的重要军官,起初服役于反殖民的革命派,并且屡立战功,后来却变节投靠英国,成为美国历史上的争议人物。前文提到的约翰·安德烈是阿诺德的信差,正是安德烈被反殖民者截获导致阿诺德的变节曝光。阿诺德后来逃脱追捕,加入英军,战后往来于加拿大和英国之间从商。

的商品也很有品味。如果你想找奇努阿·阿切贝[1]最新的小说,你算来对地方了。但是因为房东突然提高了租金,店主决定搬迁到一英里之外,一个交通不太繁忙的商业街。老主顾们肯定会跟着走的——他们很有把握——忠实的顾客也确实这么做了。但遗憾的是,店主犯了大错,严重低估了随意走进来的逛街人群带来的巨大生意。这些年来他们因此赚了不少,尚佳地理位置的作用不容小觑。而新店几乎没有逛街的人群。要到那个地方,就得多走一英里,而且只能驾车前往。要在这里开一家日本餐馆、宠物店甚至丧葬店想必不错,但是书店就不行了。"书·物"一年之内就破产了,柏油村的分店也被拖下水。店家恐怕很郁闷,有种被出卖的感觉也理所应当。几年后,我开始读佩内洛普·菲兹杰拉德令人心碎的小说《书店》,有句话令我印象深刻,描述的是女主人公离开哈德伯勒村的情景:"火车离站之际,她在座位上羞愧地低着头,因为这个她生活了将近十年的小镇不想要一家书店。"店主的感受想必正是如此。"书·物"是他们送给社区居民的礼物,送给两个社区的礼物。而居民们却不想要。

柏油村分店关门的那一天非常悲哀,一个现代郊区的美国悲剧,如果有这种东西存在的话。那天发生了什么我记不起来,我记不得自己在想些什么,最后一次进店是什么时间,最后买了哪一本书,正如我记不得我母亲去世那天发生了什么一样。如此令人不快的事情,谁愿意记住细节呢?又有什么用呢?有传

---

[1] 奇努阿·阿切贝(Chinua Achebe):尼日利亚当代著名小说家,成名作《瓦解》是非洲文学中被最广泛阅读的作品。

言说书店还会再开张,转手给他人管理,这完全是痴心妄想。到最后,取代它的是一家雅致的小茶馆。要让我选的话,我宁愿见到不么造作的五金店、发廊甚至动物标本店,不需要靠安德烈·波切利[1]来营造地中海文艺气息。但开张的就是一家茶馆。书店消失之后,很多人忘记了曾经有这么一家店。但我没有。这家书店关门,是我一辈子都忘不了的事。我在此地居住的头十二年里,我曾经毫无保留地热爱柏油村,此后也继续享受这里提供的乐趣。但是书店关门之后,这个小镇就和以前不一样了。有这种感觉的也不止我一个人。朋友们也同意,村里的生活质量逐渐衰退,无法改变,也正是从那一刻开始的。这个镇子丢掉了某种稀有、珍贵、美好、迷人的东西,无法取代。小镇的心还在跳,但跳得已经没那么快了。

*　*　*

柏油村的经历只能说是例外,其实我对书店并没有特别的感伤情绪。我去书店的目的明确;买书一向很快;前脚进店,后脚就出门了。我去书店不是为了工作而买书——一般活做完了就扔掉——就是买一本我当天想看的书,比如最近我就买了《暴风雨》,而我从前看都没看过它一眼。不过我几乎不会有这么做的必要,因为我拥有的书足够我从现在一直读到死。

我很少为了消磨时间去书店。我宁可坐在公园读报纸。我也不会雄心壮志,买书如山倒,在架子上摆满沃克·珀西和谢尔比·富特的书信全集。这样的书我几年内是不会读的,就算我

---

[1] 安德烈·波切利(Andrea Bocelli):意大利盲人歌手,古典跨界音乐男高音。

想读,也得在完成了沃克·珀西和谢尔比·富特的全部作品之后。出于同样的原因,我没买过《薄伽梵歌》《西藏度亡经》《易经》,或者奥斯瓦德·斯宾格勒的《西方的没落》。我根本就没有读这些书的想法,也不愿装模作样。60年代我还在大学的时候,年轻人引用这些书中的段落是一种潮流,特别是《西方的没落》一书,好像背上几段愚蠢的理论就能加速西方的没落。从那时起,我的大学同学们就进入了加速衰退期,奥斯瓦德·斯宾格勒的名声也是如此。而西方的气色好像还不错。

我不会把买书当作仪式,以为买下了书就意味着有一天会去读它们。这么做就好比故意买小一号的裤子,期待自己一下减去二十磅肉,还穿得上。我的衣柜里还有一条我在三十二岁时买的黑色牛仔裤,那会儿我的体重是一百六十二磅。我曾以为自己还能等到穿上这条裤子的时候。那以后,我的体重一度飙升至二百二十七磅,虽然现在回落到了一百九十五磅。待到时机成熟,我也许能减到一百七十五磅。但我是再也不会回到一百六十二磅了。也就是说,我再也穿不上那条裤子了。我只是把它当作客观对照物保存着,作为失乐园的象征。这条牛仔裤就像谚语中说的去年的雪。"去年的雪,如今安在?"[1]诗人问道。"在我的壁橱"[2]。

这条裤子和《丹尼尔·德龙达》[3]的区别在于,我还是很想喜欢这条裤子的,而且我坚信,假如有一天我还能穿得上它,我

---

1 原文为法语,是弗朗索瓦·维庸(Francois Villon)的一句诗。
2 亦为法语。
3 《丹尼尔·德龙达》:和前文多次提及的《米德尔马契》同为英国女作家乔治·艾略特的小说。

的人生会有很大改观。对于《丹尼尔·德龙达》我没有这种想法。我是绝对不会喜欢《丹尼尔·德龙达》的。我也绝不会认为《丹尼尔·德龙达》会大大改善我的生活。阅读《丹尼尔·德龙达》对我产生的影响就和去布宜诺斯艾利斯玩差不多。不至于乏味,不至于无趣。旅程归来,我还会讲上几个好玩的故事。但很显然,这并不是我毕生的梦想,实现它也谈不上心满意足。

更何况,我不想把我的藏书变成微不足道的纪念品,虽然其中有一两本确实属于这个类型。柯莱特的《自由少女》是我二十一岁时在巴黎买的。这是本很抢眼的口袋书,封面近乎淫猥,花了我九十五生丁——那会儿值十八美分;用铅笔写在书皮内页的价钱几乎已经看不见了。它不过是另一个与记忆中遥远而美好的过去的链接,那时候的我无比幸福,生活的可能性延展在我面前。如今我已六十一岁,幸福的感受时断时续,生活的可能性已经没有具体的方向,甚至是否存在还是问题。但是只要看到这本书,我就会想起在巴黎的那一年,人生还没有把我带到偏僻的小巷,把我痛扁一顿。所以我这会儿还留着它。话虽如此,我却没有任何阅读《自由少女》的打算。柯莱特的其他书我也读过一些,从来没喜欢过。萝卜青菜各有所爱,柯莱特就不是我的菜。

尽管我基本上都是去书店买书,很少上网买,但我在书店几乎没有什么与众不同的经历。我很愿意告诉你,我小时候常去一家发霉的旧书店——书虫角,就给它起这么个名字吧——我会在某个好心的老绅士的注视下,蜷缩在角落里阅读《杜里世家》和《康提基》。这位老先生放弃了很有前途的律师职业,开了这家火柴盒大小的书店,只为穷人服务。可惜实际情况并非如此。我长大的居民区附近根本没有书店。书店根本不存在于50年代任何一个普通的费城居民区,除非在市中心,但是普通的费城人基本不去那里。想去书店的话——除非你住在中心城市——你就得坐公车或者走上好几英里,等你赶到书店的时候,又没有什么特别的东西等着你。肯定没有老绅士。在那个年代,能勉强称得上是书店的,多半是简陋的小屋,由怪人、小气鬼和好色之徒掌管。往后走,总有几个书架专供淫秽的或者说文学上不太健康的东西。但只有满十八岁的人才能过去看。不过,我们有些人还是尝试了,迫不及待地想看看这些声名狼藉的平装本,书名多半是《兼职妓女》《地狱美人》《拿鞭子的猫》。写这些书的多半叫本·多佛,或者诺曼·康凯斯特。这些小店没给我留下多少印象。小时候每周一次登上流动图书馆的经历是无与伦比的。但在我性格形成的年代,书店不怎么鼓舞人心。我与书店的故事我完全不记得。

出于这个原因,我也不记得我买的第一本书,或者我造访的第一家书店。可能是阿加莎·克里斯蒂的某本悬疑小说,或者是著名导演阿尔弗雷德·希区柯克"呈现"的惊悚故事集吧。希区柯克在60年代早期曾兼职做流行电视节目的主持人,专攻某种精心设计的怪诞,美国观众由于某种原因特别喜欢。这是那个年代美国人的奇怪之处:他们一点都不滑稽;他们不喜欢滑稽的东西;但是他们却为阿尔弗雷德·希区柯克的滑稽着迷。

我的第一本书大概是在等公交车消磨时间,在某个药房[1]

---

[1] 美国的药房(drugstore)也兼售化妆品、书等杂货。

买的吧,不管它的标题是什么。那时候,每个周六我都在城市另一边的某家服装店打工。在这个意义重大的买书时刻到来之前,我每周六都会买本漫画书,有时候是《蝙蝠侠》,有时候是《正义联盟》,偶尔会尝试《超人》,但常常是某册漂亮的《经典插画》,将《悲惨世界》《弗兰肯斯坦》甚至是《高卢战记》描绘得栩栩如生。我大概是十三四岁的时候渐渐放弃漫画,开始看书的,只不过那会儿买书的细节都被我忘掉了。

但我还能回忆起少年时代买过的一些书名,虽然记不清顺序。我那会儿也没买过多少书,因为我在那家东倒西歪的服装店一周也就赚六块钱,而且我和同辈人一样,宁愿把钱花在唱片、电影、糖果和女孩子身上,也不愿意买书。我那个胸肌发达的老板是个海军老兵,他当真狼吞虎咽《人性的弱点》之类激励指南,还常常要把他的读物借给我,可惜我不愿看过分张扬的励志书。早年购买的书中倒有本鹤立鸡群的,那就是亨利·莫顿·罗宾逊的高端蹩脚作品《红衣主教》。这本书是我在一家药房买的,坐落于那个年代的高端商店,距离我家两英里远。这座商店现在已经不存在了。那次对未来意义重大的购物事件应该发生在1964年6月左右。我那会儿已经做好准备,报名神学院,当个玛利诺外方传教会的传教士,也许有一天能升到崇高的红衣主教级别吧。虽说如此,我几乎每遇见三个姑娘就会爱上其中一个。后来听说玛利诺外方传教士被不信神的共产主义者和心怀不满的法西斯分子砍成碎片,我心中神职的玫瑰也随之凋谢,因此我的事业没能真正腾飞起来。

《红衣主教》发表于1950年,恰巧是我出生的年份。故事的主角是纽约城一位高级教士。我对此人毫无了解,只知道他是个挑剔的顾客。我买下那本书的时候,父亲已经带我看过改编电影了。电影很迷人,有几段还挺让我感动的,汤姆·泰伦(Tom Tyron)担当主演。泰伦面容俊朗,有铁一般的下腭,曾在一部流行的迪士尼电视剧里演过得克萨斯的漂流者约翰·斯洛特。泰伦在小银幕的丛林里行进,同时也在向他的雇主掩盖真实生活中的同性恋身份,因为同性恋在古老的西部是不存在的,基督教气氛浓厚的孤星之洲的丛林里更不可能有。泰伦从来不是吉尔古德或奥利维尔的对手,他后来离开了电影工业,成了非常成功的小说家,在70年代后期写出了《他者》《收获家园》《费多拉》《女士》等体裁各异的作品。他的事业真是个传奇。他的书我一本都没读过,改编的电影倒是看过几部。如果我没记错的话,《他者》好像还挺有意思的,而《费多拉》是比利·怀尔德生前最后几部作品之一,实际上相当不错。这位非比寻常的泰伦死得太早了。

拥有《红衣主教》这本书很令我骄傲。和那个年代的众多平装书不同,这本罗宾逊的小说看起来并不便宜,它闪亮、优雅,有司汤达式的黑白红封面,和书的内容很搭。那会儿正是平装书改头换面之际,以前的平装书灰头土脸,随手从书架上取下,然后就扔到它们现在的归属地了:便宜,却还能拿得出手,可以放在任何一座图书馆里。此书由口袋书社出版,售价七十五美分,比阿加莎·克里斯蒂的悬疑小说和阿尔弗雷德·希区柯克的故事集要贵两倍多。我已经核对过价格了,克里斯蒂和希区柯克的书我的大姐瑞伊还保存了不少。

《红衣主教》是我买的第一本高水平的平装书。我满心期待去阅读。但到最后,我的计划都泡汤了。我翻开书,在父亲的督促下读了几页——其实他年轻时也有出家的梦想,不过他没有我那么大的野心:不需要做主教,当个修道士就很开心了。我很快就意识到了《红衣主教》这本书的问题,它有点艰深,需要花时间才能看进去。而且还有点无聊,尽管我不愿意承认。实话实说,十三岁的男孩子看这本书也不合适,因为书里还有几段挑逗的描写,说在主人公对自己的信仰存疑之际,暂时卸去神职,勾搭上一个神气活现的奥地利荡妇。

在这本书的改编电影里扮演蛇蝎美人的是罗密·施耐德(Rommy Schreider),这只狡黠的狐狸精死的时候也很年轻。在我绞尽脑汁读这本书的时候,我的父亲在转速45的唱片机上一遍遍播放电影的主题歌《和我在一起》。这首歌很有力量,但作曲者好像也就写了这一首我知道的歌。法兰克·辛纳屈真诚的演绎把我打败了。这很不像他,对于这类题材,他向来满不在乎,甚至鄙视。这首歌不是什么排行榜金曲,但却是我家的传奇。我很喜欢它,现在也如此。它唱的是一个体力衰退的男人,发现周围的世界在离他远去,他希望自己还能保持信念。这也是我当时的希望。可惜我的信念早就不再了。

我没能读完《红衣主教》。我把书带回家后,被我们那条愚蠢、偏执、反社会的杂种狗弗里斯基发现了,然后就啃成了碎片。我母亲坚持认为万事大吉,只要用蒸汽熨斗烫一下书本就能完好如初,但我才不信。这条笨狗把什么都毁了;如此恶意地摧毁一本宗教主题的书难道不是犬类堕落的渎神行为吗?我显然是这么想的,而且希望上帝能令它在狗的地狱里下油锅。多年以后,我还保存这那本惨遭肢解的平装书,但一直没有读内容,这主要是因为我在1964年秋天已经决定不做牧师了,而不做牧师的话肯定没有当上红衣主教的可能。所以现在再读这本书就好比下定决心加入空军后再去读《叛舰喋血记》或者《七海豪侠》。这本平装书在我家呆了很长时间，看见被摧残的书页就联想到梦想的破灭，徒增忧伤。此后多年的某一夜，弗里斯基离家出走，消失了三天，我拒绝加入父亲组织的搜救队。这条倒霉的杂种狗没有艺术细胞，在我看来，它永远别回来最好。它是个堕落的反社会分子，和纳粹差不多。

那个年代我还在同一家药房买了约瑟夫·凯勒的《第二十二条军规》。这本书在我的青春时代算是影响很大、广泛讨论的话题，人们不是在读它，就是在谈论它。我和很多人一样，也买了一本。倒不是因为大家都在谈论它，而是因为这本书的铁青色封面十分引人注目，绝对是我当时看过的最抢眼的东西。可惜《第二十二条军规》又是一本我没能抽出时间看的书，还是因为它惨遭肢碎，当然其他原因也是有的。我遇到的一大困难是这本书太长、太啰嗦了，至少起初如此。字体也很小、很难看，这是那个年代的普遍问题，不过此后出版公司做了改进。况且这本书出版之后被一再引用，让你觉得好像已经读过了，干脆读一本完全不同的书吧，比如《基德·科特与消失的河谷》《撒旦联谊会》，甚至《丹尼尔·德龙达》。最可气的是，我所在学校的学生积极分子总是要求老师用《泰坦的海妖》和《第二十二条军规》来取代《哈姆雷特》《押沙龙，押沙龙！》这些经典。我打小就是文化反革命，总是对过去的巨人充满敬畏，所以觉得这些学生积极分子都是没文化的蠢货。最终,草莓宣言[1]、文化斗争[2]的惨剧令我永远丢下了《第二十二条军规》。

《第二十二条军规》让我初次接触"年度读本"概念,即所有地方的所有人都在同一时刻看同一本书,尽管不少人看到三十页就放弃了。在被改编成电影之前总是被普遍推崇,似乎是这种书不可避免的命运。这些书的改编电影没有不糟糕的,书的光辉形象也因此受牵连。似乎整个星球都在讨论丹·布朗的《达·芬奇密码》,直到朗·霍华德的《达·芬奇密码》问世。然后整个星球就不再谈论它了。出过同样的情况的还有《时时刻刻》——尼克尔·基德曼的假鼻子太突兀,《航运新闻》——所有的演员都选错了,以及彼得·杰克逊的《可爱的骨头》,呆板僵硬,少了霍比特人,他就完全废了。还有像《赎罪》这样的怪事,选了詹姆斯·麦卡沃伊来当男主角,大错特错,以至于大西洋两岸的观众都同情起那个用心险恶的乡下孩子,因为她的谎言毁掉了主人公的一生。

与其说糟糕的电影令原著脸上无光,倒不如说糟糕的电影意味着原著的流行程度已经到达最高点,其作为文化巨人的地位已不再。大体而言,只要原著不被改编成糟糕的电影,它还会保留谜一样庄严的光环。但只要好莱坞一插手,糟糕的电影就

---

[1] 草莓宣言(The Strawberry Statement)和美国1968年学生反体制抗议运动有关,源自哥伦比亚大学一个名叫赫伯特·迪恩的行政人员的说法,他认为学生无权干预学校的管理,他们的意见就像他们是否喜欢草莓的味道一样,是无关紧要的。学生运动的主要参与者以"草莓宣言"为题出版了记录学运过程的书,后来还被改编为电影。

[2] 文化斗争(Kulturkampf):此处指的是美国20世纪60年代宗教保守主义和世俗自由派之间的斗争。

要和好书争夺注意力了。在看电影《第二十二条军规》之前,你的脑海里有一个迷人但模糊的尤萨林形象。但只要尤萨林变身为目中无人的艾伦·阿尔金,只要《戴珍珠耳环的少女》从神秘、传奇中走出成为斯嘉丽·约翰逊,只要营养不良的麻雀——佩雷洛普·克鲁兹搅局《科莱里的曼陀林》,魔法就被彻底打破了。只有最伟大的书能承受住糟糕电影对其名誉的破坏:《伟大的盖茨比》《安娜·卡列尼娜》《傲慢与偏见》。其实,好莱坞处理《教父》《飘》《魂断蓝桥》这类令人振奋的垃圾书,还算得心应手。改编之作要比原著优秀得多。但遇到《战争与和平》,困难就来了。好莱坞不知道如何处理严肃的虚构作品,只好发挥长项,竭尽全力消灭之。

年度读物也非一无是处。那会儿,我带着《第二十二条军规》到处走,指望某个性感的姑娘能被我聪明的头脑迷住,结果我的朋友乔·阿尔特里的妹妹乔安还真的问我借书看了。我说随便拿,别客气,因为我都没看完过《第二十二条军规》这么长的书,这种情况也不会在短期内有所改观。我确定乔安会从头到尾都看完的。乔安在西尔斯百货上班,以前经常开车带我去夏天打零工的海军补给站,就在一号公路那栋巨型百货大楼的后面。我一直喜欢她,虽然她有些自以为是。她去哪里都要戴着太阳镜。她也是个认真的读者。几星期之后她过来还书了,书上各种折角,封面的光泽也褪去了。我非常生气。难道她让书经受了雨、雪、冰雹的折磨吗?她却完全不懂我在抱怨什么;她说平装书就是让你塞在裤子口袋和钱包里的,搞脏搞乱是理所当然。想收本漂亮的进入你那可悲的收藏,你就应该去买精装书。她似乎不太明白,《第二十二条军规》的出版是业界史上的分水岭,因为它标志着平装书不再被视作一次性垃圾,而成为可以拿得出台面的高级商品,在家中展示。其实,那会儿没人知道这一点,至少我肯定是不知道的。分水岭事件只有几十年后才显而易见。我只知道,一本花去我75美分的漂亮的平装书被无情地折成了细长条,变得残缺不全,我都没兴趣再读了。所以,我也没再读过。多年之后我读了《出了毛病》和《像高尔德一样好》,两本都很喜欢。但是不知怎的我就是没回头读那本令约瑟夫·海勒声名大噪的书。那本被侮辱、被损害的《第二十二条军规》后来怎么样了,我不知道。但我再没买过另一个版本来替换它。

＊　＊　＊

我在书店里并不受待见。估计可能是因为我长得不像爱书人。我看起来像个警察。起码不像那种经常参加严肃文化活动的人。这一切都归结于一点:我长得不像是读过比尔·麦吉本的人。其实我长得像是优柔寡断,不知道买克莱夫·卡斯勒还是买W.E.B.格里芬的人,虽然承认这一点令我很痛苦。书店店员对此耿耿于怀。他们个个瘦得像纺锤一样,戴着克拉克·肯特的粗框眼镜,穿着搭配欠佳的马球衫,胡子也没修过。他们动不动就走过来问:"我能为您效劳吗?"好像我是个迷失方向的天外来客,或者最后一个从葛底斯堡回家的人。

商业书店的店员通常是不合群的临时工,过来就是打卡拿钱的,要不就是问题青年、下岗工人,对书也不大感兴趣。店员推荐也宽泛得可怜——《搏击俱乐部》《异数》《无尽的玩笑》。就好比问一个四岁小孩沙漠的生存守则。他们为什么就不能冒险推荐些 R.K. 那拉杨、亚伦·西利托或者克雷蒂安·德·特鲁瓦的书呢？哎，有多少个夜晚我辗转反侧，凝视着星空，梦想有一天我能走进一家书店，看见的店员推荐都是我最喜欢的书，像奥克塔夫·米尔博的《酷刑花园》、艾登·希金斯的《博恩霍尔姆的晚间轮渡》，或者海因里希·伯尔的《必须采取行动？》。要是我能走进一家星巴克——也算是半个书店吧——遇见一叠沃德·贾斯特或南森·英格兰德的著作，一直堆到天花板，那才好呢。但依我看这种事发生的可能性不大。

就算在大多数独立书店也是不可能的。独立书店的优点再多，也往往充斥着自命不凡的店员，看不起我这样的人。他们喜欢的作者都去世了，不然就是外国人或者保罗·奥斯特。独立书店的雇员对叫芭拉拉和阿诺的人崇拜得五体投地。如果你叫雅诺丝或者切乐维，他们就会趋之若鹜。如果你叫约瑟·夫·坎普勒或者欧·亨利，就没人理了。他们喜欢的往往是奇怪、晦涩的作者，但我喜欢的奇怪、晦涩的作者他们却不爱。有时候我觉得自己生错了星球，这个地方几乎没什么人读书，而读书人又以为我不读书。

我和书店的不幸经历始于很多年前，我还在巴黎读书的时候。那时候，年轻的作家都要去莎士比亚书店朝圣，这是一种人生仪式。这家传奇书店坐落于塞纳河畔，一直和欧内斯特·海明威、詹姆斯·乔伊斯紧紧相连。实际上，原来那家书店——出版了《尤利西斯》这本我没读完的书——在 1940 年纳粹意外登场时就关门结业了；我在 70 年代去的那家店只是个替代品，为了纪念当年五区的传奇书店而开设。就好比威廉斯堡的下议院，是个仿制的地标。书店里到处是体毛茂盛、身材瘦弱的年轻男人，衣着、鞋子都很差，拼命以这副模样来模仿《巴黎伦敦落魄记》里的乔治·奥威尔。他们看起来面黄肌瘦、穷困潦倒，有得可以说是病入膏肓，随时就会倒下，不知道从前受过哪家寄宿学校的折磨。书店的老板还是乔治·惠特曼，他是神秘的西尔维亚·毕芝的继承人。这家书店我去过两次，每一次我都问了他一个相当严肃的问题。每一次这个头发灰白的混蛋都不理我。他大概以为我是另一个不得志的作者，梦想成为海明威、F.斯科特·菲茨杰拉德，或者亨利·米勒。但我才不想当欧内斯特·海明威，不愿做 F.斯科特·菲茨杰拉德，更不用说亨利·米勒那个出了名的秃头了——长得又丑人又贱。我肯定也不想做阿娜伊斯·宁。我的偶像是纳撒尼尔·韦斯特，这个坏脾气的作家写过《蝗虫之日》和《寂寞芳心小姐》，在 1940 年 12 月 22 日，F.斯科特·菲茨杰拉德下葬后的第二天死于发生在加州埃尔森特罗的车祸。韦斯特去世的这一天正好是最近正火热的亚历山大图书馆一千三百周年纪念日，显然莎士比亚书店里没有人能猜到我这个晦涩而不着边际的梦。他们眼里也根本没有我。所以我再也不去了，买书就上圣米歇尔大街拐角的巨型书店吉尔贝。这其实就是家仓库，没有魅力也没有神话。同名的仓库还有好几家，每一家都有专攻的领域。这里的书价格实惠，我买过不少，而且所有的现在都还保留着：让·科克托的《歌剧》、雷蒙德·哈第盖的《肉体的恶魔》、米什莱的《女巫》、安德烈·纪德的《梵蒂冈地窖》。至少在吉尔贝书店，没人特意对我无理过。

1976 年我搬到纽约那会儿，人人都倾心于二手书成堆的斯特尔德书店。我在纽约附近及其周边住了三十六年，只去过那里两次,因为我从来不喜欢买二手书。穷人家的孩子不喜欢买二手的东西,因为从小到大不知道穿过了多少二手衣,玩过了多少二手玩具。买二手书没什么特别;新书的冲击力已经被人抢先体验。我只有实在没办法才会买二手书,比如一次我被困在印第安纳的南本德——可谓地狱的中心,如果有这样的地方的话——还好我在一家二手书店找到了让·阿努伊的《贝克特,或者上帝的名誉》,不然可惨了。估计连上帝都看不下去了,因为我曾经在滨州斯克南顿十英里开外的犄角旮旯艰难地待过一年而给了我补偿,那里连比萨都没得卖。此外还有一个理由:买二手书不能给作者带来任何好处。什么好处都没有。在我看来,不愿意买加夫列尔·加西亚·马尔克斯闪闪发光的新书是一种精神上的贫困。能够用全价买下唐·德里罗或玛格丽特·阿特伍德的书应该是一种荣幸。三生有幸。

纽约城里我最喜欢的书店不是那些显而易见的店家,比如哥谭书城、里佐利书店、斯克里布纳书店,或者东村那些阴暗潮湿、神秘兮兮的左派书店。而是通勤书中心——曾经坐落于大中央车站莱克星敦大街通道的一家小店。这家店可以说就是墙上的一个洞,大小跟普通的卫生间差不多。要进门得先爬几节磨损严重的台阶,进去之后其实也没多少东西。店主块头很大,不好动,整天坐在前门边上的收银台后,似乎真挺喜欢经营这个不起眼的门面。他不怎么说话,我都没见过他站起来过。但只要你买一本书,他都会仔细看上一看,给你使个会心的眼色,好像在说:这个家伙很会选嘛,看来我面前的是个文人。这里的书没怎么换过;看起来狄更斯写完《小杜丽》之后,这里就没上过新书了。所有的书都被埋在厚厚的、铜绿色的灰尘里。这家店没有吸引眼球的橱窗摆设,也没有作家过来签售。它不时髦,没有那种叫人说不上来的气氛。然而,这个毫无魅力的场所就是有一种振奋人心的东西,令我无法抗拒,一再光临。这家店叫我想起我那位叔叔,他喜欢雪茄、酒量很大,在酒吧里唱歌弹吉他,自寻死路却又魅力无穷。我在那儿买过《织工马南》《伊坦·弗洛美》《吉姆爷》和《白痴》等几十本书。这些书我都保存着。这些故事的结局都很悲伤,《觉醒》《比利·巴德》《城堡》也是的。我怀疑这家店里的存货都是令人心碎的故事,店主、经理或者不管什么负责的人故意拒绝购买《小妇人》《我的朋友弗利卡》这种愉快的读物,因为他觉得这么做就会失去阴郁的魔咒——该店的魅力之一。这个被人遗忘的角落,盘旋着凄惨的瘴气,买一本喜气洋洋的马克·吐温都是不合时宜的。就好比在末日浩劫的中途要一杯巧克力圣代。

1991年的新年之夜,没有任何征兆,这家书店永远关上了门。它从开张到停业整整三十年,在纽约可以称得上是永恒了。貌似店家欠租已久,最终决定打包走人。那会儿也正值中央车站改头换面,这家书店恐怕也很难维持下去。我不知道那位每天在书店门口露营的店主、经理或者什么人后来怎么样了。但我知道,我生命中重要的一部分一去不复返了。拉菲尔街上的大琼斯餐厅停业时我也是这个感觉,B.阿特曼百货被多伦多的混蛋吃下来时我也是这个感觉。后来,车站的另一头开了家漂亮的小店——波茨曼书局。这家店要比通勤书中心好得多,服务态度也不错,我在此买过不少书。但我还是念念不忘通勤书中心,那个破旧、肮脏、没有丝毫伪饰的地方。它是时代的垃圾场。

* * *

有时候我怀疑是不是所有的书店故事都以悲剧收场。第五大道的高档书店斯克里布纳已经关门。在洛克菲勒中心辛苦营业的法语小书店也难逃厄运。遭受毁灭打击的还有哥谭书城，这家令人尊敬的店面曾经占据纽约的黄金地段长达八十七年，直到2007年斧头落下。话说回来，遍布美国的博德斯书店我去过不少家，也都关门了。我老婆家乡也有个书店我特别喜欢。每年夏天我们去英国看望她家亲戚，我都会到艾伦·塔克的店走一趟，回来的时候拖上十几本企鹅经典：保罗·泰鲁的《图画宫殿》和《家庭兵工厂》，V. S. 奈保尔的《艾薇拉的投票权》《模仿者》《中司沃斯先生的房子》，休·特雷费·罗珀的《北京隐士》。这些书的书脊大都是橘红色，我觉得挺漂亮。人们以为从英国买书再拖回美国是发神经，特别是橘红色的书。但这种人都是乡下人。在我看来，书一旦被我占有，我就在读它的路上了，就算我十年之后再读又怎么样呢？知道随时可以读就行了。年轻的时候，你会觉得读完很多企鹅经典，你就什么都懂了。这不可能。你学会的东西大多都会忘掉，你也不会有空读很多你想读的书。你会发现，正如塞缪尔·约翰逊所说，不是所有的智慧都能在书本里找到。但能在书中学到的也不少。

我女儿在大学时和一个俄国犹太裔的男孩约会。他的父母在勃列日涅夫时代后期离开了苏联，搬到马萨诸塞州的布鲁克莱恩。波士顿洛根机场的移民官员在边检时意外发现他们的行李箱里装满了书。"我们是带着书离开俄国的，"格雷戈里的父亲有一次跟我说，"因为书在俄国就像金子一样。"我也是这么看待书的,所以才把这些宝藏从英格兰西部一路运到美国东部。我在飞机上还把它们拿出来细细观赏,狂热地幻想自己回家后阅读它们的喜悦。这些书没有一本令我失望。我没有和它们中的任何一本分离;它们都还在我的客厅或办公室;我到死的那一天都会再读这些书,它们的存在也会叫我忆及斯特劳德的日子,那时我还年轻,世界还很新。这一点 Kindle 又无能为力了。

我曾经兴致盎然地和斯特劳德的店主交谈,每年过去也充满期待。相反,我从未光临过拐角的 W. H. 史密斯书店,因为那是个唯利是图、没有格调的地方,还卖糖果、香烟和吉利·库珀[1]的书。几年前,我又一次来到斯特劳德,发现那家卖企鹅经典的书店已经关门歇业了。W. H. 史密斯书店还在。世道常常如此。

我最难忘的书店经历发生在加拿大。没有几个人敢这么说。而且我去的还不是加拿大特别时尚的部分。我老婆有个姨妈,年纪挺大,住在安大略省一个小镇上,距离多伦多东边一百英里。按辈分说她可能还是表姐。我认识的人当中完全没有恶意的只有两个,她是其中一个。她眼中从没有一块营养价值可疑的蛋糕,她买肯德基全家桶招待客人也从不犹豫,不管是否引来困惑和失望。艾达姨妈就像我孩子们的祖母,因为我老婆的父母在我们碰面不久前就去世了,我的父亲是个酒鬼,和孩子们很少接触,而我的母亲感情淡漠,有躁郁症,她对她的三个孙子孙女的兴趣比对四个子女的兴趣还稍低一些。她是爱尔兰人,比一般的爱尔兰人更过分。

---

[1] 英国作家、记者。

每隔几个夏天，我们都会花上八小时从柏油村去安大略看望艾达姨妈。在我的孩子出生前她的丈夫就去世了，她独居在一座小巧可爱的房子里，房子座落在和安大略湖相连的海湾。我们不走大路过去，而是顺着莫霍克小径向西北漫游，从阿尔巴尼一直走到沃特敦，这曾经是个繁华的城市，如今快变鬼城了，杰里·刘易斯是在这里出生的。从沃特敦往北走几英里就到了文森特角。这是个小渔村，由摆渡和坐落在美加之间的沃尔夫岛相连。我们会摆渡过去，再开车绕沃尔夫岛七英里，乘坐第二条摆渡去加拿大兴旺的海港城市金斯顿。孩子们很喜欢摆渡。从那儿沿着401公路驱车两小时就到艾达的家了，会有一大桶肯德基等着我们，有时候二十块鸡肉，有时候三十块。孩子们不喜欢401公路，太无聊了，但他们喜欢肯德基。

那会儿，我们的度假胜地还有个繁华的中心，电影院、公共图书馆、珠宝商、电子市场一应俱全，还有几家古怪的餐馆和一家书店。这些店面现在大都不在了，被不堪入目的一元店取代。一元店就好比没有署名的内战时代的墓碑：有人曾在这里生活，但我们不知道是谁，也不知道是在什么时候。繁华的小镇也令书店兴盛。1980年，我第一次来到这里，就和书店老板谈得很开心。他注意到我在找加拿大作家的作品，于是推荐给我几部。那会儿，我只知道玛格丽特·阿特伍德、莫迪凯·里奇勒和布赖恩·穆尔，穆尔说起来更接近爱尔兰，而不是加拿大。店主建议我试试看玛丽安·恩格尔斯的《熊》和玛格丽特·劳伦斯的《约旦河岸》。我一回美国就读了这两本书，很是喜欢。前者说的是一位孤独的女历史学家和熊之间短暂而不可思议的爱情，连我也有点惊讶，没想到那个古板的加拿大人居然推荐了这本书。

这两本书现在还被我收藏着。第二次去这座小镇,我又和书店老板攀谈了一番,彼此交流了对加拿大文学的见解。他建议我读一读艾瑟尔·威尔逊的《爱的方程式》以及爱丽丝·门罗的《我年轻时的朋友》。我听了他的话,觉得这两本书都很棒。它们也都成为我的永久珍藏。

80年代末尾的某一个夏天,这位店家问我有没有读过莫利·卡拉汉的书。莫利·卡拉汉曾经在巴黎住过,和欧内斯特·海明威、F.斯科特·菲茨杰拉德和格特鲁德·斯泰因是同一时代的。此人写过一本叫《巴黎之夏》的回忆录,基本上就是《一席浮动的加拿大盛宴》。结果店家把这本书送给了我。对于我而言,和加拿大的缘分打开了一扇神秘乐园的门,而且和说英语的加拿大人热切交谈也很有意思。这些人自然以为我对加拿大一无所知,大概只听说加拿大人打冰球、喝摩森啤酒。最令他们吃惊,更令他们疑惑的是,我居然还读过不少加拿大法语作家的书,比如加布里埃尔·罗伊、玛莉·克莱尔·布莱。显然他们从未读过。说英语的加拿大人从来不读这种东西,特别是男人,这和他们的性格相左。除了这位好客的安大略书商之外,我还从未和其他人谈过加拿大文学的方方面面。我估计这种事以后也不大可能发生。

我的孩子们长大了,连续几年夏天我们都在法国和英国度过,没去加拿大。再一次拜访艾达姨妈的时候,我发现那家书店还在,别提有多高兴了。我进去找老朋友,急着想继续上次的谈话,但是他似乎不认得我了。那个星期我又去了好几次,最后我们终于找到了以前的节奏。我离开的前一天,他给了我一本W.O.米切尔的《有谁看过风?》。这本书不是特别好,但是内页上有一行字："店主的礼物"。它也和我之前的礼物一起，成为了我永久的珍藏。

下一次北上，我又去了那家我深爱的书店，但是谈话并不愉快。我现在意识到那位店主根本记不得我是谁了。他不记得我们上次的谈话，也不记得他曾经送给我的礼物。书店的经营大不如从前了；书价便宜得离谱，特别是黑边的企鹅经典系列。所以我买了三十六本。我买了《法兰克史》《圣奥古斯丁忏悔录》、马可·奥勒留的《沉思录》以及《君主论》。我买了《缅甸岁月》《西班牙证言》《通往威根码头之路》和《让兰叶飞舞》。我买了《一个枯竭的案子》《恐怖部》《哈瓦那特派员》和《英格兰造就了我》。我买了《彩虹》《恋爱中的女人》和《罗马帝国编年史》。我买了柏拉图、希罗多德、李维、亨利·菲尔丁、伊扎克·巴别尔、罗伯特·格雷夫和 V.S. 普里切特。我买了一本《伊利亚特》，虽然我家里已经有三本了。看在老交情的份上，我买了最后一本加拿大作家的书：简·厄克特的《漩涡》。这些书摆成一行，现在还在我的卧室壁橱里。但愿它们能一直待在那里。

九十五岁的某一天，艾达姨妈去世了，我们也就不再去加拿大了。她的家人觉得该把她送去养老院时她已有主张。当我们再次造访，这座小镇已经变了样，丑到认不出来了，书店也只能说是苟延残喘。现在已经关门歇业了。小镇随着书店的关门而衰落，和柏油村的情况相似。

* * *

去年春天我在书店里的经历可以抵消掉我所有的遭遇。它的发生不同寻常。当时，我正和一位澳大利亚朋友吃完午饭，我们自从1972年就认识了。那会儿，我在我的住处拐角碰到了他的法国女友，听说我是美国人，她就告诉我，她的男友对法语不太痴迷，希望能有机会用英语交流。她邀请我在那个周二一起吃饭。我们三个一拍即合，从此就成了朋友；事实上，几年后我们还在法国南部一座阴森但空着的高楼上合住过一个月。这座房子夏天接待德国游客，其余的时间空无一人。住在那儿就像出演法国恐怖片，可能是法国版《闪亮》吧。米克最后回到澳大利亚，探望他病重的父亲，他和克劳汀分手了，此后二十一年我都没再见过他。但我们还保持联系，我和克劳汀也一样，她现在住在柏林已经很久了。当我在1997年和家人一起拜访米克时，我突然意识到，他是我最亲密的朋友之一，虽说我们自从1976年就没再相见。我们在法国共度的时光——喝酒，在实验电影院看午夜场的经典恐怖片，喝酒——铸造了我们一辈子的友情。法国就是这么神奇。

　　几年前，米克作为澳洲航空的空乘人员每两周就要飞纽约一次。在此之前，还没有悉尼——洛杉矶——纽约航线。我们会在周二晚上的餐厅见面，周三中午再吃一顿饭，然后他就要飞往洛杉矶再转悉尼了。某一次华丽的午宴之后，我看着他消失在莱星顿大道68号街的地铁。碰巧地铁站对面就是一家莎士比亚书店（Shakespeare & Co.）。我那会儿正想买本阿里·史密斯的书，我在《华尔街日报》的朋友推荐了这本。我前面说过，莎士比亚书店对我不太友好。实际上，他们态度很差。但那是很久以前的事了，还发生在另一个国家，所以我想还是既往不咎吧。再说，我也不知道这两家店是不是有关联，哥谭这家店的店名用的是"&"符号，和巴黎的有所区别。我进了店，问前台表情傲慢的店员他们有没有阿里·史密斯的一本书,名字叫——叫什么来着?哦对了,《若非上帝恩典……》或者类似的书名。傲慢店员说:"要是有这本书的话,就肯定在架子上。"哦,我怎么没想到这一点呢?我在架子上找到,至少作者"S"开头的那一栏里没有。我又回到前台,试探性地问问他是否介意暂时中断他正在做的不知道什么事,帮我在电脑上查查看。他老大不情愿,好像我在逼他对一只漂亮的腊肠犬做安乐死一样。捣鼓了一番后获得了重大发现。

"这本书实际上叫《若非……》。"他说。

"《若非上帝恩典》差不多就是这个名字。"我回答。

"这是本新书,在新书架处,所以你没在架子上找到。"

听起来挺有道理。他还真没说错。我们去了新书架。结果运气就是这么好,这本书在架子靠上的地方,他够不着。他慢悠悠走开去拿梯子,我说"不用了,我来吧",便踮起脚、伸出手,把书从架子上拉了下来。他看出来我是故意不给他面子。我忍不住要这么做,谁让他这么傲慢呢。我等了三十九年才跟这帮目中无人的狗崽子报仇雪恨。虽然他们可能和巴黎那帮目中无人的狗崽子没什么关系。报仇的时机终于到了,我很得意。

我买下这本书,走出门时我又看到了另一本,名为《我们的巴黎》。这是一本作品集,收录了在巴黎生活过的作家的作品,其中有一篇是我写的,讲述了我和米克的漫长友谊。我走出店门时一下子撞到了一个人,此人和我一般年纪,穿着更为讲究,比我瘦。在《我们的巴黎》中,我也提到 90 年代末的某个晚上在卢森堡公园漫步时撞到了一位学生时代的好朋友,和他有二十五年没有相见。实际上,我在这篇文章的结尾写道,我问这个朋友他那天在公园里做什么，以及他在巴黎做什么，他的答案很简单："我忘不了这个地方。"他可能说的是卢森堡公园，但我以为他说的是巴黎。

　　这位朋友名叫杰伊·乔利。那天下午，在我的老仇家莎士比亚书店（或其幻影）门口跟我撞上的人也是杰伊·乔利。两周之后，杰伊、米克和我一同进餐，我们的上一次聚会是1973年5月。我们玩得很开心。好像我们上一次见面就是昨天，在法语联盟的学生咖啡馆欢乐畅饮。这次相聚都是因为我冒险走进了一家疑似巴黎书店的纽约山寨版（那家巴黎书店还一直看我不顺眼），发现了一本书，我在里面谈到过米克和杰伊，而几秒钟之前我刚送米克到地铁站，以便他能飞回澳大利亚，几秒之后我又在人行道上遇见了十多年没见面的杰伊。

　　我想这样的巧合不会因为 Kindle 而发生吧。

第五章

准备惊讶

前阵子,有个行为举止古怪,但一直很受我尊敬的朋友给了我一本书,名叫《约翰神父:纳瓦霍的医师》。看起来他还真指望我会读这本书,尽管我长得不像那种会看纳瓦霍[1]医师传记的人。我虽然困惑,但还是很礼貌地收下了书,带回了家,把它放在办公室里的阴暗角落,那里有个基本上够不到的书架,放的全是多年来朋友们强迫我读的书。

其中包括《待争夺的球:美国篮球协会短而狂野的一生》《霍利戴医生的荒野世界》和《斯蒂文·艾伦论圣经、宗教和道德》,以及艾伦不那么耶稣会的作品《哦耶,斯蒂文!——我在怪诞电视世界的冒险》。就算我活到一千岁,我也不会读这里面任何一本,特别是关于美国篮球协会的。虽然我没能很成功地把这一点传达给其他人,但我在分配阅读时间上是极其认真的。我可能有时间读这本,但没时间读那本。如果我能活到精算出的预期年龄,那我到底能读多少书呢?几年前我计算了一下,答案是两千一百三十八本。从理论上说,这两千一百三十八

---

[1] 纳瓦霍(Navajo):美国西南部的一支原住民族,为北美洲地区现存最大的美洲原住民族群。

大书特书

本书里包括从《项狄传》到《察伯上校》在内的所有作品,作者既有歌德这样的大名人,也有胡安·菲洛伊这种名不见经传的。大体而言,我有足够的时间读五百本杰作、五百本较为逊色的经典、五百本被忽视的天才之作、五百本怪书和一百六十八本一流的垃圾。我这里说的垃圾是指那种愚蠢到让你心跳加速、牙齿打颤的书。我的乌托邦未来里绝对没有《哦耶,斯蒂文!》的空间。真正的专业人士能把愚蠢变得振奋人心。而差劲的书好也好不起来。

不错,我以前是那种拿起一本书就必须看完的人。这种强迫症导致我一定会读甚至精读放在书房里的所有书。于是,有些人便利用这个性格缺陷,把我当文化小白鼠使唤,塞给我《麻风病人戴米安》(作者是米亚·法罗[1]的爸爸)、《存在的习惯:弗兰纳里·奥康纳书信》这样的东西,就为了知道它们是否值得读。(第一本不行,第二本还可以)这种被迫的侦察任务之所以告一段落,是因为一个看起来还挺不错的朋友给了我一本《手风琴男人》,传奇音乐家迪克·康迪诺自费出版的自传。虽然,我对康迪诺先生充满敬意,因为他对《再见,罗马》的演绎无可匹敌,他的独奏《西班牙女郎》才华横溢,但是我的朋友竟然认为我对康迪诺先生的散文也有同样的兴趣,真令我不安。听他的CD没问题:在《滚出酒桶》的伴奏下读《魂断威尼斯》或者帕斯卡尔的《沉思录》轻而易举。但是,如果为了了解康迪诺是怎么录制《海港灯火》而花去很多时间,我就没空读谷崎润一郎的《各有所好》了,而这本书在我的单子上排名1759号。

---

[1] 美国演员。

准备惊讶

计算了从现在到死前能读多少本书之后,我在阅读上变得更加精挑细选。时间的战车展翅飞奔,刺痛我的脚跟,我明白必须加快步伐,因此越来越不可能只为了完成一本书而阅读。年轻时我觉得生活的乐趣永无止境,现在却觉得像是有把枪抵住我的脑壳。要是想在最后结账之前读完《十日谈》和《芬尼根守灵夜》,我不得不挑剔一些。从逻辑上说,这意味着我已经知道有些好书我是不可能读了。比如《阿罗史密斯》《曼哈顿中转站》,实际上是我打算不去读的,《最后的莫希干人》也是。除非出现什么无法预料的情况,我大概也不会再读纳撒尼尔·霍桑、约翰·斯坦贝克、厄普顿·辛克莱、格特鲁德·斯泰因、理查德·谢里顿、米哈伊尔·肖洛霍夫、乔治·桑、普劳图斯、泰伦斯、阿纳托尔·法郎士、弗朗索瓦·莫里亚克、劳拉·Z.霍布森和亨利·沃兹沃思·朗费罗了。如果我能活到八十岁(大概是不可能的),我也许会抽出一年时间,读我早就决定不会去读的书。但我怀疑在同一年内读托马斯·沃尔夫、托马斯·曼和托马斯·哈代恐怕会要我的命。肯定有人就是这么死的。

我觉得严肃的读者,或者这么说吧,沉迷阅读的读者,脑子里都有个表在转。我们对自己能活多久有个大致的概念,然后以此来构建我们的阅读习惯。一旦像我一样活到六十岁,有没有时间读老普林尼[1]就是一个值得思考的问题了,不过留给赛珍珠的时间是肯定没有的。从此,你读的每一本书都有可能是你的最后一本。你不希望它是《大地》吧?据说,几百年前,比

---

[1] 加伊乌斯·普林尼·塞坤杜斯(Gaius Plinius Secundus, 23—79):人称老普林尼或大普林尼,古罗马作家、博物学者、军人、政治家,著有《自然史》(又译《博物志》)。

如在托马斯·杰斐逊的年代，一个人读完所有印刷出来的书是有可能的。现在也还是有可能读完所有伟大著作，这会花去三年的时间，或者四年，甚至五年，如果你的阅读速度比较慢的话。可是一旦阅读宇宙扩大到接近伟大的作品，不太伟大的作品，以及写过伟大作品的作家的一般作品，你的任务就越来越艰难了。总要放弃一些东西。我喜欢《没有女人的男人》，但不是特别想读《渡河入林》[1]。《大卫·科波菲尔》《艰难时世》《远大前程》位列我最喜爱的作品；但读不读《艾德温·德鲁德之谜》[2] 我还要斟酌一番。《好兵》是个小小的奇迹；福特·马多克斯·福特的次要作品有没有这么好呢？我表示怀疑。至于约翰·柯里尔、詹姆斯·哈德利·蔡斯、萨克斯·罗默和厄尔·史丹利·贾德纳？还是留给下辈子吧。我必须得强调，这些作家没什么不好的，但我真的没时间读了。

　　读书是很私人的事情。所以我不喜欢别人强迫我读书。我要是想读菲利普·K.迪克，我可能现在已经读过了。威廉·吉普森和俄苏拉·K.勒瑰恩也是这么回事。爱书人总是不断修订柏拉图式的书单，盘算好未来三十五年的业余时间都读些什么：首先，我要读《战争与和平》，然后再看《尤利西斯》，接下来是普鲁斯特那一套怪物，最后再读《芬尼根守灵夜》。不过，我要是总停下来读《霍利戴医生的荒野世界》这样的书，我等不到看《芬尼根守灵夜》的那一天。虽说《霍利戴医生的荒野世界》是本挺有趣味的小书。

---

[1]　以上两部是海明威的作品。
[2]　以上四部是狄更斯的作品。

准备惊讶

我当然不是说所有送来的和借来的书都应该被拒掉、打成纸浆、扔进焚化炉,或者束之高阁。我的姐妹们对犯罪小说的品味无懈可击,她们知道应该给我鲁丝·伦德尔的哪一本作品。但还是就此打住吧。普通的熟人和邻居我不敢相信。我发现好心人甚至更可疑。不幸的是,这些人经常忽略我的感受。许多时候,人们是把送书作为试探的手段——"他真是自己人吗?"也就是说,只有读过《1491》和前传《1490》的,才会真的关心可怜的玛雅人。只有读过《实话实说》《实话实说儿童版》《愚蠢的自由派讨厌实话实说的101件事》以及《安妮·库尔特谈斯宾诺莎》,才真的对我们危在旦夕的共和国的未来感兴趣。不错,正中靶心。

有人可能会觉得奇怪,"要是有人问起借给你的书,骗他们说看过了不就得了?"这种情况下表里不一有两大问题。其一,说谎是不可饶恕的大罪。其二,经验丰富的借书人肯定会严刑逼问他们的目标:戴米安神父的手指开始烂掉了,他还那么冷静,你是不是吓了一跳?帕西法尔最后拿到圣杯时穿的那件白貂衣服你觉得怎么样?《引爆点》当中奇怪的萨赫蛋糕配方在你的意料之外吧?意识到约翰神父不是纳瓦霍人,而是尤特族人的时候,你是什么反应?看完《霍利戴医生的荒野世界》之后,你觉得艾克·克兰顿这个理财经理做得如何?可怜羽翼未丰的可怜人,会轻易掉进陷阱,撒的谎也终究被揭穿。

我住的这个小镇上,不检点的借书人到处都是,所以我开始躲入地下洞穴,隐藏在阴暗的角落还不忘做好伪装,假装感染了稀有的热带病毒,免得被新的阅读材料淹没。要是我还年轻,我会很乐意看一眼《神圣的面孔,秘密的处所:寻找耶稣面孔的神奇之旅》，或者鲍勃·韦尔对"感恩而死"乐队历史的亲切描述。可惜我时日无多，如果现在不开始工作，我就永远都看不到《马穆鲁克王国的火药和枪炮》，更不用说《金枝》了。

当然，接受朋友不请自来的书有个最大的麻烦，那就是这么做会鼓励他们继续借给你其他的书。一旦告诉他们你有多喜欢《爱尔兰人如何拯救文明》，他们就会拿着《苏格兰人如何发明现代世界》《犹太人的天赋》《印第安的给予者：美国的印第安人如何转变世界》来到你家门口，然后某一天还会带来《比利时人如何发明嘻哈音乐》。你要是告诉他们你喜欢《辛纳特拉为何重要》或者《奥威尔为何重要》，他们就会随心所欲地拿出《维克戴蒙乐团为何重要》《G. K. 切斯特顿为何依旧摇滚》！我有一次糊涂得可以，向一个朋友谎称我特别喜欢奇想乐队主唱雷·戴维斯"未经授权的自传"《X光》，没想到她加大赌注，搬出戴夫·戴维斯的《奇想：我的疯狂年代的离谱故事——作为奇想乐队的创始人及主音吉他手》。可以想见，《米克·艾弗里的故事：我作为奇想鼓手的生活》以及《皮特·夸夫：嘿，我是谁？奇想的贝司手还是花瓶？》还会远吗？

所以，我最后不得不又告诉一位朋友，我很讨厌他丢下来的某本没意思的警方罪案小说。这本书说的是一个名叫佛蒙特调查局的虚构的单位，写得其实不错。但我后来发觉这一系列有十一本书，而我的朋友恐怕每本都有，我担心照这样下去，我是不可能读到米盖尔·德·乌纳穆诺的《生命的悲剧意识》了。当然，这本书是我单子上的第两千一百二十七本，恐怕本来就没有机会。

准备惊讶

*　*　*

  我的阅读习惯不仅疯狂,还带有地域和阶级偏见。只要主人公就读的是私立学校,我就不读。所以《麦田里的守望者》《独自和解》《好学校》、哈利·波特系列都不在我的阅读范围内。同样的还有《再见,奇普斯先生》和《历史男孩》。我也不会读P.G.伍德豪斯的书,这个卖弄风骚的贵族曾在法国陷落时和纳粹搞秘密交易。有的罪行是可以宽恕的——纵火、兽交、隐瞒个人收入逃税——但和纳粹不清不楚不是其中一个。我也不喜欢那种写的书都跟砖头块一样的作家,比如托马斯·曼、辛克莱·刘易斯。而且我不惜一切代价避免关于忧郁的盎格鲁—撒克逊裔白人新教徒的书、患有社会焦虑障碍的青少年的书,以及凡事死活不肯认输的移民的书。

  几年前,一位朋友给了我大卫·贝尼奥夫的《小偷之城》。好几个朋友都强烈推荐过这本书,我在看了斯派克·李感人的电影《第二十五小时》后,也很想看这本书,因为《第二十五小时》改编自贝尼奥夫的处女作。《小偷之城》的背景是1941年纳粹占领下的列宁格勒,一个俄国少年即将被斯大林的警察杀死,除非他能找到十二个鸡蛋用于某个俄国上校的女儿的结婚蛋糕。这座城里已经出现了食人的行为,可见鸡蛋有多么可遇不可求。我翻开了第一页,期待着一场精彩的冒险。

  但是很快我就被泼了冷水,兴奋之火熄灭。此书的叙述者——那位少年的孙子——在第二页就告诉我他的爷爷战后搬到了美国,变成了一个"虔诚的"纽约扬基队粉丝。我难以接受这样的事实。从令人惊叹的列宁格勒之围里逃生的人居然自愿加入布朗克斯的邪恶帝国,这个想法令我产生了道德上的厌恶感。所以,我把这本书放到一边,捐献给了当地的图书馆。恐怕某些扬基队的粉丝会喜欢它。我肯定不可能。

我并不是反对所有的扬基队粉丝,只要他们是本土的就没问题,最好是布朗克斯或杨克斯区的。(还用说吗,皇后区或布鲁克林的扬基粉丝都是叛徒。)但我们这些在费城、克利夫兰、芝加哥、圣路易斯、波士顿等体育城市长大的人受不了那种暴发户式的外地人,成为扬基队的"铁杆"粉丝,却又跟那个队没有任何道德、文化、种族、基因或者地理上的关联。那种带着粉红色扬基帽,经常出没于丹吉尔、萨格勒布、蒙巴萨和海牙的最令人反感。

至于《小偷之城》,令我震惊的是一个英勇的列宁格勒之围的幸存者——出类拔萃的劣势者——会觉得自己有道德义务成为一个惯于耍无赖的队伍的粉丝。恐怕后来还会变成大都会的粉丝吧,在弗莱布许输掉之后。因为他们都是出了名的被践踏的民主队伍。此人移民到纽约的时候差不多与我读过的唐·德里罗的《地下世界》的开篇不谋而合——扬基队和巨人队在波罗球场开赛。虽然我从小就讨厌这两个球队,但我都没从道德上排斥它们。大都会也谈不上,只是令我讨厌而已。可要说一个纳粹围攻列宁格勒时的幸存者会变成扬基队的粉丝就太说不过去了。斯大林当扬基粉丝还差不多。那才是个喜欢围攻弱者的人。那才是名副其实的领跑者。

我不仅不看写扬基队和扬基粉丝的书,也不看扬基支持者写的书。因此,得知萨尔曼·拉什迪喜欢扬基队之后,我就不可能再看《撒旦诗篇》了,不管这本书有多好。我这种报复心态既

准备惊讶

是原则问题,也有病理上的原因:我和大部分美国人一样,对扬基队的成功看不下去,就指望传统弱队也能一次又一次打赢比赛。而且,我也不觉得扬基队的粉丝和我们一样,强烈感受到胜利的兴奋、失败的痛苦。正如我一位朋友所言,支持扬基就如同支持空气。看见凶恶的斗牛犬和瞎眼、单腿的兔子对阵,扬基粉丝肯定是站在恶狗那一边,他们就这个胆量。

我的厌恶感没有终止于扬基队。我同样拒绝阅读作者和人物与达拉斯牛仔队、洛杉矶湖人队、杜克大学男篮队、南加州大学橄榄球队,以及扬基队在欧洲的分身——曼联队有关联的书。上述球队都坏得要命。万人迷大卫·贝克汉姆的老东家曼联队实在令我憎恨,以至于几年前,我在都柏林文学节上遇到才华出众的悬疑小说家瓦尔·麦克德米时,得知她是曼联的粉丝(虽然大家都猜得到她不是曼彻斯特人),我二话不说,丢下麦克德米的所有小说,并开始跟朋友说她作品的坏话。我对这种事就是这么认真。

可喜的是,没有几本书会提到扬基队、湖人队、牛仔队或曼联队。这不是意外。编辑们早就知道,把人物和广受咒骂的运动企业相连,会令成千上万个潜在读者退却。所以,他们温柔地劝说作家们不要写这样的东西,特别是在书的开头,那会儿读者还没有决定是否读下去呢。以下就是一些从著名作家手稿里删掉的段落,是以为例:

> 这是最好的年代;这是最糟糕的年代。查尔斯·达内尔在为雅各宾派的边卫呐喊,而西德尼·卡顿为曼联的一流队员兴奋……(查尔斯·狄更斯,《双城记》)

大书特书

很长一段时间里,我都早早上床,把自己埋在床单下面,一边嚼着女管家藏在围裙里的玛德琳蛋糕,一边看布朗克斯轰炸机[1]激动人心的征程……(马塞尔·普鲁斯特,《在斯旺家那边》)

他趴在棕色的、积了一层松针的森林地上,风在高空中呼啸,吹过树顶,于是他很难接收到无线电信号,听不清密歇根和南加州大学队的赛况。(欧内斯特·海明威,《丧钟为谁而鸣》)。

那天,出去散步是不可能了。所以罗切斯特建议我们一起看热刺对曼联的决赛。(夏洛蒂·勃朗特,《简·爱》)

妈妈今天死了。要不就是昨天。我不知道。我收到家里一封电报:"母死。明日葬。湖人票还有。"(阿尔贝·加缪,《局外人》)

我年纪尚轻,阅历不深的时候,我父亲教导过我一句话,我至今念念不忘。他对我说:"每逢你想要批评人的时候,你要记住,并不是世上所有人都有过你的那些优越条件。就像贾里格清场时那样。"(F.斯科特·菲茨杰拉德,《了不起的盖茨比》)

现在你明白我的意思了吧。

* * *

几年前的某一天,我无意中读到一本了不起的书,名为《特

---

[1] 即扬基队。

洛伊的护身符》。此书的作者叫瓦莱里奥·马西莫·曼菲蒂。故事围绕《伊利亚特》里的二线人物狄俄墨得斯在特洛伊失陷后的冒险展开。书中满是这样的句子："阿卢斯颤抖了：那个孩子身上有珀琉斯之子令人敬畏的力量，但其父虔诚和好客的礼仪却一点也没有。"《特洛伊的护身符》提出了这样一个理论，即特洛伊的海伦并没有被普里阿摩斯的儿子帕里斯诱拐，而是故意去小亚细亚寻找神圣的图腾——特洛伊的护身符——拥有它，女人就能统治世界。阅读这本书是件赏心乐事，因为它的愚蠢到了绝对的地步。这世上的蠢书很多，但蠢到这么纯粹的堪称稀有。人造、空虚的希腊崇拜和无所不能的德尔菲神谕使这本书成为强有力的武器，成全了我们这样日夜对抗"好东西的暴政"的人。

我们都熟悉那种崇拜质量的人：他们只读好书，只看好电影，只听好音乐，他们只和别的民主党人讨论政治，也不羞于让你知道这些。他们以为这么做他们就比别人聪明比别人好了，可惜并非如此：这么做令他们低劣，在时间安排上过分挑剔、吝啬，好像抽出十五分钟悠闲地翻几页《达·芬奇密码》就是残暴的罪行，是对跨天界的智力资源管理法则的公然践踏，会被纽约书评的守护者打入地狱，经受元虚构的烈焰灼烧。在这些人看来，花在任何烂书上的时间都不可挽回，而且侵吞可贵的分分秒秒是一项违反人道的罪行——好像其余的人在监控他们的工时单一样。

对于我们这种偶尔钻研《特洛伊的护身符》这类超级烂书的人来说，那种谨小慎微的神经质只能弄巧成拙。特别烂的书是生命的重要组成部分，喜感十足，不可或缺，就像特别丑的衣服(复古尼龙衬衫、大胖子穿小两号的冰球毛衣)、特别难听的音乐(约翰·泰斯在红石剧场的演出、菲尔·柯林斯的所有演出)、特别诡异的流行趋势(都市美型男、故意一年不用厕纸)以及愚蠢透顶的政治家(你自己选吧)。我打小就读特别烂的书,是从我那位惹人爱又有点精神错乱的杰里叔叔那儿借来的,都是红色封面、藏在床下的经典,比如《没人敢说它叛逆》,以后也从未中断。

说真的,我之所以写书评的原因之一就是我能有机会时不时看些蠢到无可救药的书,还能得到报酬。我最早的作业之一是给维斯·罗伯茨欢乐的白痴作品《匈人王阿提拉的领导秘方》写书评。书中有这样的话:"我们的歌曲、舞蹈、游戏、玩笑和欢庆必须保持下去、坚定不移,以此来重申我们作为匈人的忠诚。"我还记得很清楚,当时我的编辑把这本书交给我,我上气不接下气地说:"先讲清楚;你会给我钱让我读'当匈人的领导是一份孤独的工作'这样的句子吗?"实话实说,《匈人王阿提拉的领导秘方》实在太差了,我只愿意免费读它。

但是只读好书的人没办法理解这样的心态。

"你为什么要读帕梅拉·安德森的《星星:一部小说》,而不读罗贝托·波拉尼奥的《荒野侦探》呢?"他们问道。答案是:"我并非宁愿读帕梅拉·安德森的《星星:一部小说》,而不读罗贝托·波拉尼奥的《荒野侦探》。我是宁愿去读帕梅拉·安德森的《星星:一部小说》,也不要读关于某部名画里的神秘女人的小说,或者主人公患上亚斯伯格综合征或者妥瑞症,在350页里把每个人都惹毛的书。再说,我已经看过《荒野侦探》了,休息一个晚上还不行吗?"

准备惊讶

我也不经常读烂书,我现在已经到了人生的秋天,一般只读烂到过分的书,而且这些烂书还是我费尽心机亲手挑选的。但叫我完全停止读烂书也不可能,就像我不会完全停止在快餐店点恶心的扭扭薯条。烂到极点的书在我们的生活中占有重要的位置,因为它们可以让我们的脑筋动起来。读好书是不需要思考的,因为作者已经替你思考过了,而烂书强迫你训练头脑,因为你要花上不少时间想这个人接下来会说什么蠢话。但请注意:和糟糕的电影一样,读没有烂到极点的书是浪费时间,而读真正的烂书是十足的乐事。这就是史泰龙主演的影片和尚格·云顿主演的影片的区别。这就是已故的米基·斯皮兰为什么如此伟大、令人难忘的原因;他从来没试图去做穷人版的雷蒙德·钱德勒;他的作品是十足的汨水。对于前面提及的《忒勒玛科斯之腰》或者《密耳弥多涅人的胸甲》之类的书我也是同样的态度;正是它们的笨拙、愚蠢令它们如此欢乐。越难以阅读就越有意思。

我要强调一下,我为烂书说话并不是装模作样。装模作样的两面派认为一个毫无争议的差作品可以在读者的认知作用下转变为好作品,透过其凶残的表面看出某种"讽刺"视角。这和我说的不一样。我从来没有否认过烂书有多烂。相反,正是因为它们的差劲才让我们珍惜好书,因为烂书只是好书拙劣的山寨品;它们就像泥土,让我们怀念缺席的阳光有多灿烂。《魂断蓝桥》是内布拉斯加版的《包法利夫人》,《特洛伊的护身符》是没有奥德修斯的《奥德赛》,纽特·金里奇的《1945》(假设纳粹在欧洲战胜)是异形版的菲利普·罗斯的《反美阴谋》。有时候你觉得自己发了疯,有时候却不觉得如此。

可悲的烂书分为三大类：愚蠢的，超级愚蠢的，和 O. J. 辛普森[1] 的书。每一类都有其独特的魅力。愚蠢的书包括把"狂喜"放在书名里的，以及把收益曲线和诺斯特拉达姆士的占星教义相结合的投资指南。超级愚蠢的书试图解释怎样开好会，或者怎样通过模仿严厉但有条理的祖鲁人恰卡来激励懒汉。O. J. 辛普森的书是不道德的文化怪物，比如《我想告诉你：我对你的信件、留言和问题的回复》。在这本书里，当时还在监狱服刑的辛普森是这么说他老婆的："人无完人，尼克尔也一样。她不开心的时候就把自己的问题怪在别人身上。但她在我们的孩子出生时对待他们的方式，弥补了她的所有缺点。"任何一个烂书的狂热收藏者都不能错过这本极品。

我显然不是在说所有的烂书都像上述作品那样有趣。虽然《阿特拉斯耸耸肩》是天下写得最糟的书之一，它却一点都不好玩。吉米·卡特的笔尖流出的不间断的呆滞梦呓和他的总统任期一样没什么笑点。这是因为名人写的烂书大多没什么悬念，风格雅致而差劲，或者说他们都找那些蹩脚的代笔者来写平庸的传记。差劲的业余人士全身心投入、向金牌发起挑战，冒险走进差劲的专业人士不敢涉足的禁区。吉米·卡特就算再怎么努力，也写不出 O. J. 辛普森那么烂的书。

我们这些热爱烂书的人之所以站出来表达情绪，主要是为了抵抗高雅的霸权。一旦质量的奴隶得势，就再没有玛丽莲·奎尔的惊悚小说（《拥抱毒蛇》），再没有麦当娜的儿童读物（《快

---

[1] 著名的美式足球运动员，后成为影视明星。1995 年被指控谋杀前妻妮克尔·布朗·辛普森及其好友罗纳德·高曼，后因证据不足，无罪获释。但 2008 年又因拉斯维加斯抢劫案被判 33 年监禁。

乐的真谛》),再没有杰拉尔多·瑞弗拉的自传(《自我暴露》)。如果出版业被那群崇拜好东西的人控制,比达瑞尔·汉娜的自传还要令人发指的书就不会印出来了。不错,再没有鲨鱼奥尼尔的书,再没有苏珊大妈、大卫·李·罗斯,或者瑞·麦克卡纳翰的回忆录,再没有迪内杜泽的种族主义沉思选集了。你还想在这样的世界上生活吗?

杰里森·凯乐尔曾经写过:"一份好报纸只能好到一定程度,一份坏报纸永远令人欢乐。"这个说法也适用于烂的书。有人可能会把对烂书的喜爱当作罪恶的享受,但我觉得这就是享受,没有一丁点儿罪恶感,虽然我可能应该有才对。差劲的电影、差劲的发型、差劲的恋爱关系、差劲的最高法院判决只能让我略咯地笑。差劲的书则让我放声大笑。如果他们不再写"当匈人的领导是一份孤独的工作"这样的句子,我是不想再在这里生活了。

* * *

有很长时间,我都不明白,为什么我就是不读自己书房的某些书。为什么我一而再,再而三地重读《波特诺的怨诉》《伟大的美国小说》《大主教之死》和《中间人》甚至是《劣绅》,但就是没抽出时间读纳博科夫的《庶出条纹》和恩斯特·勒南的《基督的一生》?然后某一天,我在去洛杉矶的路上拿起了一本《哈克贝里·芬历险记》,才弄明白是怎么回事。马克·吐温的这部杰作我十几岁之后就再没读过,但这本书带给我美好的回忆——作业是读一本我并不讨厌的书,这在高中生身上很少发生。如今,数十年之后,我十分自信当年美好的经历还会重演。

但我却失望了。这不是马克·吐温的错。我就是没办法不在生理上抵触这本书。问题出在包装上。这本书是在慈善义卖上买来的,传统的矮脚鸡经典版(Bantam),封面是1993年迪斯尼电影的剧照。该剧照是典型的迪斯尼风格,特别恶心,可爱的小哈克由年轻的伊利亚·伍德扮演,他和衣冠楚楚的吉姆(出人意料吧)走在森林里,迎接壮丽的夕阳。书内还有更多照片,哈克在吸玉米穗做的烟斗,装作英国来的贴身男仆和"国王"、"公爵"讨价还价。只要我一翻开这本书,我的眼睛就会看向哈克甜腻做作的照片。我不知道吐温想象中的哈克长什么样,就如同我不知道 F.斯科特·菲茨杰拉德脑海中的杰伊·盖茨比的形象。但我知道盖茨比不可能是罗伯特·雷德福的模样,美国小说中最令人难忘的人物也不会长得像这么小、这么萌的伊利亚·伍德。不可能,不可能,不可能。

我扔掉了矮脚鸡版的《哈克》,一回家就找出了我的第二个版本。但是同样的经历又上演了。图章经典版的封面上是手绘的面色红润的小流氓,有明显的暴牙,抓着一个苹果,带着苏格兰便帽,边角俏皮地斜翘,是大萧条时代特有的角度。这里的哈克和《反斗小宝贝》里的杰里·马瑟斯惊人地相似。令人反感。因此,我想看完这部无与伦比的经典之作的努力又失败了。我根本读不了几页纸,就被封面上的图片恶心死了。

所有这些都令我更仔细地思考那些我多年来未曾阅读的好书。第一个想到的就是阿瑟·米勒的《推销员之死》。米勒的经典之作是我高中的作业,学校发的书有个冷酷、压抑的棕绿色封面,一个又矮又秃、命中注定要失败的男人背对着读者,拎着一个箱子,里面装满找不到买家的商品。当时的我住在保障房,

准备惊讶

父亲没有工作,这本书怎么看也不会比《黑箭》更令人振奋。所以我从没读过它。几年后,惠特尼美术馆举办了名著封面展——《麦田里的守望者》《第二十二条军规》《冰上的灵魂》——我直到那个展览结束后才敢去美术馆。

在这种回忆的刺激下,我最近仔细检查了自己的图书收藏,看看有多少我还没读的书封面令人厌恶。检查的结果让我震惊。某个书架上摆着一排排美丽的企鹅经典。下面一层都是我最喜欢的小说,每本书的包装都很漂亮,有的引人注目(村上春树的《挪威的森林》),有的优雅迷人(安德烈娅·巴雷特的《船热》),有的充满不详的征兆(罗伯特·欧姆斯德的《少年罗比的秘境之旅》)。再下面一层还有十几本漂亮的艺术图书。

但另外一个房间,放着我没读过的书的橱子。我惊讶地发现,那些一直被我忽视的书都很丑。有的因为出版年代久远而丑陋或平淡无奇,那时候没有人注意包装问题。有的是英国书,所以特难看。尤其是1951年硬壳版的爱德华·贝拉米的《向后看》,特别可怕,还有帕特里克·怀特的故事集《小鹦鹉》,封面是腐烂的浅绿色,以及1976年出的《便携版多萝西·帕克》,毫无个性的封面上有帕克的一张照片,看起来她就是全世界最无趣的女人,也许还有一个比她更无趣的,就是我那绝对不说话的诺拉姑妈。

令我震惊的是,其中一些特别丑的书还是比较新近出版的。1985年平装版的路易丝·厄德里齐的《爱药》,黄绿色、橘红色和浅蓝色的致命组合甚至连米尔顿·艾弗里都不敢看一眼。我那里根执政时代出版的格雷斯·佩里的《最后一刻的巨大变化》让人联想起过期的员工手册——《你的退休金参考指南!》。

古典书局(Vintage)版的格特鲁德·斯泰因的《三个女人》比斯泰因本人还要难看。

原来是这么一回事。直到现在,我都以为这些书是因为太难,或者太无聊(比如托马斯·曼)才放在一边很多年。现在我意识到情形并非如此。这些书的共同点是他们都很丑。真心丑。1987年精装版的乔治·佩雷克的《人生:一本用户指南》封面山寨了巴尔蒂斯的街景图,十分沉闷。丑陋的1991年版托马斯·C.里夫斯的《性格问题:约翰·F.肯尼迪的一生》看起来好像是设计部的人抓了狂,在送进印刷厂前把剪贴画粘在了封面上。1997年版的《坏种子》封面是一个诡异的娃娃,长得有点像我五年级时同桌的女生。

我逐渐意识到,这些被我拖延很久的书的共同点不是太难、太晦涩,而是它们的封面都在尖叫:"把我打成纸浆!快点!"我买下豪尔赫·路易斯·博尔赫斯的《个人文选》已经三十五年,但一直没有打开过,就因为它的封面看起来像是被撒过了芥末。同样的原因也阻止了我去读《凯尔特童话》《全球股市史:从古罗马到硅谷》,以及金斯利·阿密斯·洛普的经典《女孩,20》。恶心的图像设计也是下面这些书的公分母:《股市逻辑》《肖恩·奥凯西的三部戏剧》《头上钻个洞,你还能活吗?》《秘鲁征服史》《拍卖第49批》《小酒店》,甚至《撒旦诗篇》。这些书都有一个共同点:丑陋的封面。

这个发现激动人心。多年来,我都以为是《古拉格群岛》的内容太压抑我才没有读。现在我终于意识到我连薇拉·凯瑟的《怪兽花园》都没过看几页。我也终于了解为什么这么久都没试着看看《气候:理解经济周期的钥匙》《西方世界税收和支出

准备惊讶

的历史》以及《愚蠢的故事：西方白痴的历史，从希腊到你看到这本书的时候》。让我望而却步这么多年的不是内容，而是包装。

我实在太开心了，冲出去买了本封面看得过去的《哈克贝利·芬》。我喜欢！接着又买了新的《尼古拉斯·尼克贝》。妙极了！然后是《浮士德博士》，我曾经尝试读过五六遍未果的书。没问题！接下来就还剩最后一座魔山等待登攀了。我去图书馆借了本包装不错的《推销员之死》，蜷缩在床上准备慢慢读它。

结果每个字我都讨厌。

这个理论就到此为止吧。

* * *

我生命中的大部分时间都相信封底浅薄的赞词，在决定是否看书之前也会先咨询一下封底的意见。如果我喜爱的作家巴里·汉娜说我不认识的詹姆斯·克鲁姆莱的作品"热度惊人"，我就会看看是否真如他所说。确实如此。如果迈克尔·翁达杰说埃利斯戴·麦克劳德是加拿大最不为人知的秘密，我就会买下他的一本书验证一番。结果不错。正是这些著名的、可靠的、诚实的作家把 W.G. 泽巴尔德、安妮·麦珂尔斯、詹姆斯·索特、普里莫·莱维、达拉·霍恩、希尔玛·瑟德尔贝里和让—派特里克·曼谢特介绍给了我。

三十多岁的时候，约翰·厄普代克一句热情的评论令我结识了威廉·特雷弗。在读到厄普代克在封底上的赞词之前，我都没听说过特雷弗。我十分看重他的评论，以至于我在接下来的十八个月里读完了特雷弗的全部作品。特雷弗也立即成为我最喜欢的作家之一。有意思的是,我一直很崇拜作为评论家的厄普代克,特别是他的文艺评论,但是一直不太喜欢他自己写的作品。拱心石之州[1]的焦虑太多了。我认为特雷弗是比厄普代克更好的作家。厄普代克自己可能也知道;不管怎么说,他把特雷弗吹上了天。还没有哪位作家的判断力比厄普代克更值得我信赖。不少作家是很没底线的,只要有钱,肯为巴比伦的娼妓说好话。

我也喜欢厄普代克这个人。我曾有一次在电视台的演员休息室碰见过他,我们聊了半个小时。话题基本上是艺术。他的节目被推后了,因为某个政客死了,而他的一帮同事正废话连篇地表达他们精心设计的痛苦。后来华盛顿有条街以这个死掉的人命名。现在已经去世的厄普代克没有这个待遇。但和那个断了气的官僚不一样,人们会怀念他的。我清楚地记得,厄普代克是个完全不自负的人。我觉得他是我见过的名人中唯一一个不像只迅猛龙的。显然是作家中唯一的一个。

多年来,我有好几次因为杂志里的热情赞扬而发现了某个作家。某天我在看《新共和》的后几页——总是比前几页好玩得多——时看到了一篇文章,宣称佩内洛普·菲兹杰拉德是活着的英语作家中最伟大的。说句公道话,这个竞争不算特别激烈——基本上也就威廉·特雷弗一个对手。我从未听说过佩内洛普·菲兹杰拉德,等我把《书店》搞到手的时候,她已经死了。她直到六十岁才开始写小说,对我们大家太不幸了。我先读了

---

[1] 宾夕法尼亚州的别称。

《书店》,特别喜欢,马上就接着读《离岸》和《金童》,以及我最爱的《人声》,然后一年之内就读了她的九部小说中的八部。

我把她的第九部小说《无辜》留给以后的某个日子。这本书我现在还没找到。其他的书每本我都看过不下两遍。显然,如果我想全部看完,直接上网订购就可以了。多么大众化。在线订书,连夜快递,会摧毁一切,剥夺一切我生命中最看重的魔力和非科学的东西。我最喜欢的意外相遇就这么没了。假使我特意订购《无辜》,而不是等着某一天的偶然相遇,或者某个朋友崩溃了,替我买来一本,好让我闭嘴不再说这本书,那我所珍视的一切都值得怀疑。从此之后,世界会变得结构完美、逻辑通畅、无法承受。某一天,在我最不经意的时候,我会为了躲雨走进哈里斯堡、拉古纳海滩,或者瓦拉瓦拉的一家书店,看到一本《无辜》。那会是我一生中最伟大的事件之一。我会确信这些年来,这本书都在那儿耐心地等着我,它有信心我会在某一天为了躲雨流浪到这里,把它抢走。朝圣就是一切。目的地并无所谓。

直到那一刻来临,我只能用我的应急储备凑合了。开始写小说之前,菲茨杰拉德写了三本评价不错的传记。其中一本写的是前拉斐尔派[1]的画家爱德华·伯恩-琼斯。我有这本书。我看不起前拉斐尔派,尽画些泡在卤汁里的奥菲利亚、卷发的流

---

[1] 前拉斐尔派(Pre-Raphaelite):19世纪中期英国年轻画家发起的一场艺术运动,目的是改变当时的艺术潮流,主张回归到15世纪意大利文艺复兴初期、拉斐尔之前的画风。

浪儿;这些小丑还好意思说拉斐尔不好?安德鲁·劳埃德·韦伯[1]是收藏伯恩-琼斯的,不难看出个中因由。但我迟早会读这本书的,因为菲茨杰拉德这么多年来带给我不少欢乐。也许她会转变我对前拉斐尔派的看法。也难说。她肯定不会转变我对安德鲁·洛伊德·韦伯的看法。

意外遇见像佩内洛普·菲兹杰拉德的宝藏现在是越来越不可能发生了。评论家大多是奴性十足的傻瓜,不敢指出名作家狂乱的情节和邋遢的叙述。学者担心某句差评会在他们自己邋遢的文章出版之后招来祸端。护封上的推荐也再不能相信了。通常只有骗子和拍马屁的为了在傻瓜和荡妇中混迹才写这些东西。很多时候,作家还不得不为朋友帮忙,给差到可悲的书写赞词。这是对意志的摧残,因为作家都知道其他作家讨厌写赞词。他们恨被编辑叫去写,恨被经纪人叫去写,但他们最恨的是被朋友叫去写。被朋友叫去给朋友写赞词就好比给一个朋友肥胖、机能失调的小孩安排一份暑期工。我可能喜欢你;但这不意味着我喜欢你猪一样的后裔。作家之所以讨厌给朋友写赞词,是因为不管他们怎么写,他们的朋友都不会高兴,总觉得过度的赞誉还不够。无论如何,因为没有资格恶心地捧场而嫉妒的流浪汉又会指责他们在恶心地捧场。作家也讨厌给陌生人写赞词,因为他们不得不因此去读不想读的书,而时间已经不够用了。所有的赞词都应该在五十岁前写掉;此后不能再读任何一本不想读的书,除非有人给钱。

---

[1] 安德鲁·劳埃德·韦伯(Andrew Lloyd Webber):英国颇受欢迎的音乐剧作曲家,作品有《歌剧魅影》《猫》等。

准备惊讶

纯粹主义者可以从护封上解码出一个作家做了怎样残暴扭曲的努力,才能在称赞朋友的同时避免赞扬他写的书。"没有人能比×××更会设置场景了",特雷弗是这么描述一本短篇小说集的,我很喜欢这个集子的作者,在这里就不点名批评了。是真是假很难说。不管怎样,故事本身了无趣味。值得表扬的是,特雷弗没有说这本书有什么好的。他只是说这位作者很擅长设置场景。他又没说这个人擅长完成场景。赞美一位同僚,而又不表扬他的作品,这个能力有时在圈内被称作"皮兰德罗最后的手腕"。同行们会仰视这一精明而含蓄的语言游戏,赞叹不已。

"这个家伙知道怎么玩快球,"他们会说,"他的指责也可以模棱两可呢。"

从书评中挑句子而不指明书评作者是毫无价值的。《旧金山纪事报》没说新出版的一本小说使人想起老子和格鲁乔·马克思。是某位作家这么说的。《克利夫兰平原商报》并不觉得一本书的预知性令人震惊。是某位记者这么说的。《西班牙邮报》《西德意志汇报》《世界报》《布莱金厄报》《伯尔尼报》,当然还有《生命和信仰报》都没办法对任何作品做出判断。它们没有固定的形态。没有名字的引言什么都不是。知道某个身份不明的乡巴佬在《国家报》上对伊莎贝尔·阿连德说三道四有什么用呢?正如我们所知,这个给《国家报》写评论的很可能是奥古斯托·皮诺切特的那个恶毒的非婚生孙子——帕高。

曾几何时,书评人使用各种形容词来描述书。这一切在1997年2月11日改变了。国家艺术学院下达了一道绝密指令,要求美国所有的书评人都必须在评论的某个段落里使用

"令人震惊"的这个词,否则他们的书评就不能收钱。"令人震惊"要比"光彩照人"、"才华横溢"都好,因为它很中性,而"睿智"、"才华横溢"甚至"充满智慧"都意味着"只有离过婚的、每天听"新鲜空气"[1]的中年妇女才会喜欢这本书"。"睿智"、"才华横溢"的书的问题在于它们倾向于富有乡土气息、神秘难懂,总是在说蜜蜂啊、普罗旺斯啊、维米尔啊之类。我喜欢像罗马焰火筒那样发射的书。我买书不是希望被照亮。我希望被作者瞠目结舌的焰火制造术打得落花流水。我准备震惊。

几年前,我真的被出版业喷薄而出的大量材料给淹没了,我决定建立一个筛选程序,只读至少被一位书评人描述为"令人震惊"的书。这样一来,我喜出望外地发现艾丽斯·麦克德莫特的新书《此后》绝对令人震惊。因为我听说过人们用各种美好的词汇描述她以前的书,但我不记得有谁用过"令人震惊"这个词。结果呢,我就没有尝试阅读过。最近我还看了爱丽丝·门罗被《西雅图时报》描述为"令人震惊"的小说《洛克堡的风景》,以及诺贝尔奖得主 J. M. 库切被品味标杆《O:奥普拉杂志》视作"紧张激烈、令人震惊的艺术作品"的《慢人》。这样一来,我就读完了承诺绝对会令人震惊的年度三大杰作。

好运还在继续。最典型的是 2006 年诺贝尔奖得主奥尔罕·帕慕克,他的小说《新生》被《泰晤士报文学评论》称为"令人震惊的成就"。几乎与此同时,阿耶莱·沃尔德曼出版了《爱与其他不可能的追求》,虽然本身并不令人震惊,但其中一个人

---

[1] 新鲜空气(Fresh Air):美国国家公共广播电台(NPR)的一档节目,每个工作日播出,多是各界名人的访谈。

物被书评人安德鲁·西恩·格利尔称赞为"令人震惊"。同时出版的还有雅比凯尔·汤玛斯的《三狗生活》,被《娱乐周刊》评作"令人震惊……不同寻常的爱情故事。评分:A"。要我说,这个评分 A 有点多余了,一本令人震惊的书怎么可能得分为 B 呢?

有人可能不服气,买什么书、看什么书怎么能全凭一个形容词做决定呢?他们可能有道理。但我要强调,我虽然盯准了"令人震惊"的书,但并不是每一本"令人震惊"的书我都会去读的。比方说,我避开了 M.T. 安德森的《屋大维·空无令人震惊的一生,国家的叛徒》,虽然它获得了青年文学类别的国家图书奖。作者用"令人震惊"来形容他的人物,并不能自动使这本书变得令人震惊;可能只是杰出、轰动、引人入胜、绝对叫人爱不释手而已。出于某种不同的原因,我还避开了《纽约客》广告上说的"一本令人震惊的悬疑小说"。因为这个评价来自某位叫琳达·格拉纳的女士,她在加州拉斐特经营"拉斐特书店"。琳达·格拉纳也许是位一流的评论家,和塞缪尔·约翰逊、斯科特·派克以及奥普拉不相上下,但是如果"令人震惊"一词并非出自主流出版界某位指定专家的书评,我还是不会买这部据说令人震惊的作品。要是因为随便哪里的哪个书商说令人震惊,我就买下这样的书,我早就破产了。

是否值得担心我对"令人震惊"的痴迷导致我错过一本好书呢?当然,有时候难免如此。但事实是,要是没有人说一本书令人震惊,它恐怕确实不令人震惊,而如果它不令人震惊,那谁还要看它呢?玛丽莲·罗宾逊被期待已久的《基列家书》几年前终于出版时,它被称作"辛酸"、"吸引人"、"抒情"、"沉思"以及"完美"。也有人说它"宏伟",是"文学的奇迹","评分:A",对,还有"才华横溢"。但我就没看见谁说它"令人震惊"。我已经解释过我对"才华横溢"的书是怎么看了;要是每读一本才华横溢的书就有人给我五美分,我明天就可以退休了。可惜没这样的好事,所以我决计不会掉进老习惯的陷阱里。读第一本不令我震惊的书是你的错;读第二本不令我震惊的书就是我的错了。

误导读者的宣传我无所谓,荒谬的宣传我就有意见了。而近期,我发现封底的溢美之词已经夸张到了荒谬的程度。专门写赞词的文人经常求诸于站不住脚、不攻自破,甚至荒唐的类比,不仅对不起读者,也对不起作者。我都记不得有多少次看见过当代作家被称作"当今的契诃夫"了。可能这些拍马屁的文人已经得出结论,这个社会上都是傻瓜,没有人记住他们的话。但我们中还是有做记录的人的。我们这么做是为了自己,为了其他读者,也为了契诃夫。

去年,我读了本短篇小说集,名为《我家来了犹太人》。此书的作者是一位1994年移民到纽约的年轻俄国作家。起先吸引我的是封底格外热情的宣传。看起来这个集子是《呼啸山庄》《安娜·卡列尼娜》和《包法利夫人》的集成。"拉娜·雅普尼亚是个有俄国灵魂的简·奥斯丁",常驻《纽约客》的圣贤路易斯·梅南是这么描述它的。帮腔的还有《走出埃及:一本回忆录》的作者安德烈·艾西蒙:"有人会指出安东·契诃夫、妮娜·贝蓓洛娃或者凯瑟琳·曼斯菲尔德的影响,但一下子跃入脑海的则应该是《都柏林人》。"

等一下:是谁想起了这些作者、作品?不是我。这里说的

准备惊讶

《都柏林人》是那部最伟大的短片小说集——詹姆斯·乔伊斯的《都柏林人》吗？恐怕是斯拉皮·麦金根的《都柏林人》吧。如果说的是詹姆斯·乔伊斯的《都柏林人》，那我的反应就是：哇，你没搞错吧？看好材料再说话好吗？《我家来了犹太人》的同名故事说的是一个俄国的非犹太人在纳粹占领俄国期间给一位犹太朋友提供短暂避难所的事。虽说这个人私下里记恨她朋友更幸福的婚姻、更有曲线的身材、更外向的性格，但当最后她的朋友离开时，她们的关系也没有破裂。另一个故事的主人公是一位端庄、年轻的数学教师，但是很倒霉地被要求给女孩子们上性教育课。第三个故事说的是布鲁克林的一个小男孩怀疑他的爷爷可能和当年在俄国的老相好旧情复燃。这些故事都挺好，文笔不错，都有令人感动的地方，有点煽情，绝不令人作呕。但没有哪个故事能让人想起尖酸刻薄、不动感情、高度程式化，甚至有点夸张的简·奥斯丁，也没有哪个故事稍微显示出詹姆斯·乔伊斯的风范。特别不能让人联想起简·奥斯丁的是雅普尼亚的故事《薇拉的问题》里的一句："沃娃·里卜曼不在乎他说男孩还是女孩；他一直在哭。他哭完了，安静下来了，就抠鼻子，然后吃自己的鼻屎。"

我不太清楚《爱玛》《劝导》和《理智与情感》路易斯·梅南读过多少，但我可以告诉你：简·奥斯丁的作品里没有鼻屎。为什么评论家从拉娜·雅普尼亚跳跃到简·奥斯丁时，没有停下来想想尤多拉·韦尔蒂、凯瑟琳·安·波特呢？他们从《我家来了犹太人》跳到《都柏林人》的时候，怎么就没在《美国鸟类》，以及卡森·麦卡勒斯的《伤心咖啡馆之歌及其他故事》之间稍作停留呢？这样的评论没能反映出拉娜·雅普尼亚的才华。反映的只是一群溜须拍马的人失去了理智。

把刚刚起跑的年轻作家比作西方文学无可争辩的巨匠是多好多慷慨啊,但是对于作家自己却并不公平,对别人更没帮助。某个和扬基队打平手的新棒球手不会因此被比作卢·贾里格。第一任总统不会被自动比拟为诚实的艾贝[1]。人们讨论一位二十来岁的画家不会用说委拉斯凯兹[2]的口吻。刚取得博士学位的科学家也不会被视作阿尔伯特·爱因斯坦。在大多数人类努力钻研的领域中,记分牌上都得先有几分才能指望别人把你称作重生的亚历山大大帝、达·芬奇或者贝利,甚至雪儿。把初出茅庐、刚发表一部作品的作者比作詹姆斯·乔伊斯、简·奥斯丁、安东·契诃夫,不仅对死者不公,对生者也不公。没有人能达到这样备受尊崇的标准。甚至乔纳森·弗兰岑[3]都不行。

以此引出了纯文学界最不常讨论的话题:任何一个称职的作家都看得出溢美之词太过分的书评。作家们经常抱怨给他们写书评的评论家有多恶毒、粗鲁、愚昧。但他们一般的评论立场都是作者。作为一个留意书评的读者,我看到的是完全不同的现象。对于我来说,书评尽说好话,到了可恨的程度。我这么说是有真凭实据的。几年前布鲁斯·麦考尔为我的书《我的天哪:一个愤世嫉俗者短暂的求圣之旅》写了篇讨人喜欢的书评。受到表扬我很开心,特别是这个表扬还来自于一个我崇拜且羡慕的人。但是书评看到最后,麦考尔的一句话让我措手不及。

---

[1] 对林肯的尊称。
[2] 委拉斯凯兹(Velazquez,1599—1660),17世纪巴洛克时期西班牙画家,以肖像画著称。
[3] 乔纳森·弗兰岑(Jonathan Franzen):美国作家、散文家。

"在某个角落,"他写道,"门肯两眼放光。"

那是不可能的。H. L. 门肯[1],那个固执己见、脾气暴躁的势利鬼,我那点儿微小的努力才不会入他的法眼。他谁都看不上,特别是那些没有贵族血统的。他也憎恨爱尔兰人。所以,当麦考尔慷慨地表示门肯会对我的努力两眼放光时,他显然大错特错了。不管是当时还是现在,不管他是活着还是死了,H. L. 门肯都懒得关心我这种可悲的第三代爱尔兰移民写过什么书。就算刀架在他脖子上,他也不会对我的书两眼放光。他来自巴尔的摩,那里的人很少会对别人的作品两眼放光。

再说,我那本书也没那么好啊!

大多数作家不会这么说话。作家就喜欢无缘无故地抱怨。作家们总是说评论家完全不得作品的要领,断章取义,没看出某人某事的典故,也没指出这个评论家曾经央求作家穿古代服装,扮演波林姐妹中的一个(最好戴上眼罩)参加四人约会,于是被作家给甩掉了。作家总是抱怨评论家故意引用书里最不彰显才华、最不像普希金的一段话,或者因为红色高棉爆发、快乐分裂乐队发生了什么事而对作者耿耿于怀,或者就因为作家去了乔治城大学、评论家只能去维拉诺瓦[2]而说作家的坏话。

其实大多数书评都是说好话的,尽管大多数书根本不值得称赞。这就让作家们的抱怨显得特别莫名其妙。作家知道就算某个书评人讨厌一本书,接下来还会有十个人迫不及待地捧场,像杂种狗一样欢欣雀跃,坚持认为这是自《白痴》以来最引人深

1　门肯(Henry Louis Menchen,1880—1956):美国著名文学评论家。
2　维拉诺瓦大学是一座位于费城的天主教大学。

思的小说。书评人通常较为谨慎，担心以后会遭到打击报复。而且，他们的文章基本上只能换来少量劳务费，写书评是累人的杂务，所以他们粗制滥造的评论就如同学期论文或改写的新闻稿，好像出自冒充评论家的销售助理之手。这一点特别适用于悬疑小说，这一文类最近的一篇负面评论还是1943年写的。

热情洋溢的评论没什么错，我也不会怀疑一个特别卑躬屈膝的评论家是在向作家求婚，或者等他自己的书《埃及总督没有睡过头吧？》出版之后期待同样的评论。但这样的评论对不起读者，这是不容更改的事实。被瞒骗的读者真的以为雷蒙德·钱德勒会微笑着向这位作者脱帽致敬，或者这个初出茅庐的小说家可以和约瑟夫·康拉德平起平坐。一本被说成"引人入胜"的书可能仅仅"过得去"，"好得叫人瞠目结舌"的书可能只是"还不错"而已，"爱不释手"的实际上只是"比刚才的三本坏不到哪里去"。作者们被吹成是斯塔尔夫人、约克的阿尔昆、阿瑟·柯南道尔三合一，吃了迷幻药的夏洛蒂·勃朗特，比陀思妥耶夫斯基还要陀思妥耶夫斯基，彻头彻尾地海涅……而实际上他们只是坎蒂丝·布希奈儿和奈欧·马许的结合，吃了咳嗽药的诺拉·罗伯茨，仅仅比丽莎·斯科特林还要更斯科特林一点，运气好的话可以和安妮塔·雪瑞佛打个平手。

到处抱怨负面评论的作者面对毫无根据、他们也配不上的赞词总是乐不思蜀。有几个作者愿意站出来承认，对他们的赞誉言过其实，考虑不周，不得体且错得离奇？这么做需要真正的道德素养、真正的诚信、真正的胆量。你懂的，比如承认 H. L. 门肯死也不会对你的书两眼放光。

最糟糕的是，高八度的赞扬给作者造成了巨大的负担，他们想要不辜负公众的期待几乎不可能,因为这个预期不是他们自己创造的。出生于安哥拉的作者何塞·爱德华·阿瓜卢萨(《克里奥尔,变色龙之书》)就被颂扬为:"把 J. M. 库切和加夫列尔·加西亚·马尔克斯加在一起,你就看到了葡萄牙的下一个诺贝尔奖候选人——何塞·爱德华·阿瓜卢萨。"对于这个评价我想这么说:把"咱们先别过火"和"等个一秒钟"加在一起,你就看到了"嘿,等猪长翅膀了再说"。

正如作者们担心被说成是"穷人版的弗朗辛·杜普莱西·格蕾"或"摩洛哥的跑腿",很多作者因为害怕用词亲密到难受、低俗到刺耳的评论而生活在恐惧中。起码我不想被说成是"一大盘鲸鱼子酱,航行在闪闪发光的米饭上,搭配珍珠母色的汤匙",爱丽丝·门罗就遭受如此评价。我反正受不了。私以为,说某个人——不管是男的还是女的——是航行在闪闪发光的米饭上的一大盘鲸鱼子酱是绝对不可接受的,就算这个人真是鱼子酱也不行。这种写作透露出罪恶的亲密感,暗示书评人可能正用逼真的鲸类术语想象作者。我要是爱丽丝·门罗,肯定会给房门加几把锁。换上死锁。

* * *

如果书评人不能信任,我们还能指望谁呢?恩,近来有个伟大的发明,那就是亚马逊网站的读者评论栏目。平民百姓可以在这里发表意见,扮演大公无私、英勇无畏的文化监察人,为同样爱书的读者挡枪子儿。有的人已经在网上建立了不错的声誉,他们以尖锐的评论、机智的洞察力,和那些伪装成专业人士、在顶尖杂志和报纸上沉思默想的傲慢的雇佣文人竞争。

当然啦，有些书评人可能会在混乱的网络世界用语粗俗、搞个人攻击，但总的来说这些有才华的业余爱好者在书评环节中注入了迫切需要的新鲜空气。最可贵的是他们可以毫不畏惧地把备受瞩目的作者拉下神坛，不像主流评论家那样优柔寡断。他们对谁都没有义务，穿着匿名的斗篷，连最耀眼的明星也不放过——乔伊斯·卡罗尔·欧茨、伊丽莎白·芭蕾特·勃朗宁、梅芙·宾奇，都拉走关进柴房。所以说公民评论家是公共政治深受欢迎的新增部分：他们仿效伊森·艾伦和 1776 年的沼泽狐狸，躲在灌木丛后英勇狙击，再次肯定了民主在打一枪就跑的情况下效果最好。

当然啦，人们都喜欢设想时光倒流，如果开膛手杰克、圣毕德尊者也有 Facebook 账号，法老的军队使用水陆两栖的装备会怎么样。这也是为什么我不禁要揣度，要是几百年前就有英特网，一个典型的亚马逊评论长什么样：

《李尔王》平均得分：两颗星。作者告诉我们："天神对待我们，就像顽童对待苍蝇，他们为了戏弄而把我们杀害。"哦，不错，他以为我不知道吗？他以为我不知道生存还是死亡是个问题吗？他以为我不知道错不在我们，应该怪星星吗？告诉我一些我不知道的东西吧，从什么鬼地方来的诗人先生。

《俄狄浦斯王》平均得分：四颗星。索福克勒斯写得还算不错，文风明快，生机勃勃。年轻人尤其值得像国王先生学习，当然他最后神经错乱的部分不算。没什么惊天动地，但是很欢乐。不得不承认关于国王先生的母亲这个次要情节还是有点让我纠结。

《索多玛120天》平均得分：五颗星。我一看这标题就预订了，因为名字跟我的婚前姓 Marquis de. Yeah 一样一样的。就为了这个原因买书有点那啥了，但我就是特激动。可是书一到手我居然一点没看懂。完全是在原地打转。一个劲儿重复。我看了好几遍，想找深层的、了不起的意义，愣是啥都没找着。其中有些段落有点恶心的说。

《埃涅阿斯纪》平均得分：两颗星。抱怨来，抱怨去！好吧，你的老家被夷为平地，你的家人被赶尽杀绝，但你至于这么没完没了吗？你说你这样有用吗？这么说吧，维吉尔就是穷人版的塔西佗。他说来说去都是普里阿摩斯啊，戴朵啊，宙斯啊，而大家最想看的是特洛伊人和维斯塔贞女的好事。再说这本书也太山寨了：他连把猪变成希腊人的那个独眼巨人的事都没写进去。

《天体运行论》平均得分：半颗星。读过我的无数书评的人知道，我自己也是个数学家、天文学家、通晓多种语言的哲学家。所以我是唯一有资格能从芝诺悖论谈到戈尔迪之结的人。我觉得这位与我同样博学的哥白尼基本上做得还不错。但是大多数外行人不知道的是——像我这样的数学家/哲学家/天文学家/博学人士（正如读过我的许多书评的人会告诉你的那样）就不一样啦——哥白尼这样的人算数特别好。和我一样。特别，特别好。（我说的是我自己哦。）可以通过以下地址了解我的更多思想：Igor@ my-mommysbasement.com

《申命记》平均得分：三颗星。真心看不懂。这一系列里的大多数书我都看过了,很厉害,但是这一本让我摸不着头脑。故事在哪里?我是不是看丢了什么?讨论半天干净不干净的野兽干吗呢?这个作者写的《创世纪》和《出埃及记》很不错,我看《民数记》太激动了,差点从椅子上掉下来。但是这一本实在不行,还没结束就漏气了。还好我跳过了《利未记》。

最后:

《我的奋斗》平均得分:一颗星。文笔很活泼,但是太、太压抑了。他干吗老是用 Lebensraum 、Oberkommandant 、Wienerschnitzel 这些大词啊,一般人都看不懂。好像就他一个人有字典一样!还有说犹太人的是怎么回事?

※ ※ ※

话说回来,我仍然相信封面上的赞词多少有些价值。至少有的还不错。就算我们失望了,知道选错书不是自己的问题也是个安慰。我们明明是被锋利的铁锥刺伤了,才掉进陷阱里,中了毒。如果我不得不花上几天时间,读一本到头来讨厌的书,我宁愿它是别人推荐的。我不希望这是一场意外。我也不希望罪恶感全由自己扛。

意外的惊喜也时有发生。两年前,我读了本神奇的中篇小说,叫作《美容院》,说的是墨西哥城一个同性恋异装癖发型师将他的店面变成了一家艾滋病人收容所。我之所以会读这本书都是因为弗朗西斯科·高曼在封底的赞词,称马里奥·贝拉丁的书是"未来的礼物"。我觉得这个描述美得令人安心。好像高曼真是这么想的。他把这么精彩的措辞送给了别的作家,真是太慷慨了。

因为高曼对贝拉丁的看法太正确了,我决定读读高曼自己的小说《平凡的海员》。这本书说的是一伙倒霉的中美洲人,被同伴遗弃在一艘满是老鼠的船上,从布鲁克林的码头顺流直下。这艘船不过是保险欺诈的工具,再也看不见公海了。小说根据真人真事而写,故事非常悲哀。这本书真的很了不起。所以接下来,我又从《平凡的海员》的封底找来了另一个作家,此人的赞词深思熟虑,可不是什么听众提问式的评论。我想知道顺着这条线索走下去,什么时候才会碰到一本我不喜欢的书。结果居然没有碰到。这条线索带着我从高曼看到奥斯卡·希胡罗斯,又从赛尔登·罗德曼到肖恩·威尔戈,还有五六个作家,意外的雏菊花环每次都能帮我找到另一本美好的书。

赞词的轨迹最终通向一本非凡的小书——乌拉圭小说家卡洛斯·马利亚·多明盖兹的《纸房子》。这是一本文艺类悬疑小说,一个人意外收到邮寄给他的书,于是他一路追到阿根廷,想知道为什么会有人寄这本书给他。多亏了这趟旅程,主人公听说了一位爱书狂人的故事。此人以书做砖块,雇人在海边造了一座纸房子。但是,一位多年前曾和他在墨西哥城文学会议上结识,共度一晚的爱书女士写信给他,想看某一本书。这个人找不到这本书就抓了狂,把他的房子拆了,毁掉了一切,等他最终找到那本书之后,他就把书寄到了伦敦。可怜的是那位想看这本书的女士——就是那个十五年前和他在墨西哥城共度难忘一夜的女士——刚刚因为走路开小差,惦记着艾米莉·狄金森,被车给轧死了。

　　我完全可以想象自己就是这本小说里的人物。我也想用书而非砖块修建一个家。我也想一边惦记着艾米莉·狄金森,一边被车碾轧。或者用不着"碾轧",被"撞死",或许"轻擦一下"就可以了。不管是哪种方式,这么戏剧化的告别要比得肺癌什么的好几百倍。我喜欢读偶然遇见的书。这样的意外让人生变成游戏拼图。

　　《纸房子》太令我着迷了,我决定停止追寻赞词的轨迹。我的观点已经得到证明。也许某一天我会回过头再追另一条轨迹。但现在就算了。我担心这么下去我又养成了一个新癖好,花上大量时间从一本被力荐的书上找到另一本,然后就再也看不完我已经开始读的书,再也完不成《纽约时报》开列的 20 世纪一百本最伟大的小说,再也看不到《尤利西斯》的最后一页,再也不知道《罗马帝国衰亡史》的结局,再也看不到《米德尔马契》的最后一页。

　　我的癖好已经足够多。

第六章

斯德哥尔摩综合症

有时候我会思考一本书改变人生的经历。我说的可不是《独自和解》《麦田里的守望者》如何引发灾难,把你的好朋友变成忧郁的笨蛋,产生自杀倾向;也不是在女友的床头发现《女阉人》,导致激情四射的浪漫仓促收场。不,我说的是在阅读时对我产生重大影响,真正改变我一生的书。

坦白说,我也想不出多少本。是的,你当然能从《伊利亚特》里学到些东西,特别是阿喀琉斯残暴对待赫克托耳的尸体那个可怕的场景。荷马劝告不同时代的有同样倾向的人权侵犯者:目的达到的时候切勿欣喜若狂。你也能从《瘟疫年纪事》《简述坠入地狱的经历》甚至《索多玛120天》里学到各种东西,以后能帮上你不少忙。最起码,大量阅读许多伟大书籍的积累效应可以把你从无忧无虑的野蛮状态中解救出来,而这正是你的许多同胞的默认模式。但是要让我挑出一本书,说正是它引发了我在这方面或者那方面的发展,那可要我费上九牛二虎之力。在我读《鲁宾逊漂流记》《劝导》甚至《太空城》的时候,我都很喜欢这些书,它们也的的确确让我变得更通情达理、善于处事。但我不能说它们中的任何一本改变了我的一生。也许,要是早就看了《米德尔马契》,我的人生会大不相同吧。

我能想到的最接近的例子是亨利·德·蒙泰朗的《死去的皇后》。亨利·德·蒙泰朗称不上特别伟大的法国作家,在美国基本上没人听说过他。此人于1895年4月20日出生,1972年9月21日咽下最后一口气。他是个非常阴郁的小说家、剧作家,最有名的作品是两部戏:《死去的皇后》和《波尔罗亚尔女修道院》。他也写过几部不错的小说,虽然也很阴郁,比如《少女》《单身汉》以及《混沌与夜晚》。《死去的皇后》是我上大学学法语的时候读的,直到今天我还不知道为什么会读这本书。但我确实记得我很喜欢在星期五下午从学校乘坐J公交车回家,为自己是车上唯一一个阅读让·季欧度、安德烈·马尔罗和亨利·德·蒙泰朗的人而沾沾自喜,法语和翻译都算。我像一个刚刚改变信仰的人一样激动,因为我可以用外语阅读一般人不知道的东西,因为我加入了鉴赏家的行列。只有大二学生才会这样激动。J公交线如今还在费城来回往返,我相信就算我今天下午坐这辆车,也不会看见有谁在读德·蒙泰朗。费城就不是个读德·蒙泰朗的地方。

对亨利·德·蒙泰朗的作品非常熟悉当然是一种成就,但没人指望这么做会对今后的生活有多大帮助。快到二十岁的我和德·蒙泰朗的调情,很有可能和我跟保罗·莫朗、亨利·特罗亚、爱尔莎·特丽奥莱、帕特里克·莫迪亚诺作品的短暂交往一样,从此掩埋在文化的坟墓。这些才华出众的法国作家和蒙泰朗一样,不为美国大众熟知。不错,也许以后某一天我能随意说出这几个人的名字,甚至凑句妙语,开个话头——"我今天从不朽的埃尔维·巴赞那里选了篇文章讨论……","正如罗杰·佩雷菲特用他独到的视角准确地指出……"——但这些作家对我生活的帮助也就到此为止了。

但亨利·德·蒙泰朗是个例外。1972年我初到巴黎时,碰巧蒙泰朗去世。他在眼睛变瞎后拔枪自杀,开枪前还吞了一口氰化物,以确保稳妥。他的成年时代结束之际正是我的成年时代展开之时。那时候我住在一座迷人的寄宿公寓,房东是个毫无魅力的寡妇,我且在此处称为C太太。这里曾经是个私人住宅,有一座私家花园,坐落在街巷安静的一面,蒙帕纳斯大街再往南一个街区。不知从何时开始,它变成了一座寄宿公寓,住的都是说法语的加拿大护士,在最近的儿童医院实习。这些护士大多比我大五到十岁。她们对我有好感,喜欢我跟在后面当保镖,陪她们探索巴黎不大光鲜的一面;她们收留我就像拥有一个吉祥物。她们快回家的时候,甚至把没用完的地铁票留给了我。还没有哪个女人肯这么帮我忙呢。

某个星期五晚上,我回到住处,发现C太太坐在客厅,严肃地喝着她的草药茶,目不转睛地看电视。电视节目正装模作样地纪念刚刚去世的蒙泰朗。那时正是电视台的黄金时段,在美国一般被《脱线家族》[1]、《巴雷塔》[2]之类占领。我伸出头,用很差的法语(后来也没怎么好起来)一字一顿地问,能不能也让我看几眼。我主动告诉她,我在大学读过蒙泰朗的作品。具体说,就是《死去的皇后》。

这可怜的女人满脸吃惊,好像一根羽毛就能把她打晕。

C太太不怎么讨人喜欢。她话不多,面色阴沉,嗓音刺耳,

1　美国情景喜剧。
2　美国侦探电视剧。

发型严厉,态度傲慢,还养了只凶恶的小狗,名叫迪戈先生。她是我认识的第一个悍妇。她看起来像是那种很有商业头脑的法国人,对德国人在1944年夏天离开法国表示遗憾,因为纳粹总是按时付钱,比皮卡第[1]的妓女和邋遢鬼好多了。寄送公寓里的房客都怕她;她总是骂护士们睡得太晚,忘了关厨房灯(厨房几乎是在地下),夜里上下楼梯时高跟鞋的咔嗒声太吵。她就像她们的老妈,她们的姑奶奶,霸占了一家之主的位置。要是情况没有得到纠正,好像她就有权限制别人外出一样。

但C太太一直对我不错,出于什么原因我就不知道了。她当然没有充满母性的温情,但对待我也没有像对待她鄙视的西班牙、委内瑞拉的客人那样特别可怕。至于说法语的加拿大护士,在她看来就是荡妇学徒,下班后穿着迷你裙闲逛,乡下口音也叫她难以忍受。她真不喜欢那个自以为聪明的南斯拉夫警察。然而,不知道为什么,她不讨厌我。她给了我一个大折扣,让我刚到巴黎就租下了看得见花园的房间,一住就是一个月。那个房间是我那时候住过的最好的地方。后来,我心血来潮,在格勒诺布尔的一所大学登记注册,结果惨淡收场,上了几天课我又逃回了光明之城,重返C太太的寄宿处。见我回到马耶大街,她一点都不生气,还让我在一间看不见花园的小房间里安营扎寨,只需支付微不足道的十二法郎(折合美元就是两块四毛钱)一天。我于是又住了八个月,可以说是低预算的极乐境界。这个房间就是个大壁龛,和通风管相连,弥漫着从地下室厨房传来的气味,非常浓重,时而令人作呕。但是我就住在蒙帕纳斯大

---

[1] 法国北部旧省。

斯德哥尔摩综合症

街旁边,紧邻杜鲁克地铁站,这栋楼里住满了欢乐的法裔加拿大护士,家人经常邮寄 Du Maurier 牌香烟给她们,她们也乐意与我这个新世界的居民分享。所以,C 太太的寄宿处对我再合适不过啦。

猜也猜得到,我那会儿闹得有多凶,总是凌晨三点醉醺醺回来,之前不知道去了哪家夜店,清醒以后肯定找不到。有时候我连用钥匙开门都很费劲,拖着身子上楼梯,发出各种噪音。我日以继夜地听 Slade、T-Rex 这种激烈的音乐,有时候还把街上认识的姑娘带回我那邪恶的巢穴——这可是严格禁止的。有时候我都懒得带姑娘回来,因为我已经跟某个加拿大护士睡觉了——这就更不对了。更糟糕的是,我还是美国人,也就是野蛮人。但不知道为什么,C 太太就是对我睁一只眼闭一只眼,任凭我违反房客规章。我的粗糙、迟钝、不成熟并没有令她看不下去。不错,有一回夜里她是上楼敲了我的房门,要求我对房间里的尖叫声做出解释——楼下的秘密法西斯单身汉一直在抱怨。她肯定能从我堵着门的办法里看出来,有个身无分文、无处过夜的西班牙姑娘正抵着墙。不过她可能不知道这个姑娘是西班牙人,更不知道她身无分文。她并没有追究。如果换作其他人,早就被她扔上大街,和漂亮姑娘一刀两段了。但她没有这么做。

后来,我觉得可能是亨利·德·蒙泰朗的原因。

法国人读亨利·德·蒙泰朗是一回事,美国人读他的书可就不一般了。更别说年轻的美国人,知道他确切的出生日期,还充满耐心和尊敬地坐在客厅几分钟,听他的同行为他送行,而且看起来还对他的去世表示哀悼,实在不可思议。对付法国人其实很容易,只要时不时不经意说几句凯瑟琳·德纳芙[1]和拉瓦锡[2]的好话,你就胜利在望了。那个令人难忘的九月的夜晚,我向亨利·德·蒙泰朗致敬,引申开来也就是向法兰西致敬。上大学的时候,我没有算计着阅读蒙泰朗、向法国文学的荒野出击会给以后的我带来什么好处,但一切都很顺利。一次又一次,深陷居室危机的我,被亨利·德·蒙泰朗救了回来。

话虽如此,我从来没喜欢过亨利·德·蒙泰朗的作品。太阴沉了。恐怕费城J公交上的乘客还是有道理的。

* * *

住在法国的那一年,我做了一系列固定的日程安排,大多数和作家有关。我会用一两块钱买法兰西喜剧院最便宜的票,一周去看三次戏,指望莫里哀的幽默感能传染上我。戏院的墙上摆着一排排伟大的法国剧作家雕像——高乃衣、拉辛、雨果、缪塞以及一些知名度不太高的剧作家,法国之外知道他们的人不多。这栋楼沉淀着历史的韵味,恐怕还感染了历史的病菌,比如肺部病毒。1673年2月17日,莫里哀在法兰西喜剧院上演《无病呻吟》的中途咳血,当晚就死了。他和天主教会合不来——他的《伪君子》是对法国神职人员的猛烈攻击,当然没有取得教会的好感——后来被葬在了拉雪兹公墓,这也是博马舍、拉芳丹和阿波利奈尔的安息之地,更不用说奥斯卡·王尔德和吉姆·莫

---

[1] 凯瑟琳·德纳芙(Catherine Deneuve):法国女影星,被誉为"欧洲影坛第一夫人"。

[2] 安托万·拉瓦锡(法语:Antoine Lavoisier):法国化学家,被后世尊称为近代化学之父。

斯德哥尔摩综合症

里森了。真是个了不起的城市。

人在巴黎,就甩不掉名作家的影子。不管去哪里,都能看到他们曾经走过的踪迹。维克多·雨果在孚日广场的家提醒着你。万神殿街对面埋葬拉辛的教堂提醒着你。王尔德的去世地未来酒店提醒着你。楼房外,纪念保罗·艾吕雅、安德烈·不列东、乔治·桑的匾牌提醒着你。法国人崇拜作家,就像美国人崇拜全能球星一样。不管你在哪里转弯,都能找到以作家来命名的街道。不管你在哪里转弯,都能找到卖福楼拜、蒙田、拉伯雷所有经典作品的书店,而且还营业到很晚。法国书店和珠宝店看起来没什么不同;它们充满诱惑,使人惊讶、着迷。我很快意识到,巴黎是专门为作家而建的城市。名作家在巴黎写下他们的名作。名作家在巴黎的黑暗角落安息。名作家在巴黎成名。这种事不会在费城发生,也不会在美国发生。

我在巴黎那会儿,经常搞些和名作家有关的时髦小仪式。每个人都如此,每个人都有同样的仪式。比如有朋友从美国看你,你就要带他去花神咖啡馆(Café de Flore),这是战后重要的法国知识分子经常来的地方。去双叟咖啡馆(Les Deux Magots)也行,1946年2月某个异常温和的晚上,加缪曾在这里帮助萨特和西蒙娜·德·波伏娃发明了存在主义。你也可以把朋友们带到蒙帕拿斯大街,去圆亭咖啡馆(Les Deux Magots)、穹顶咖啡馆(La Coupole)或者多摩咖啡馆(Le Dôme)喝一杯柯尔葡萄酒。这几家店一直和海明威、F.斯科特、塞尔达[1]等迷茫的一代第一

---

[1] 赛尔达·菲茨杰拉德(Zelda Fitzgerald):斯科特·菲茨杰拉德的妻子,也是一位作家。

分队的人名连在一起。这些地方都贵得要死。如果一切进展顺利,你的朋友会埋单。要不然,一天生活费只有二十三法郎,其中十二法郎还是房租的你就只能饿上几顿了。其实,你是在重演《流动的盛宴》《在克里奇的平静日子》里的情景,如果情况实在糟糕,就是《悲惨世界》了。这样的经历令人愉快。作家、知识分子早就不来这些地方了——咖啡馆里都是观光客、装逼犯,打手枪的预科学校书呆子,还有你这种人——但是无所谓。你来这些地方是为了纪念过去的伟大作家。你不是在炫耀,而是在致敬。你甚至用令人愤怒的第二人称写作,因为海明威就是这么写的。参观这些咖啡店就像参观罗马竞技场。角斗士早就不在了,又有什么关系?他们曾经来过。但他们从来没来过费城。

我来到巴黎不久,就开始参观著名作家的坟墓。在蒙马特墓园,你可以纪念司汤达和左拉,虽然左拉的遗体后来被转移到了先贤祠。在拉雪兹公墓,你不仅可以纪念上文提到的莫里哀、王尔德、博马舍、阿波利奈尔和莫里森,还可以向格特鲁德·斯泰因致敬。还有伊迪丝·琵雅芙。还有伊莎多拉·邓肯。还有让-巴蒂斯·卡米耶·柯罗。还有奥诺雷·杜米埃。还有儒勒·米什莱。不仅有埃洛伊塞,还有阿伯拉德。蒙帕纳斯公墓最接近市中心,但可谓闹中取静。这里是居伊·德·莫泊桑和波德莱尔等人的安息之地(后来萨特、德·波伏娃、塞缪尔·贝克特和他的老婆苏珊娜也搬了进来,更别说布朗库西、特里斯坦·查拉以及菲利普·贝当长年忍受折磨的老婆安妮了)。我在大学读过莫泊桑的所有故事,很是喜欢,但波德莱尔的墓地更为壮观。它在墓园的角落,自成一格,诗人的石像庄严摆放。其上有个凶恶的怪兽滴水嘴,看起来已经陷入沉思,好像是在想什么已经在嘴边的话,可能是"正确的字眼"(le mot juste)吧。我几乎每星期都会造访这座墓地;似乎有志向的年轻作家就应该这么做。波德莱尔的风格其实对我没什么用处;我从来就没有对诗歌特别感兴趣过,他的作品又那么梦幻、神秘,像吸了毒一样混乱,原文读起来很困难。而且他还穿很蠢的衣服,但波德莱尔名气很大,文风出色,发明了诸如"愚蠢翅膀的风"之类的说法,所以我非常喜欢拜访他的墓穴。他还有个美好的名字:波德莱尔要比"柏格森"、"鲍德里亚"有意思得多,肯定比"贝蒂"好听。我至今去过巴黎三十多次,每次都会去波德莱尔的坟墓看看,估计我以后也都会如此。到了这里,我就想起了自己是怎么从费城低档的廉租房乃至从博爱城里走出来的。我在贵格城[1]的廉租房里长大,我周围没有人在意夏尔·波德莱尔,更没人关心《恶之花》。他们眼中的波德莱尔和让·季欧度、亨利·德·蒙泰朗都一样。都是法国人。砍掉他们的脑袋瓜。

* * *

我就这样在巴黎待了六个月,某一天我决定换一下眼前的景色。巴黎的二月是悲伤的,我的法裔加拿大女友回到了蒙特利尔继续生活,我知道我再也见不到她了,此时做点儿惊人之举也理所应当。我决定搭便车去法国东部,参观亚瑟·兰波的家乡吕内维尔(Luneville),从法语直译就是"月光城"。然而,这不是我的最终目的地,甚至都不是主要目的地;我还计划到德国

---

[1] 博爱城和贵格城都是费城的别称。

边境拜访大学同学。那个人主修法语,对法语简直到了崇拜的地步,特别喜欢先将来时。其实,他从小就对法国着迷。几个月前他去斯特拉斯堡的路上,曾在我的寄宿处停留,后来给我寄了张明信片,邀请我一起去阿尔萨斯—洛林玩玩。也可能就在阿尔萨斯玩。所以,我就上路了。

这是一场难忘的旅行。出门的那天早上下着小雨,并非适合搭便车的天气。但我在万瑟门摇了几分钟牌子之后,就有辆闪闪发光的福特老爷车停了下来。司机四十多岁,穿着粉红色连体装,戴着浣熊皮帽子,像是欧洲版的大卫·克洛科特[1],惨遭法国黑社会折磨,又出人意料起死回生。他戴着黑色太阳镜,虽然那天很阴沉,太阳都没露过脸。我看不见他的眼睛,但我看得到浣熊皮帽子和连体装。我还是上了车。我才二十二岁,白纸一张,尚不知世间险恶。

我很快意识到,这辆车有一种刚从装配线上下来的味道;里程表上也就几百公里。开车的人说着带德国口音的法语,名字我没听清,他把收音机锁定在专门播放诡异歌曲的电台,听着赫斯特·杨科夫斯基1965年令人费解的畅销金曲《黑森林散步》,诸如此类。这首活泼的德国乡村歌曲和他的装扮不相称。他跟我说,他是替住在法国东部的一个朋友送车,就在斯特拉斯堡地区。他没告诉我为什么。也没有就连体装和浣熊皮帽做出解释,更别提太阳镜了。他开车很快。那天雾蒙蒙的,我们走的几乎都是蛇形的两股公路车道,根本看不清前方五十码开外的东西。但他一整天都把加速器踩到底,超过开得慢的车辆。好

---

[1] 大卫·克洛科特(Davy Crockett,1786—1836):美国政治家和战斗英雄。

像他急着赶火车,又忘了自己其实有汽车。好几次我们都差点被前面过来的拖拉机拖车撞翻。还好汽车飞快加速,控制得很好,这个人的驾驶技术确实不错,我们得以躲过劫数。

我完全搞不清那天都跟他谈了些什么,但他确实给我买了份美味的午餐,那是在马恩河畔的沙隆一家设备齐全的小客栈。公元371年,匈人王阿提拉就是在这里被法兰克人打败的。此后这里看起来也没发生过什么。这还是我第一次吃兔子肉。我一边吃一边告诉我的恩主兼司机,我想去吕内维尔,因为亚瑟·兰波在那里长大。他问我亚瑟·兰波是谁,我说"法国的吉姆·莫里森",然后他又问我吉姆·莫里森是谁,我肯定说了"美国的约翰尼·哈里戴"之类,然后我们就没再说下去了。下午四点我们到了吕内维尔繁忙的镇中心,他让我下车,我跟他告别,他继续开车。我一直没忘掉他,但我也搞不清他叫什么名字,是哪国人,甚至我死也不知道那天我们说话用的是法语还是英语。但他那身连体装我记得清楚,这也合乎情理。我喝了几杯酒,去当地的旅游咨询处报道,才发现兰波的出生地根本不是吕内维尔,而是夏尔维尔,从这里往北还要五十英里。所以,我那次郊游完全是浪费时间。

旅行前确认目的地的重要细节从来就不是我生活的强项。多年以后,我开车横穿美国大陆,只在猫头鹰餐厅[1]吃饭,然后特别绕道几百英里去道奇城,就为了打电话告诉我儿子:"我想去O.K.牧场看看,但我得绕道出奇城才行。"可惜,虽然执法悍将怀特·厄普的石像不偏不倚就在道奇城的中心,埋葬枪手的

---

[1] 美国连锁快餐店。

公墓也在附近,但是O.K.牧场是在亚利桑那州的汤姆斯通,离这里几百英里。你以为我以前在吕内维尔的经历会提醒我提前确认这些信息,但我就是没有。

我是怎么从吕内维尔到了斯特拉斯堡,我已经记不得了。但我是在那天晚上到的,夜色尚早,而我的朋友却找不到。门房告诉我,他一个月前就打包回美国了,而且说好不会再回来。我后来才知道,迈克一到斯特拉斯堡就惊奇地发觉他很讨厌法国人。所以他回到了南泽西老家当房产中介去了,我后来再没见过他。结果,我只好在寒酸的学生青年旅社度过一晚。第二天,我花了几个小时逛斯特拉斯堡这个无聊的小镇,然后返回巴黎。真是一场失败的冒险。

不过,我仍然觉得兰波会因为我这场史诗般的无用的朝圣而感动。这位伟大的天才是有史以来最有影响力的诗人之一,但他的生活状况却糟糕透顶。听我告诉他神秘的驾驶员,和车祸悲剧的调侃,粉红色的连体装,浣熊皮做的帽子,兰波想必会开心。毕竟,兰波曾在比利时的一座火车站被他的情人保罗·魏尔伦打过一枪,曾经放弃诗歌,去非洲走私军火,疼痛的膝盖被诊断为严重的关节炎,后来才发现是癌症,于是三十七岁就与世长辞。所以,他的人生行程也有弱点。那天我可能会因为八辆车的追尾事故而丧命,但也值得,因为我死在去(被我错误认为是)法国东部兰波家乡的路上。要是我在去乔伊斯·基尔默[1]的新泽西老家的路上被一辆牵引式挂车碾成饼,我恐怕

---

1 乔伊斯·基尔默(Joyce Kilmer,1886—1918):美国诗人,新闻记者兼文学评论家。

会很生气。不过,如果我真要去乔伊斯·基尔默在新不伦瑞克的老家,需要在新泽西的收费公路上搭便车,我会走上一个穿粉红色连体装、戴浣熊皮帽和太阳镜的男人的车吗?我恐怕会放弃搭车,改坐大巴吧。

1973年那个下午之后,我也没去过夏尔维尔。

* * *

让我崇拜到五体投地的作家不多,波德莱尔显然是个例外,还有兰波,还有雨果,还有莫里哀,还有贝克特。还有其他一两个。通常,我会注意不要过分热情。比如,我不打算在刘易斯·卡罗尔写作《爱丽丝漫游仙境》的牛津的某间小屋里待上一个星期。我女儿的小学老师就这么做过。我不喜欢天热的地方,也不喜欢穿格子短裤的人,所以说,我虽然敬仰欧内斯特·海明威,却没想过拜访他在基斯的家,更别说他在哈瓦那经常去的沙龙酒吧了。我绝不会参加英格兰的各种甜蜜的文学旅行,报名者可以参观简·奥斯丁的坟墓、安妮·海瑟薇[1]的农舍、A.S.拜厄特周四晚上打牌的酒吧。我更不会加入铁杆漫游迷组织的横穿德国之旅,最大的回报大概是在少年维特最爱的酿酒厂喝上几杯,搞清楚他为什么有那么多烦恼。如果罗马尼亚也有类似活动——比方说,喀尔巴阡山文学漫步——您就甭给我寄宣传册了。同样,我对 C.S.刘易斯的住处、巢穴、家具、海泡石烟斗也没有任何兴趣。任何与《地狱来鸿》的作者有关的东西,都别来烦我。

---

[1] 安妮·海瑟薇(1556—1623):威廉·莎士比亚的妻子。

但我确实为了纪念冉阿让和沙威警长而参观过巴黎地铁。居然非常整洁,太令我失望了。我还在巴黎歌剧院听过几场音乐会,加斯顿·拉雪兹的《歌剧魅影》就设定在这里。我还有一次坐火车去勒阿弗尔,萨特在那里写下《恶心》;不过我是为了找未来的老婆才去的,不是为了确认勒阿弗尔是否令人恶心。我也参观过奥诺雷·德·巴尔扎克在巴黎的故居——事实上我去过好几次——但并不是因为我对巴尔扎克着迷。我就是喜欢那座房子。很漂亮,没什么装饰,后面有座空旷、可爱的花园。它坐落在时髦的十六区里一条安静的街道,走十五分钟就能到凯旋门和埃菲尔铁塔。这座房子现在已经是个博物馆了,有两个入口。巴尔扎克生前赚过不少钱,但花销更多,总有债主来找麻烦,所以只要听到有人大敲前门,他就急忙从后门溜走。有一回,两个头发灰白的讨债人在后门拦住了他,他辩称自己不是奥诺雷·德·巴尔扎克,只是个园丁。一个大腹便便、衣着考究的园丁。这一对讨债的还真是笨得可以。

有些作家的作品和他们的住处有关联——乔治·西默农、威廉·福克纳、A.E.豪斯曼、让·吉奥诺、艾伦·金斯堡,当然还有亨利·米勒、欧内斯特·海明威和F.斯科特·菲茨杰拉德——但是巴尔扎克不在其内。巴尔扎克的故居高雅、小巧、迷人、有品味,这些形容词没有一个能用来描述巴尔扎克本人。巴尔扎克是个肥硕的懒汉,吃了不知道多少牡蛎、蜗牛、巧克力泡芙,以及碰巧摆在餐桌转盘上的各种美食。他从不锻炼,每天喝成桶的咖啡熬夜,从不注意身体。因此,他也没活多久。给巴尔扎克验尸的医生说,他对自己的蹂躏到了令人发指的地步,饱受摧残,简直就是八十岁老人的身体。其实,他死的时候才五十一岁。

你可以从巴尔扎克的故居了解到,一位天才的作者和他写作的实体环境并不一定有多少因果关联。你参观名作家故居,得到的信息其实都是关于策展人、室内设计师和讲解员的。巴尔扎克的故居氛围轻松,装潢品位不俗。但是巴尔扎克本人既不令人轻松,也没品味。墙上挂着漂亮的卡通和油画,地上铺着美丽的毯子,后面有可爱的花园,整个房子确凿无疑地充满旧世界的魅力。但都和巴尔扎克毫无关系。

同样的情况也适用于和维克多·雨果、查尔斯·狄更斯、塞缪尔·约翰逊、塞缪尔·贝克特以及我最喜欢的查特顿有关的公寓、房屋、社区。你可以在他们的住宅参观,在他们的卧室转悠,检查他们的钢笔、打字机、印泥、辞典、装砒霜的小药瓶,但你对他们作品的理解并不会因此加深。作品也不一定能反映出作者的居住环境。作家写作时并不真的在巴黎或伦敦,他们住在自己的头脑里。贝克特居住在巴黎资产阶级气氛浓郁的区,并不是写作《等待戈多》最显而易见的场所;城市北边肮脏的无产阶级社区可能更合适。孚日广场没有任何能让你联想到《巴黎圣母院》的东西。但是雨果必须得在某个地方写《巴黎圣母院》,为什么不能在孚日广场呢?

在巴黎冒险之后的多年间,我继续在法国和英国参观作家的住宅,倒是没怎么在美国探索过。这大概是在法国和英国探索经济实惠,狄更斯、琼森、丁尼生、雨果、左拉、波德莱尔、科莱特、伏尔泰、萨特、阿波利奈尔、莫里森这些人都藏在伦敦、巴黎附近,但要想找到舍伍德·安德森、卓拉·尼尔的安息之地,不知道要开车走多少公里。至于埃德娜·费伯,还是忘掉算了。

她是被火化的,没人知道骨灰在哪儿。这么多年来,我想办法去了埃德加·爱伦·坡在弗吉尼亚大学的宿舍以及几个街区之外的埃德加·爱伦·坡博物馆,我还去了巴尔的摩的埃德加·爱伦·坡博物馆,费城的埃德加·爱伦·坡小屋,以及布朗克斯的埃德加·爱伦·坡小屋,但是我还没去过水牛城那家陈列埃德加·爱伦·坡手表的图书馆,不过那块手表已经在1906年6月7日被人偷了。我去过这么多地方,倒不是因为我特别崇拜埃德加·爱伦·坡,而是因为他和维克多·雨果、克里斯多弗·哥伦布、斯通威尔·杰克逊一样,似乎被埋葬在七十五个不同的地方。所以说,你要是有一天发现自己在俄亥俄州的斯托本维尔或者厄尔巴索,无事可做,你很有可能在都市区里发现某个埃德加·爱伦·坡博物馆,可以消磨几个小时。对于爱伦·坡这个没写过几本书,死得又早,一贫如洗,还烂醉如泥的作家来说,有这么多和他有关的博物馆,倒是个怪事。要是他当年认真干活,不要东走西逛,肯定会更有效率。不过,住在布朗克斯这种地方怕是不行。

爱伦·坡是对童年的我产生过决定性影响的作家之一。十二岁那年,我读了《过早埋葬》,然后便央求我的三个姐妹在我身上扎帽针,以确保办丧事的人钉上棺材之前我确实死了。我也很早就意识到《莫格街凶杀案》令爱伦·坡成为发明侦探小说的人。不过这不完全是个好事,因为侦探小说基本上都是胡扯,只有少数例外,甚至这些例外也难得称得上是货真价实的文学作品。爱伦·坡是货真价实的。他确实掌握了写作的秘诀。他对波德莱尔和象征主义者产生过重大影响,而且和波德莱尔一样,他也有个引人注目的名字。他属于弗兰克·扎帕、吉姆·贾

斯德哥尔摩综合症

木许、约翰·芬特这类美国人,被法国人过分重视,放在镀金的神坛上。法国人自己制作了一个平行的美利坚合众国先贤祠,由尖叫的杰伊·霍金斯、理查德·布罗提根、劳伦斯·弗林盖蒂以及切斯特·海姆斯所统治。这个先贤祠里没有罗纳德·里根、美国革命女儿会、菲丝·希尔以及全国运动汽车竞赛协会的位置。这个法国人发明的美国很适合法国人,却不适合其他国家的人,因为它不成比例、虚假、可笑。法国人把一小片面包变成了一整条。法国人就是这样。

我在新闻界的第一份工作是编辑一份单面大纸印刷的直邮杂志,名叫《山姆大叔》。这是一份爱国杂志,预算却少得可怜。为了每月出版一份杂志,我不得不使用便宜的图片,比如疯马山巨石模糊的照片、没素质的人在圣海伦斯火山岩石上的涂鸦,我们还坑蒙拐骗,使尽手段叫有才华的业余爱好者、公园管理员以及怀才不遇的家庭主妇出去为我们免费拍照。1982年春的某一天,我读到了一篇报道,说有个"鬼魂"自从1949年开始,每年都会参观爱伦·坡的坟墓,还总是留下三朵玫瑰、喝了半瓶的白兰地作为生日礼物。听起来像个圈内笑话。我打电话给博物馆馆长杰夫·杰罗米,请他帮我盯牢墓地,看看到底是怎么回事。他答应了,直到夜里十一点一刻都没发生什么事,他就休息了一会儿,找了点吃的。等他回来,发现那位神秘的陌生人已经来过又走了,留下他一贯的礼物。几天后,我收到了杰罗米寄来的照片,疲惫不堪的他站在爱伦·坡的墓碑旁,手上抓着半瓶白兰地。这张照片我还留着呢。我因此学到了干这一行的第一真理,在记者交不出稿件的危急时刻,普通民众总会过来解救,帮他完成任务的。这张照片就是显而易见的证据。

从那以后,杰罗米一直试图抓住这位访客,但一直没成功。他始终怀疑不止一个人或一个鬼从坟墓里爬出来,搞这个恶作剧。"人们都以为有个人过来为爱伦·坡敬酒,"他后来跟我说,"但我知道这不可能是一个人干的,因为我要是喝上半瓶白兰地,根本走不出墓园的大门。"

1998年之后,这位访客就没再来过。现在大家认为他已经死了,如果他是人的话;如果是鬼,就已经进入下一个轮回了。没有人能给出肯定的答案。这种情况下,最好还是不要知道真相,也不要在YouTube上看到针对这件事的恶搞视频。我们不知道1593年英格拉姆·弗雷泽为何要在供给室杀掉克里斯托弗·马洛,我们也不需要知道。我们甚至不知道供给室(uictuding wore)是什么。我们不知道为什么简·奥斯丁没有写完《萨克斯科堡的房子的华丽冒险和迷人传奇》。我们不知道约翰·斯图尔特·密尔愚蠢的女仆用托马斯·卡莱尔唯一一本《法国革命史》手稿点火时在想些什么。我们也不知道卡莱尔为什么没有好好保存他的手稿,或者在交给密尔看之前,问清楚他有没有脑子不好使的员工。我们甚至不知道写莎剧的是威廉·莎士比亚,还是某个从伊顿、剑桥毕业的家伙——在伊顿、剑桥上过学的人就指望我们这么想。我们不需要知道所有这些;知道了生活反而没意思了。要我说,我宁愿相信许多年来,每个冬天去上坟的就是埃德加·爱伦·坡自己的鬼魂,而出于某种原因,他终于玩腻了。爱伦·坡就是这样难以解读。

* * *

还有几位作家的故居我也去过:艾米莉·狄金森在马萨诸

塞州艾摩斯特的家；华盛顿·欧文在森尼赛德的家，其实只要顺着我在纽约柏油村的家门口走下去就到了。没有一个地方给我留下深刻的印象。它们不像是作家生活过、工作过的地方，看起来就简直是陵墓。华盛顿·欧文尤其戳到我的痛处，主要是因为《沉睡谷传奇》在本地引发的负面效应。据说，欧文是第一个被欧洲人重视的美国作家，但是他很快就被其他更激动人心的作家取代了，比如詹姆斯·费尼莫尔·库柏，以及更有才华的纳撒尼尔·霍桑和赫尔曼·梅尔维尔。我曾读到过，垂死的弗朗兹·舒伯特曾恳求他的兄弟出去给他买本詹姆斯·费尼莫尔·库柏最新的小说；至于华盛顿·欧文的作品，舒伯特从未提到过。纽约沉睡谷的居民们被误导了，以为欧文有多了不起，可以跟荷马平起平坐，真是精神错乱。

一百二十二年间，沉睡谷都被称作北柏油村，居民大多是工人阶级，当地还有通用汽车丑陋的工厂。但是1996年，一帮雅皮暴发户占领了这个村镇的时髦区域——菲利普斯庄园和沉睡谷庄园。不久后举行了一次公民投票，问居民愿不愿意将村子重命名为沉睡谷。老人们不肯，年轻人愿意。年轻人更多，包括从哥谭镇跑过来的投机客，因此北柏油村成为历史。在北柏油村长大的人们不乐意了。倒不是他们有多么反对这个名字诡异的气氛，而是他们觉得自己被剥夺了选择的权利。于是，老人们去世后，他们的家人会坚持在讣告上写明出生地为北柏油村，而非沉睡谷。沉睡谷用来做书本、传奇故事、整形外科康复中心甚至高中的名字都不错，但做村镇的名字就不太好了。更可笑的是某个头脑不好的开发商给河边圈起的公寓楼起的名字：伊卡博德之地。这个开发商应该知道伊卡博德·克雷恩是个没有好下场的笨蛋,死在了无头骑士手下。将美国的小区命名为伊卡博德之地,就好比将欧洲的小区命名为波洛尼厄斯新村、桑丘·潘沙花苑,或者尤拉·希普庄园。可能精明的雅皮士和他们的走狗房产商以为"沉睡谷"这个新名字能转移有意买房人士的注意力,忽略沉睡谷高中的学生有一半是少数族裔,这个村镇的主要街道周围都是厄瓜多尔人、秘鲁人、智利人、墨西哥人开的酒庄。

想得美。

柏油村本身也多少和文学有些关联。在这里,马可·吐温买了一座俯瞰这座村落的房子,名字就叫山顶(Hirlcoest)。他在这儿住了两年,或者两年中的一段时间,或者只住了一晚上,本地传说有各种版本,全看你信哪一个。不管怎么说,吐温跟地方税务评估员吵了一架,很快就把房子转手了。现在这里成了饭店。我从小就很钦佩吐温,正如法兰克·辛纳屈是我父母喜欢的歌手中我唯一一个不讨厌的人,《哈克贝利·芬》也是老师布置的作业里唯一一本好玩的书。四十多岁的某一天,我和一位朋友开车去康涅狄格州的哈特福德,参观马克·吐温的故居。我这位朋友就是哈特福德人,她迫不及待地想炫耀一下扬基州的明珠。用不了多久。哈里耶特·比彻·斯托的故居就在马克·吐温家隔壁。但是我们没能进去参观,因为吐温故居一游已经叫我们累得不行。哈特福德也是大诗人华莱士·史蒂文斯的老家,曾有文学杂志要他做下个人介绍,他说:"我是个住在哈特福德的律师。但知道这些既不好玩也没有教育意义。"他的老婆艾尔西·维奥拉·卡舍尔后来故意走路蹒跚,只为了缩短和她丈夫在一起的时间。但是,在事情变坏之前,她曾是宾夕法尼亚州雷丁最漂亮的姑娘,现在已经不用了的一角硬币上的自由女神就是以她作模特设计的。据我所知,这是唯一一个和再世的美国诗人有关、又因为美国的货币而成为不朽的事例。而这种事情在法国经常发生。

马克·吐温的故居阴暗、压抑。有不少漂亮的木雕,壁炉多得数不过来,但就是太阴暗、压抑了。你一进房门,工作人员就把你锁起来了,直接强迫你跟着官方讲解员走。还好,这位讲解员没有穿着白色套装,带着巴拿马草帽,浓重的小胡子下叼着根廉价雪茄。她要是这身装扮肯定不好看。不过她也不是令人厌恶的马克·吐温模仿者,整个下午都吐沫飞溅地说什么,"关于我的死讯的报道过于夸张了"之类的话。几年以后,我在哈特福德参加过一次晚宴,一个没良心的马克·吐温模仿者整个晚上都在凶残地折磨无力抵抗的客人。和我一起参加活动的朋友是个很出色的作家,他忍不住问这个人还会不会模仿其他作家,如果可以的话,能不能切换到亨利·大卫·梭罗、克利福德·奥德兹模式,甚至米兰·昆德拉也行,好让我们大家喘口气。但他说他不会,于是我和道格商量,晚宴一结束就到停车场里割掉他的喉咙。我们肯定不会被起诉,因为这是个没有受害者犯罪,警察肯定站在我们这边。可惜我们没胆量做下去,哈特福德只能默默承担后果。

那天的讲解员不是女版马克·吐温模仿者,也没有穿陈腐的古代服装(谢天谢地),她是个神情专注的中年妇女,反应有点迟钝。她感兴趣的与其说是马克·吐温,不如说是房子本身。实际上,我开始怀疑整个参观过程中,她可能连马克·吐温是谁都不知道。她貌似以为马克·吐温是个脾气暴躁的老傻瓜,因为把亚历山大·格雷厄姆·贝尔拒之门外而出名。贝尔为了某个神经兮兮的发明曾找上马克·吐温筹措原始资本,但被他拒绝了。这个老傻瓜之所以这么有名,还因为他死后留下了这座了不起的房子。这个房子没有什么了不起,倒是特别压抑。我们一边在房子里走动,她一边给我们出题,前面的房间里有多少宝贝?我们见过了多少扇窗户?多少把桌椅?多少块嵌花的石头?我们走到顶层,到了马克·吐温的弹子房,她突然直接问我:"我们现在看到了多少个壁炉?"

"两百四十七个。"我回答。

她摇摇头。

"不对。"她说。正确答案是七个,如果我没记错的话。她的语气略带失望,无可奈何,但并没有生气。她不觉得我尖刻、无理,居然说一座房子里有两百四十七个壁炉。她只是觉得我听到了错误的信息。

我忘不掉那一次在吐温两个小女儿的育婴室里的情景。大一点的女儿苏茜二十四岁时患上脊膜炎,而马克·吐温远在欧洲。不过,看见他父亲对这房子的装修之后,我都觉得奇怪她怎么活了那么久。她去世后,吐温没办法再在那座房子里生活了。他几乎肯定没再回过那间屋,也不难理解为什么。褪色的墙纸看起来毛骨悚然,上面画着著名的童谣情景。讲解员终于讲完了事先准备好的台词,然后转向游客,说:"你们肯定都记得那首有名的歌——青蛙先生去求爱吧?"

不记得,实际上,不是每个人都记得。

哪知道她接着就突然变成了细而尖声的女高音,唱了起来,把我们大家都吓呆了:

斯德哥尔摩综合症

> 现在青蛙先生去求爱,嗯,哼。
> 青蛙先生去求爱,嗯,哼。
> 现在青蛙先生去……

这样一直唱下去,直到这首小调结束。我盯着她的眼睛看,然后就在每个视网膜偏左的位置,我看到了敞开的地狱之门。我和其他人都被她吓得屁滚尿流,从此以后,作家故居的向导旅游活动我再也没敢参加。

* * *

不过,还有一回,仅仅待在一个作家的故居就把我吓到屁滚尿流。那次我受邀去俄亥俄州的哥伦布,在詹姆斯·瑟伯的故居做演讲。其实,几个月之前邀请方就跟我确认过,是否愿意在这位幽默大师的宅邸过上一夜。我说行啊,听上去很有意思的样子,但实际情况完全相反。我哪知道瑟伯的故居是一栋维多利亚时代的大楼,周围都是学院和文化机构,夜里一个人都没有。我更不知道那天晚上会刮七级大风。我在瑟伯故居的演讲很顺利,在当地文化中心的演讲也不错。演讲结束后,我在签名售书,两个年轻人走过来祝我生日快乐。我问他们怎么知道今天是我的生日,他们说他们什么都知道。而且,他们还给我带了礼物,一个用便利店包装纸捆起来的盒子,很轻。他们告诉我,我的《白垃圾,红龙虾,蓝泻湖》他们很喜欢——我花了一年时间在这本书里探索了美国的底层流行文化,想找到比《猫》更恶劣的东西——不过,他们觉得我对他们最喜爱的摇滚乐队"匆促乐团"过于尖酸刻薄,实在没有必要。所以,他们希望我能再给匆促乐团一次机会。我说我会考虑的,其实我都不记得匆促乐团是何许人也。

此后不久,我在凶残的雷阵雨中被送到了瑟伯的故居。东道主离我而去,就剩我一个人了。然后这座房子把我吓得不行。我看要是吸血鬼诺斯费拉图那天在场,也会被吓死。我老是听到楼上有脚步声,我猜大概不是幽灵就是专门搞恶作剧的捣蛋鬼。估计有一两个阴魂,能有好几头僵尸。睡是睡不着了,我下楼开电脑工作。然后,我十分愚蠢地研究起这栋房子的历史,才知道原来这块地上有座疯人院,1868年被大火吞噬,七个被收容的疯子就这么活活烧死了。1909年建起了现在这栋房子,不久之后就有个男的在楼上的洗手间里把自己的脑袋打开花。而瑟伯早在二十多岁就离开了哥伦布,后来几乎没回来过,甚至还把那个自杀者的故事写了下来。暴风雨整夜都没消停,我听着大风咆哮,等待某个超自然的东西从地下室爬出来,把我拽到地狱里,如果到不了地狱,大概会到辛辛那提。凌晨四点我才终于睡着,结果差点误了我八点钟去华盛顿的飞机。整理头天晚上的行李时,我发现了那两个年轻人给我的礼物。撕掉包装纸,里面是一张他们自己烧录的匆促乐团金曲,连歌词都打印出来了,从《汤姆·索亚》到《有工作的人》,真是长盛不衰的经典啊。于是,我有生以来头一回,真的感到心脏停止跳动了。我在瑟伯的阴暗的故居忍受了一夜非人的折磨,可是,假如我在灵魂的黑夜,还困在这桩凶宅的时候打开这个包裹,我不知道我可怜的心脏能不能承受得住这纯粹的恐怖。在闹鬼的房子里住一夜也就算了,在闹鬼的房子里住一夜的同时,还知道两个匆促乐团的粉丝就在外面的某个地方——他们知道我一个人住在凶宅,困在暴风雨中,尖叫也没人听得见——实在吓人,我不敢想象。

* * *

有一次和作家有关的旅程令我印象深刻,那是某个夏天在宾夕法尼亚州的短途旅行。我早早逃离了这个州,但又从未停止过对它的喜爱,就好比深情怀念的第一任妻子,本来可以成为完美的终生伴侣,要是她的钱更多就好了。钱是个重要的因素,近年来,许多缺钱花的美国人选择了"就近度假"(staycation)来消夏:在本地附近旅游,以节省开支。就近度假可以把你带到古柏镇、马纳萨斯,或者和不幸的女巫有关系的某个小镇。但你去不了马丘比丘或庞贝古城。

典型的就近度假是陶冶情操和购物的结合:你先去参观古战场或者博物馆,下一站是游乐场或者奥特莱斯。这些在我看来有些平淡。我给自己设计的是"拱心石州文学就近游"。我的目的地有雷丁,约翰·厄普代克《兔子》系列发生在这里;波茨维尔,多产的约翰·奥哈拉把五十多篇《纽约人》上的故事和他的几部小说设定在此处;还有斯克兰顿,1973年因《冠军赛季》而荣获普利策奖的杰森·米勒在这里长大。这三个地方距离我在纽约的家都不过两小时车程。我的想法是把乡土色彩和饮食、文化相结合,并且控制预算,全部在华美达旅馆过夜。在旅行的同时,我还计划重读这些作家的成名作。在我看来,这个行程棒极了。但到最后,我只能一个人走,因为我没办法说服我老婆甚至我的任何一个孩子和我同行。别说什么就近度假了,他们只想宅在家。

斯克兰顿是我的第一站。一开进小镇我就看见了那座被抛弃的初中,电影《冠军赛季》关键场景的取景地。接着我去了市中心的内安公园——出自中央公园、亚伯拉罕平原公园的园林师弗雷德里克·劳·奥姆斯特德之手——电影开头就是在这里拍的。之后我又花了一小时在北斯克兰顿肮脏的街道里晃悠,这本书写的主要就是这里。很有启发性,但我边走边想,心神不宁。其一,《冠军赛季》是一出悲观的戏,四个高中篮球球星取得了州比赛冠军,二十五年后又和他们的教练重聚,结果不太愉快。这几个人过得都不顺利——一个做了能力不足的政治家,一个酗酒成性,一个和最好的朋友的老婆外遇——这出戏在某种程度上也离奇地预言了作者自己的事业轨迹:处女作很惊艳,但《冠军赛季》的成功无法复制,从事演艺,以经典恐怖片《驱魔师》开局,以虚伪做作、缺乏想象力的《追梦赤子心》收尾,最后回到了斯克兰顿,在酒精的麻醉下去世,享年六十二岁。

我就想着这些事,在斯克兰顿走走逛逛。我的就近游的文化元素发挥得不错,但情感上有点令人沮丧。为了让自己振奋起来,我参观了蒸汽镇——小镇中心一座壮观的火车博物馆,我在这里还真的坐上了仿古的柴油火车,兜了一圈。只花了三块钱。就三块钱!完了之后,我又开心地走进对面的有轨电车博物馆,其镇馆之宝是费城公交局的街车,恐怕我小时候就坐过。可能是47路,要不就是6路。天哪,又便宜又好玩。那一天的末尾,我去卡西科咖啡馆吃了一顿完美的饭,然后又去拉克万纳站的雷迪森酒店喝了一杯。没想到《冠军赛季》里废弃的火车站现在成了一座光彩照人的饭店。到最后,我已经完全忘掉那出戏及其作者过早的失败是怎样令我郁闷的了。

第二天早上,我先走六号公路换了换口味,这条地方公路的终点是被人大大低估的宾夕法尼亚大峡谷。之后,我转向了西南方的波茨维尔。20世纪早期,波茨维尔有两样东西最有名。一是在这里长大的著名小说家约翰·奥哈拉,二是获得1925年国家橄榄球大联盟冠军的波茨维尔栗色队,直到最后,他们被诡计多端、有权有势的对手以卑劣的技术手段挤出了局。这里到处悬挂着横幅,纪念当年的家乡英雄。对波茨维尔的短暂访问告诉我,栗色队比小说家有人气得多。

"他是个被惯坏的孩子。"斯古吉尔县历史协会的负责人彼得·雅森切克博士告诉我。这个协会对纪念这位小说家不是太热情,只在书架上留了大概十本奥哈拉的书,没有一本书上有作者签名。奥哈拉也没怎么说过他出生地的好话,很早就离开,再也没回来过。我一直把车开到了马汉同戈街,以南特能古街之名一次次出现在奥哈拉的书里。我惊讶地发现这条街上有不少漂亮的房子。作者出生的房子上还有块匾。这个简陋的城镇没有艾文河畔诗人的气氛。毕竟,波茨维尔在战前是个卖淫业中心、煤矿王国,奥哈拉的书也差不多写得都是黑帮、酒鬼、赌徒、杀人犯、妓女、骗子、懒汉、发酒疯的医生、猥琐的通奸者和各种变态。没有哪个美国作家比奥哈拉创造了更多令人厌恶的人物。我上次数过了,没有。奥哈拉的父亲早逝,令他上耶鲁的梦想破碎,所以一直怀恨在心。仇恨没有随年龄增长而减轻。

"没人了解他,"雅森切克说,"他就待在马汉同戈街,太阳落山前从来不到镇上。他就喜欢写谁跟谁在乡村俱乐部调情。真是个怪物。"

看到斯克兰顿最有名的作家这么不受待见,我很难过。于是，我来到了当地一家餐厅品尝了非比寻常的巧克力奶昔，精神为之一振。加菲餐厅里都是加菲猫的纪念品——饰板、标志、钟、绒毛玩具，但这家店其实不是以加菲猫命名的，加菲猫也可算是个怪物吧。这家饭店的名字出自被迫害的烈士约翰·加菲。这地方挺不错，你是不会在奥哈拉病态、压抑的小说里找到这种欢乐的小饭馆的。如果《萨马拉会合》的主角朱利安会在加菲餐厅给自己买一块双芝士培根堡配薯条，就着巧克力奶昔吃，他可能会重新考虑在汽车里窒息而死的决定。他们家的巧克力奶昔就是这么美味。

雷丁是我旅程的最后一站。出于历史的准确性，我先去了希林顿，因为厄普代克在这里出生，并度过一段童年时光。但希林顿是平淡无奇的郊区。而雷丁是一座城市，虽然它最好的时光已经不再了——它最好的时光可能也没那么好——但城市，就算陷于困境，也比郊区有意思得多。雷丁最新的旅游景点是一座华丽的宝塔，建在城市边缘的一座山上，它的光彩和周围的景色不太协调。在《兔子，快跑》里，厄普代克将雷丁重命名为布鲁尔，用高档酒店代替了宝塔，但没有人上当。山顶在小说中一次又一次出现。象征着兔子无法到达的顶点，也是他无法逃脱的阴影。我觉得。

雷丁市决定在1908年建造这座宝塔，十分聪明。我去的那天，正赶上新加坡和日本来的游客在塔前拍照。他们毫不掩饰的喜悦也感染了我，我不再想厄普代克小说中的酗酒、失败、出轨，更别说兔子的老婆喝醉酒，不小心把她刚出生的孩子淹死的情景了。感谢上帝，不是每个人在雷丁都闷闷不乐。

拱心石州这一块还有个值得一看的东西。参观斯克兰顿大学时,图书馆管理员凯瑟琳·雷纳乔告诉我,她在 1982 年的电影《冠军赛季》里当过临时演员。"他们都是好人——罗伯特·米彻姆,马丁·辛——我女儿跟保罗·索维诺的儿子玩了整整五天。"她回忆道。雷纳乔又叫我去拉克万纳县法院边上的艺术广场。这座广场有献给各种斯克兰顿作家、艺术家的礼物——从吉恩·克尔到 W.S. 默温——但广场正中是杰森·米勒的半身像。其下写着:"我对我的根基无比骄傲……回到家,我才发现了你们真正的身份……你们是我的人。"走到雕像后面观察,我找到了雕刻家的名字。保罗·索维诺。

这个意料之外的瞬间是我整个就近游的顶点。斯克兰顿,这个在《办公室风云》里备受嘲弄的城市,建造了这么一个迷人的小广场,纪念一位因为舞台和银幕而不朽的老乡,当好莱坞对他施加压力,想在别的地方拍片时,他拒绝认输。广场上还有克里斯多弗·哥伦布、塔德乌什·柯斯丘什科和菲利普·谢尔顿的标准像。他们都是很棒的家伙,但没有一个是斯克兰顿人。谁都能立一座将军、爱国者、探险家的雕像,但立一座作家的雕像是需要想象力和格调的。这是法国人会做的事情。

* * *

地球上有些地方我们并不是特别想去,但去了之后发现还挺不错。斯德哥尔摩就是这么回事。我长途跋涉到冰封的北国,是为了制作一个广播节目,描述因为犯罪小说家而不朽的城市。斯德哥尔摩对应的是斯蒂格·拉森。我是朋友圈里推荐斯堪的纳维亚黑色小说的第一人,对亨宁·曼凯尔、哈肯·奈瑟、谢尔·埃里克森、阿克·爱德华森以及卡琳·佛森赞不绝口——卡琳·佛森是其中唯一一个挪威人——而别人还不知道他们的存在呢。我也是第一个为杰出的冰岛作家阿诺德·英德里达松摇旗呐喊的。我的朋友们很快就受不了我的敲敲打打了。在世最好的悬疑小说家之一住在雷克雅未克？少来这一套。

我最先知道北欧侦探小说是在90年代中期，在费城一家书店闲逛的时候。我跟店员说，发生在穆赫兰道、小意大利和雅致的英国乡村的故事我已经看腻了，在每一束樱草花丛后面隐藏着难以言说的罪恶。我请她推荐些更有异国情调的。

"试试看《里加之狗》。"她说。

我照做了。《里加之狗》听起来像是马丁·克鲁兹·史密斯的悬疑小说，但作者其实是瑞典小说家亨宁·曼凯尔。这部作品堪称一流，是以抑郁症患者、警探维兰德为主角的丛书的最新的一本。维兰德是个离婚的中年男人，他的女儿一团糟，他和年迈的父亲关系紧张，父亲的身体也不好。维兰德是个埋头苦干的警察，破案通常需要点运气。看了这样的描述，很难理解曼凯尔的作品为什么与众不同。

但是，作为莫桑比克阿维尼达剧院总监的曼凯尔，是一位才华横溢的作家，使用单调的悬疑小说形式来探讨瑞典社会的崩溃、老年的惨状、当警察的意义。在这一点上，他像极了法国—比利时小说家乔治·西默农，其梅格雷探案系列在悬疑小说的名人堂上仅次于阿瑟·柯南·道尔的福尔摩斯。《里加之狗》我实在喜欢，于是在接下来的几个月里买了曼凯尔的其他八部小说，看完了他所有的亚北极作品。之后，我又继续看他那些强大的前辈作家，麦·荷瓦尔和派·法勒。派·法勒1968年的小说《密探笑面虎》被改编成了无聊的电影,主演是沃尔特·马索。在接下来的几年里,我狼吞虎咽地读了曼凯尔数不清的门生抑或模仿者的作品:玛莉·尤斯黛特、延斯·拉皮杜斯、卡米拉·提克伯格。我甚至开始把瑞典犯罪小说作为圣诞礼物,送给同样爱好悬疑小说的朋友。它们比《没有个性的人》受欢迎得多。大家都觉得冷酷的氛围令人陶醉。大家都喜欢故事有时从杀人犯的视角来讲述。大家很快意识到,斯堪的纳维亚悬疑小说自有其独特的魅力。可以用反向的异国情调解释它们的感染力:无情的阴郁,对咯咯笑无法容忍,以及凶残的罪行——瑞典人真的很喜欢斩首、割头皮、开膛破肚、带纹身的躯干在不祥的湖面上漂浮。这一切令它们比油腔滑调,背景在博洛尼亚、本森赫斯特的黑社会故事要黑暗、吓人得多。瑞典人也不写传统的推理小说;他们感兴趣的是为什么会有人成为挥舞斧头的杀人犯。而之所以有这样的兴趣,主要是因为童年经历——他们在斯德哥尔摩充满恶意的街道上长大。

这些道德沦丧的文章基本回避了黑帮小说常见的主题,没有美国当代犯罪小说必备的俏皮话,这些都是受人欢迎的变化。维兰德不穿华丽的衣服,也没有眩目的私刻唱片收藏,他没有很酷的朋友,不是烹饪大师,对松露和葡萄酒也没有研究。他就是个旧式的警察,想搞清楚为什么被割了头皮、开肠破肚、画有纹身的尸体出现在大街小巷。曼凯尔的同僚、后辈们也是这么写小说的。他们笔下的人物一点儿都不酷。个个都是落魄者。

自从发现了曼凯尔,我就经常跟朋友们说,如果他们继续无视斯堪的纳维亚的犯罪小说潮流,损失就大了。结果只换来他们的嘲笑。他们一直忽视这一文类,直到《龙纹身的女孩》出版。然后,他们就怎么都看不够了。现在,所有人都跳上了来自维京的时尚花车。几年后,我回到了那家费城书店,想感谢那位向我介绍曼凯尔的店员,但是这个人根本不知道我在说什么。我在前面章节里就写过了,我的书店经历通常不太理想。

关于这个话题,我一直吵着闹着,后来 BBC 终于退让,允许我做个节目。这个节目是为了搞清楚一部或一系列犯罪小说究竟在何种程度上体现出其设定的城市的特点。我计划做一系列节目,但 BBC 一定已经看出来这是个骗局,我其实就是想去里约热内卢、东京等好地方旅游而已。所以他们只给了我拍两集节目的钱。第一个目的地是本国首都。我和一位昵称是死亡博士的退休联邦调查局探员交流。他是我采访过的人中最有意思的。我也在马里兰州的银泉市和乔治·佩勒卡诺斯进行了愉快的交谈,这位作家不遗余力地提醒我,虽然他无法否认他黑暗、暴力的小说捕捉了他的家乡华盛顿的精髓,但他还是真心喜欢那座城市的。

斯德哥尔摩完全不是这么回事。这座城市有时被描述为北方的威尼斯,但我一下飞机,并没有感觉它特别粗暴。它没有马赛、格拉斯哥、伦敦东部的戾气(双生杀手[1]曾在此称王),也没有纽约东部、洛杉矶东部、圣路易斯东部、费城西部吓人。肉眼看上去,它的危险程度和圣达菲差不多。我怀疑整个瑞典也不过如此,根本就不是什么吓人的地方。

---

[1] 即 20 世纪 60 年代双胞胎兄弟朗尼和雷吉,曾控制伦敦的黑社会。

等到我在瑞典着陆的时候,《龙纹身的女孩》掀起的狂热已经过度了;国家美术馆竟然专门辟了一块地方,陈列属于拉尔森书中人物的办公室,以前的策展人大概就是如此向斯特林堡和伯格曼致敬的。《龙纹身的女孩》卖掉了两千七百万本,平均下来,每个瑞典人有三本。在我抵达瑞典时,人们都上夜校学写斯堪的纳维亚犯罪小说了,还取得了惊人的成绩。局面已经失控。

除非你是个十足的傻瓜,否则类型小说最终会令你厌烦。吸血鬼、狼人、武士、鬼魂,你总有一天会看够的。甚至女妖精也会变得烦人。你肯定会看够克林贡人、魔法军团、黑暗骑士、圣殿骑士团,以及其他的骑士。这样的事情在我身上发生过,我对故事发生在异国的犯罪小说也失去了兴趣。这些书主要的卖点是其五彩缤纷的背景,而不是文笔或情节;有几个意大利、荷兰、巴西的作家比哈兰·科本、迈克尔·康奈利、丹尼斯·莱汉更会设计情节、处理节奏和悬疑?比埃尔莫尔·伦纳德更会写对话?比约翰·D.和罗斯·麦唐诺更会描述氛围?比雷蒙德·钱德勒更有文采?是达希尔·哈米特这些美国人发明了这种文类,而直到今天,也就几个外国人有希望和这些精英竞争。

说到底,艾丽西娅·希门内斯—巴特利特写的巴塞罗那警探小说没有什么特别之处,帕特丽夏·霍尔的约克夏侦探故事其实发生在哪里都可以。卡拉·布莱克的法国惊悚小说既不是特别惊悚,也不是特别巴黎,而且她的写作能力也不咋的。亚历山大·麦考尔·史密斯的善良的《女子侦探事务所》系列也没那么引人入胜;别出心裁之处只是把背景设置在博茨瓦纳而已。于是,异国情调的侦探小说在我眼里越来越假,为了包装无聊的故事采取的伎俩,出彩之处不过是某个古怪的地方。奥斯陆,特兰西瓦尼亚，或者老挝，扣人心弦的希瑞博士系列就在那儿发生。对，在老挝。

其实，我自己对北欧侦探小说也吹得过火了。多年以来，我一直告诉人们，不试一下斯堪的纳维亚的侦探小说家，他们就会错过很多好东西。但我没告诉他们，错过的东西并不是特别伟大。《龙纹身的女孩》写得很差，而且不管怎么看都是个窥阴癖色情书。说莉丝贝·莎兰德是女权主义模范也太扯了；她就是个有心理问题的反社会者。斯蒂格·拉森出现在正确的时间、正确的地点，迎合了时代思潮，但斯蒂格·拉森的写作水平和曼凯尔不在一个档次。更何况我对他们都已经失去兴趣了。我的六十岁生日眼看就要到了，再看这些东西有些说不过去。一生大部分时间里，我都很享受高水平的侦探小说——P. D. 詹姆斯、伊恩·蓝钦、鲁丝·伦德尔——但只是为了喘口气。我从不认为犯罪小说能超越其文类；它们可以作为高端的沙滩度假读物，但怎么都是沙滩读物。我意识到，自己已经不能再忍受笨手笨脚的中年警察和发型怪异的朋克青年以及瑞典连环杀手了。我现在要从后往前规划我的人生，实在没工夫在斯堪的纳维亚黑暗小说上浪费时间了。我在莉丝贝·莎兰德的纹身上花费的每一分钟，都应该用在奎奎格[1]的纹身上才对。

这是一个典型的事例，你发现了一个绝对美好的东西，然后每个人都加入进来，于是，这个你喜欢的东西变得特别流行，它已经受之有愧了，然后事情变得失去控制，你也不耐烦了。不过，我在瑞典还是有段难以忘怀的经历。那是一个下午，我去采

---

[1] 奎奎格（Queequeg）：小说《白鲸记》里的人物。

访一位负责和媒体打交道的警官。他想得很周到,安排了两位女警官陪同。我们就犯罪及犯罪小说谈了很久,很开心,然后他拿出了一个巧克力蛋糕,是为了我的访问特别购买的。我受宠若惊,告诉他,这种事绝对不会在纽约发生,更别说洛山矶了。我们的谈话快要结束时,两位警察提议带我在斯德哥尔摩市中心兜兜风。我们进了巡逻车,花了四十五分钟时间寻找久经沙场的罪犯。我们开到这里,我们开到那里。但不过是在白费力气,哪儿都找不到疑难的案件。我有点为他们感到遗憾,因为他们知道我是多么想找到婴儿杀手、新纳粹和嗜好斩首唱着歌的唱诗班少年的魔头。但我们连个小偷都没找到。最后,他们接到电话,说汉堡王店里有人打架,于是奔去了。我也上路了。根据我的经验,喜欢读斯蒂格·拉森、亨宁·曼克尔、亚克·艾德华森等等的美国人,要是真到了斯德哥尔摩寻找谋杀案、分尸案和残害案,肯定会大失所望。想达到最佳效果,还是待在华盛顿吧。

* * *

前一阵子,我去巴黎旅游,又一次造访了波德莱尔的墓地。我站在那儿,看着这座熟悉的坟墓,然后有个男的从后面走过来。

"这不是他的墓,你知道吗?"他说。这个人大约三十五岁,长得不错,显然是法国人。"这里只是个纪念碑。波德莱尔其实埋在他的家族墓地里,就在墓园的那一边。"

我对他表示感谢,和他谈谈天,聊聊伟大的、死去的法国诗人。然后,他提出要带我去波德莱尔的家族墓地。我不知道怎么回事,脱口而出,"那太好啦。"我琢磨着波德莱尔的纪念碑是不是法国人幽会的所在,或者我会不会被引到某个狡猾的墓地埋伏中,很快就丢掉钱包。但这个人看起来不像是坏人,坟墓的那一边走过的人也不少,于是我勇敢地跟在了他后面。我们来到了波德莱尔的家族坟墓,观察了一番,继续闲聊。

突然,一个六十多岁的女人加入进来,看起来好像是经常来扫墓的。她也对我知道波德莱尔是何许人而表示感动。她问我想不想看看马尔夏勒·贝当的夫人葬在何处。你说的是安妮吗?安妮·贝当?当然!谁不想看看呢?于是我们又走了起来,中途在康斯坦丁·布朗库西、让-保罗·萨特、西蒙娜·德·波伏娃、居伊·德·莫泊桑的墓前停留了片刻。我不仅知道这些人是谁,还读过他们的书,令同伴们感到诧异。好吧,其实我没读过布朗库西。

可惜,法国人坚持不了多久,傲慢的本性就暴露了。我们这个小小的队伍在墓园穿行,他们两个开始搬出越来越多的死掉的法国名人考问我,我一个都没听说过。新浪潮时代光芒四射的影星德菲因·塞里格在美国无人知晓,这怎么可能?啧啧。你没听说过备受尊敬的讽刺作家罗朗·托波尔?我的天哪。像你这样看起来见多识广的美国人居然对伊夫·穆罗齐的作品都不熟,他可是法国的沃尔夫·布利策啊!换句话说,这个小小的旅程结束之际,我已经被碾成了泥土,被当作是个挫败的半吊子法国迷,轻易丢在一旁,还想冒充专家呢,哼。于是,我又一次被高卢人以逸待劳的技巧打败,伸出头来,结果正好被砍掉。

但是,当这个女人指着吉赛尔·弗伦德最后的安息之地时,我想起她拍过一张照片,对象你应该猜得到,我的老兄弟、大救星——亨利·德·蒙泰朗。照片上的蒙泰朗很可怕,我以前也在展览上看过几次。这个阴沉怪异的老王八蛋就要这样的效果。

"我的天哪,这个家伙到底知不知道怎么下笔写字的?"我惊叫道,"我跟你们说,1972年9月21日是我生命中最悲痛的日子。自从在大学里读过《死去的皇后》,我就成了蒙泰朗忠实的粉丝。我跟你们坦白吧:亨利·德·蒙泰朗去世我实在太悲痛了,到现在都没恢复过来。当然啦,我估计很多人都是这么想的。"

看看他们吃惊的样子,好像用一根羽毛就能把他们打晕。

第七章

别的声音,别的房间

阅读的人生是一场没有地图的冒险,旅途中遇见的知音有时出乎你的意料。这些知音包括你的孩子。孩子生下来,绝不意味着他们会和你有同样的品味或价值观,就像你们不一定有同样的发际线。我的两个孩子没一个喜欢爵士乐的。我的儿子至今还没有对视觉艺术表示出任何兴趣。但他们俩打小就热爱阅读。如今他们已经长大,所以我们可以交换彼此关于阅读的趣闻轶事。比如,我们对高中课程安排与生俱来的厌恶。

我十五岁的儿子把《双城记》带回家以后,就一直咬牙切齿。这是他的暑假阅读作业。据他所说,对狄更斯的强行军枯萎了6月,毁灭了7月,摧残了8月。"这是最好的时代;也是最糟的时代……嘿,我说,二者必居其一,干脆点好吗?"他在暑期报告里这么写。于是,9月报道那一天,当他的老师告诉开会的家长们,我们才华横溢、热情满满的孩子们——和他们每个人在一起工作都非常欢乐——是多么热爱狄更斯,我就知道她在骗人。我不管其他的学生是怎么想的,反正我的孩子恨死《双城记》了。

几十年来,好心的教育学家一直在破坏孩子们的暑假,强迫他们读《蝇王》《美丽新世界》《红色英勇勋章》《愤怒的葡萄》这类小说。也许这些书是我们文明的基石,但他们显然一点都不好玩。美国人平均一年读书不超过四本的原因之一大概就是十四岁时痛苦阅读《呼啸山庄》留下的情感创伤。我就一直没能从阅读《还乡》的痛苦经历中恢复过来。不仅因为托马斯·哈代阴冷的视野、窒息的文笔让我觉得阴冷、窒息,还因为那是我头一回见识了老师无限残忍的力量。如果我的老师们还有一丁点儿人性的话,就应该在高中布置我们读《麦克白》《罗伯·罗伊》,或者恺撒的《高卢战记》,起码好心的杀戮会维持一会儿男孩子的兴趣。或者选《局外人》也行啊,郁闷但难以解读的文字也有一定镇静的魅力,会让孩子们愉快地读下去。但是,强迫我们写一篇完整的读书报告,此书的作者又是个从不允许一丝阳光撒进作品的19世纪作家,这种强硬手段无异于对多尔蒂主教高中全体学生的嘲弄。

"别跟我们耍花招,什么样的酷刑我们都做得出来。"他们似乎这么跟我们说。"只要你敢抱怨《还乡》有多无聊、多莫名其妙,明年夏天就等着读《德伯家的苔丝》吧。试试看,蠢货。"

离当年我被枪逼着向哈代投降,已过去了四十五年,但臭名昭著的暑假读书清单仍然存在,真是奇怪。这个社会已经抛弃了所有其他高尚的文化准则——我们那时候上学可不会穿得像刚值完夜班的黑手党——但为什么学生仍然允许成年人毁掉他们的暑假,强迫他们读《麦田里的守望者》这种毫无意义的花言巧语,或者《炼金术士》这种麻木心灵的媚俗小说?我不是说学校要求学生在夏天读书就一定是坏事:补充文化就像补充维生素,强迫要比放任来得效果好。我只是觉得奇怪,为什么在这个城里的高中用武器检测器查塞在口袋里的小手枪的时代,教育学家们还想让孩子们读《红字》。

但是,这个体系似乎还运转得不错。前阵子,我在我认识的高中生里开展了一次不太正式的调查,让他们评价过去几个夏天里读过的书。我承认我的调查对象不具有代表性,因为我拒绝跟沾沾自喜的文盲,以及发型和莉丝贝·莎兰德一样的女生说话。尽管如此,调查的结果还是令我震惊。虽说现在这些迎合学生的、大杂烩式的读书清单往往包括没有获诺贝尔奖的迪恩·孔兹,以及诸如《莎士比亚的怪异清理》《地球、我的屁股和其他又大又圆的东西》这类口水书,和我交谈的孩子们过去几个夏天读的书还是可以算作"好"书一类。不过他们没有因为这些书而激动得冒泡,委婉的辱骂词汇也不至于超过用"嗯,还挺好玩的"来形容《贝奥武夫》。但是,没有人提到过《还乡》这本仍然出现在众多阅读清单上的书。某位重返校园的老人家告诉我,她挺喜欢读《米德尔马契》的,虽然花了她整整一个夏天的工夫。

"但我很讨厌为每个章节写概述,以证明我读过,"她说,"《米德尔马契》有八十六章呢。"

我知道,您就不必跟我说了。

其他的学生没这么热情,但也承认喜欢老师布置给他们的书,要是能让他们安静阅读,而不是像验尸一般分析解读就好了。可惜像验尸一样读文章正是高中文学课标志。当然,也不能排除孩子们撒谎的可能,只告诉大人他想听的话,免得被其告发,因言获罪。但即便如此,我还是不得不佩服语文老师们努力达到的目标。他们有这样的理论:聪明的孩子总有一天会对《杀死一只知更鸟》这类无足轻重的说教小说腻烦,然后向更有点文化的方向发展,看看诸如詹姆斯·鲍德温、理查德·赖特、托尼·莫里森、伊希梅尔·里德的作品,至于没什么天赋的孩子,只要能让他读书,不管读的是什么,总比不读好。这样一来,类似《深夜小狗神秘习题》这种红极一时的故事、哈珀·李鼓舞人心但可能不尊重史实的小说(主题是最好的白人)成了娱乐和思考的桥梁,地位至关重要。我到十六岁还以为世界上最伟大的作家是阿加莎·克里斯蒂。后来我发现她不是的。我上高中的时候以为不可能有比《上帝保佑你,罗斯瓦特先生》更好的书了。哦,是的,有可能的。没有谁在喜欢巴尔扎克、普鲁斯特之前没经历过加缪;没有谁在抵达《白鲸记》之前绕过《老人与海》。

我最看不惯的其实是暑期阅读清单把伟大的书和愚蠢的书放在一起,讨好学生。好像大卫·科波菲尔和大卫·鲍尔达奇[1]属于一个档次。二流书可能会诱惑读者去读一流书,类似维纳斯的捕蝇草;但是烂书只能和更烂的书为伍。《五号屠场》是直接通向《战争与和平》的,《小红马》是直接通向《红与黑》的,《嘉莉妹妹》为《安娜·卡列尼娜》铺路,而《魔女嘉莉》为《狂犬惊魂》做准备。

不过,就连我儿子——后来在大学读古典学——似乎也意识到,暑期阅读总的来说是宝贵的经验。

"我很讨厌《双城记》,但读到最后我改变了看法,"几年之后他告诉我,"我不喜欢里面的人物,历史背景也是胡扯。但看到西德尼·卡顿被推向断头台,我赞道,哇,这个结局不错!读

---

[1] 大卫·鲍尔达奇(David Baldacci):美国畅销书作家。

第二遍的时候我真心喜欢这本书。"

"你还重读了《双城记》?"我大吃一惊,"你不是一直在抱怨这本书有多么可恨吗?"

"不错,"他回答道,"是没有《远大前程》好,但是最后二十五页很惊艳啊。"

儿子的坦白令我意识到,有必要重新评估我对暑期阅读的一切想法。四十多年来,我一直在诅咒高中语文老师出生的那一天,深信在《还乡》上花费的时间对我的精神造成了难以平复的伤痕。但是,如果我儿子的经历真实可信,恐怕我只是当年太小,不懂得欣赏哈代的天才吧。我下定决心要弄明白到底是怎么回事,便拿起了哈代充满乡土气息的杰作,再给这位多塞特郡的诗人一次机会。我一直读到第六页,眼睛被这句话点着了:

> 在从下午到黑夜那段时间里,就像现在说的这样,跑到爱敦荒原的中心山谷,倚在一棵棘树的残株上面,举目看来,外面的景物,一样也看不见,只有荒丘芜阜,四面环列,同时知道,地上地下,周围一切,都像天上的星辰一样,从有史以前一直到现在,就丝毫没生变化,那时候,我们那种随着人间世事的变幻而漂泊无着的感觉、面对无法压服的新异而骚动不宁的心情,就得到安定,有所寄托。[1]

到这里我决定把它送回书房。托马斯·哈代毁掉了我的少年时代;我绝不允许他再毁掉我的黄金岁月。

---

[1] 此处译文为张谷若译。

* * *

人与书的关系不是一生都不变的。年轻人长大后，可能会不再喜欢曾经深爱的作者。但是抛弃初恋这种事必须谨慎处理，要充满爱与尊敬。不能因为发现了路易斯·卡罗尔就把安徒生和格林兄弟丢进垃圾堆。这可不公平。

有时候，就算是最忠实的读者也可能不得不和他曾经非常敬仰的作家告别。这时，他简直就像在挑衅，想找个理由跟旧爱说拜拜。类似情况在我和亨利·米勒、约翰·奇弗身上都发生了，就连亨宁·曼凯尔都不能幸免。曼凯尔最近出的几本书都是混钱的。我把伊恩·麦克尤恩的《星期六》看了一半，突然意识到这本书里每个人物都令我反感。他之前的小说《阿姆斯特丹》和《赎罪》也是这个情况。我起先还将信将疑，但问了一圈朋友，发现他们的感受也和我一样。大家一致同意，麦克尤恩属于那种名声越来越响，作品就越来越差的作家。不知怎的，我想起了海明威在《流动的盛宴》里说的一句话："他最后也变得富有了，为了赚每一块钱用尽手段。"听好了，F.斯科特。麦克尤恩过去二十年里写的任何东西都无法和《黑狗》《时间中的孩子》或者《爱上陌生人》相提并论。麦克尤恩再装腔作势也没用。他以为自己是福楼拜也没用。

我没指望我的朋友们也有相同的看法。一直以来，其他人对书的看法并没有引起我的兴趣。但是，已到暮年的我也许应该准备好扩大我的阅读圈子，而不是一直维持只有一个人的状态。令我高兴的是，很多朋友都和我在同一站下车，我不喜欢的东西他们也反感。于是，我开始测试他们，实际上是在拷问他们。我把一份详细的调查问卷发给了七十五位朋友，借此了解他们的阅读习惯、梦想、热情，以及厌恶的对象。有没有书令他们难以忘怀？对书的趣味有没有影响与其他人的交往？不回答问题的后果我也警告了他们：电子邮件、电话、吐槽。收回问卷之后，我还唠唠叨叨地给他们写信、打电话澄清疑惑。他们的年龄大多在四十岁到六十五岁之间，虽然我也问了几个我孩子的朋友，不过对于他们的看法我只有那么一丁点儿尊重，对此我很难解释。我希望这个调查能尽可能科学，但显然是办不到的，因为问卷的参与者都是和我一样，爱书爱到痴迷的人，我故意忽略了普罗大众。

对于一些人来说，回答我的问卷肯定是个苦差事，像家庭作业一样干扰他们读书。通常，他们开头几个答案都很简略，我问"有没有书是你需要在死之前读完的？"他们一句"有"或"没有"就敷衍过去了，连书名都不提，而书名正是问题的核心。就算他们提到书名，也是类似哈尔多尔·拉克斯内斯[1]、伊丽莎白·库伯勒·罗斯之类写的东西，让我觉得他们完全没在状态。不过他们一题题答下来，迟早会找到感觉的。某个问题会一下子令他们头脑清醒，激发他们的兴趣，让他们一发不可收拾，大肆赞扬起《洛丽塔》《微暗的火》《庶出的标志》，好像被纳博科夫的市场策划商附了身。

最典型的回答来自这个问题："你有没有为了读书逃过班？"有，不少人承认，而且"要是多来几次就更好了"，另外一些

---

[1] 哈尔多尔·拉克斯内斯（Halldór Kiljan Laxness）：冰岛小说家，1955年获诺贝尔文学奖。

人说。有四个在出版界工作的人承认,他们选择这一行就是为了能在家看书,假装这是工作。我知道这意味着什么;有一回,我逃避工作一个星期,就为了躺在沙发上读鲁丝·伦德尔的小说,然后又接着看了三本她用假名芭芭拉·薇安写的书。我当时的工作令我作呕;我害怕去办公室。而我还是个自由职业者。

"有一次,我读《魔鬼女婴》太入迷了,居然让我老公一个人参加圣诞聚会。"一个记者朋友回忆道。

"在塑料工厂上夜班的时候,我经常为了看书而中断金属压力机的作业。"一个英国人补充道。此人最近刚拍了一部电影,关于道德上有疑问的宠物侦探。

"有没有逃过班我记不得,但我有一次为了看完书逃掉过葬礼。"一位我认识了四十年的女性朋友说道。一直以来,她都没意识到她最珍贵的财产就是她奶奶当年反复读给她听,直到"舌头打结"的《小红帽》。

"为什么你那次要逃葬礼呢?"我问。

"他们要埋的是我姨妈,我从来不喜欢她。"她回答。

"有什么特别的原因吗?"

"她老是讽刺我。"

"你还记得那天读的是哪本书吗?"

这个问题似乎把她难住了。

"19 世纪的。司各特,要不就是哈代。特罗洛普也有可能。"

"你那会儿多大了?"

"四十二岁。"

朋友们都能挑出那些以前喜欢,后来抛弃的作家。有些名字一再出现:库尔特·冯内古特、J.D.塞林格、阿娜伊斯·宁、杰克·凯鲁亚克、赫尔曼·黑塞、亨利·米勒,以及出现过两次的玛丽·雷诺。这个结果令我大吃一惊。没有人长大后就不喜欢莎士比亚了,这点不难理解。我有个画家姐夫,多年来我把八十七本不看的书送给了他。他说他喜欢《第二十二条军规》,但是约瑟夫·海勒的其他作品他都讨厌。其他人提到了阿尔伯特·佩森·特修、e.e.卡明斯等人的特殊情况:作者的某些经历多年后浮出水面,强迫读者重新评估他们和作者的关系。"约翰·多斯·帕索斯和厄斯金·考德威尔号召轰炸北越以后,我就不再读他们的书了,"我的一位法国朋友说道。他不仅是个画家兼博物馆策展人,而且自费出版大黄和大葱的历史之类引人注目的书。他还补充道:"遇到理查德·布劳提根的粉丝,就好像我们在讨论同一个亲戚一样。"究竟是出类拔萃的法国知识分子。

我的朋友中至少有一半人拥有所有他们喜欢的书,大多数人都保留他们小时候喜欢的书。

"我保留了所有喜欢的书。要是在书店里看到这些书的二手货,我就买下来强迫朋友们读。"一个在英格兰北部长大的电台制片人说。

"我收集了许多版本的《大鼻子情圣》。"一位作家代理人说。当年就是她劝我成为自由职业作家的,因而改变了我的一生。那会儿她在餐厅当服务生。要不就是哪个单位的客服。"我实在太喜欢那本书了,只要看到了就会买。"

"只要是我喜欢的书,我的书房里都有,"一位伦敦的杂志编辑说,"不过也有一个例外:《笨蛋联盟》我已经不会再有了,那个我看了好几遍的版本被我在单位弄丢了，我又不想再买一本不再有私人经历的新书替换它。"

"我小时候看的书都还留着呢，"我儿子说，"不过我才二十五岁，说哪本书影响我的人生这种话太早了。"

有没有人们觉得死前一定要读的书呢？哦，有的。一次又一次，《追忆似水年华》《尤利西斯》《芬尼根守灵夜》《魔山》《战争与和平》《卡拉马佐夫兄弟》《项迪传》《登勃洛克家族》《罗马帝国衰亡史》，鲍斯韦尔的《约翰逊传》《第三帝国的兴亡》和《米德尔马契》被朋友们挑出来当作有生之年想要攀登的顶峰，但他们怀疑自己可能不会这么做。也有几个人说了哈尔多尔·拉克斯内斯，但又一次被我忽略了。好几个人将《圣经》列为设想中可能会进行的长期计划，包括一位很有才华，写作双性恋情色小说的作家，以前是写忧伤的两部乡村歌的。我的高中摇滚乐团首席吉他手（现在是个心理学家）说，他很喜欢《旧约》，但觉得《新约》"愚蠢"。他的言论也不能全当真，因为他是姓哥德堡的。而且他还喜欢科幻小说，所以我不能理解为什么他会觉得《上帝之言，第二版》"愚蠢"。

朋友的单子上也有令人生畏的当代作品，比如《万有引力之虹》《荒野侦探》《奇鸟形状录》，这些或隐或现的城堡恐怕到最后也难以攻破。这是他们真心想爬的山峰，但真要去爬的话，他们需要向导。很多很多向导。大多数人列出了一到十本咽下最后一口气之前想读的书，也有一个人列了十三本，包括《普宁》《维多利亚名人传》《月光宝石》，以及维塔·萨克维尔·韦斯特的一些作品，没有写书名，还有一些很粗的分类，比如"所有普鲁斯特"，"所有格特鲁德·斯泰因"，"再来点儿巴尔扎克","再来点儿托尔斯泰","再来点儿陀思妥耶夫斯基,"维韦卡南达的全部作品"。她是巴尔的摩人,节奏跟一般人不一样。

没有荒岛书单的只有三个人。其中两个只说要是没有机会读乔伊斯和普鲁斯特,他们也不会很在乎。剩下的那个刚从阿富汗回来,干了一年的海军陆战队情报官员。这个年轻人说:"光是死就够我郁闷的了。"

我的问卷里还有这样的问题:"你看中几个人对书的意见?"

"两个,其中一个已经死了。"为了读沃特·司各特、托马斯·哈代或者安东尼·特罗洛普[1]而逃掉姨妈的葬礼的那位说。其他人说:没有。没有。有几个。没有。没多少。没有,特别是你,自从你吹捧什么冰岛作家,我就没再信过你的话。大多数情况下,他们还是会参考书评和朋友的建议挑选书籍的,不过有个图书管理员朋友坚持认为他需要"一个合唱团的推荐"。"什么合唱团?"我问他。

"就是合唱团啊,"他说,"就像部落鼓表演,你懂的。"

好吧。

一位艺术家朋友说她只会买封面漂亮的书。所以《圣经》就算了。我儿子对封面也有类似看法。这位艺术家的画很不错,我收藏了六幅。她也把封面漂亮的书画下来,比如《卡萨玛西玛公主》。都是很后现代的作品。

一位在教育出版界工作的朋友说,他从不和陌生人讨论书,

---

[1] 安东尼·特罗洛普(Anthony Trollope):英国维多利亚时代最成功、最多产的小说家之一。

因为这个话题具有"入侵性"。有几个人说,看见了相处愉快,想继续发展的朋友,就会先发制人,告诉人家自己读的书不多,从不接受任何人推荐的书。因为,要是让他们发现他们的朋友觉得《指环王》或者《哈利·波特》是严肃文学的话,他们就没办法和其保持友好了。

"我不得不和一位朋友绝交,就因为她非要我读李·查德,"一个做杂志编辑的熟人说,"我特别小心,从来不提到《美食、祈祷、恋爱》,因为我还想保留几位女性朋友。"

"要是我告诉他们,我是怎么看待他们对书的品位的话,我早就一个朋友都不剩了,"一位退休语言教师说,"个个都走光了。"

"我还没有因为一本书的推荐而跟人绝交的经历。"一位悔过自新的宣传界人士说。她父亲病重,以至于她不得不在佛罗里达州一个强烈反智的地区生活几年。就算用橙子州[1]的水准来看,这个地方也够呛。她在那儿加入了五个读书俱乐部,每一个都令她遗憾。"我不得不说,只要听到有女人极力称赞《魂断蓝桥》,我就能看见她的智商在我眼前跳水。"她回忆道。

"我以前有个朋友,和我有原则上的抵触,但是这个人推荐了一些非常棒的书,"一位和我的品味差不多的朋友说道,"我们的友情能保持那么长时间,就是因为我想经常看她推荐的书。不知道她这会儿在读哪本。也许是该和好的时候了。"

在讨论什么书会令扼杀掉刚萌芽的友谊时,安·兰德这个名字出镜率很高。我女儿有个朋友其他方面都不错,但不幸把

1　佛罗里达州的别称。

《源泉》列为其最喜欢的书。我警告女儿的这位朋友,即刻在Facebook上把这条删掉。不然,三十多年后,当她可能成为美联储女主席时,这个污点会被挖出来,洗也洗不清。同样的观点对于《阿特拉斯耸耸肩》也适用。

只有两个人承认在书上写写画画。

"不能在书上涂写,书是神圣的。"一个朋友断然说。她十六岁时读的那本《寂静的春天》至今还留着。一个曾给老布什写演讲词——没引起什么反响——的男性朋友表示反对。

"我在书上随意写东西,"他说,"约翰·亚当斯也这么做。你看过他给华盛顿的告别演说写的旁注吗?可好玩儿了,特别损。"

我姐姐艾琳也在书上写东西。她从事医疗保健工作,和我不同。不过我们可能都有同样的基因。

"如果书的编辑很差,我就会挑错,"她跟我说,"要是发现了严重错误,比如直接和前面说的东西矛盾,我会把它画下来,再写上粗鲁的评论。我不记笔记。看到写得特别好的句子,我会在头脑里一遍又一遍重复,读给自己听。"

书和生活中的其他东西一样真实:食物、事业、情感、现代舞。"我要是瞎了,我就不想活了。"一个年轻的图书编辑如是说。在她还小的时候,她家人就制定了配额制度,规定她必须坐在桌旁,和大人说上一段时间话,才能走开去读书。"我的曾祖母八十岁出头的时候双目失明,接下来十五年都无法阅读。她那时候总是告诫我们,不要变老,不要失明,一本书都不能读是最无聊的事情。"其他人说,要是他们在加沙地带突然看不见了,会有同样的感受。

"阅读提醒我,作为人意味着什么。"一个物理学家朋友说。

"只要翻开书,我就能过上四倍丰富的生活。"一个儿童文学作家说。"关于人、文化、科学、历史、政治、其他国家——老天啊,其他宇宙——我从书中学到的东西要比现实生活更多。改一句艾米丽·迪金森的话,没有一座航空母舰像书一样。"

"阅读给我希望。"一个记者朋友说。

"阅读意味着明天可能不会像今天这么惨。"我女儿说。

"阅读对于你意味着什么?"我问一个制作过关于阿富汗版《美国偶像》纪录片的朋友。

"意味着做人。"他回答道。

书对于我们的存在至关重要,但是也有随之而来的副作用。有两本书(至少是两个段落)我宁愿从未读过。一是《1984》快结束时的老鼠场景;大家都提到了这一段,包括一个很亲密的朋友,越战老兵,当年他的战友一早醒来,发现一只老鼠正坐在他脸上。我这个朋友在东南亚的住处也有个老鼠,在他的写字台里落户,后来被他用锤子敲死了。还有一段叫我受不了的,是村上春树《斯普特尼克恋人》里的插叙,说的是希腊自由战士阿塔纳西奥斯·迪阿柯斯在1821年受穿刺之刑而死的事。土耳其人还用明火烤他,折磨了三天他才死掉。村上没在书里写这么多,是我自己在维基百科上查的,结果不知道怎么回事,到现在都忘不了。要是他两天就死了,可能就不会令我如此记忆犹新了吧。奇怪的是,同一个作家在《奇鸟形状录》里的剥皮场景却完全没叫我心烦。

还有人分享了难受的阅读经历。一个女的说,七岁的时候她在一本《雷丁监狱之歌》里看到了描绘绞刑的木刻画,犯人的脚悬挂在空中,这个场面直到现在还挥之不去。她还读过一本书,写有女人和蜥蜴的情事,让她有一阵子很受伤。

"有没有书中的段落不断出现在你的噩梦中?"我问。

"有的,所以我恨杰西·科辛斯基。"我的姐姐艾琳说。

"薇拉·凯瑟在《少年保尔》里描述的家庭生活让我联想到自己的童年,那种感觉可不好受。"一个编辑朋友说。

"基本上是 MCDP–1 里的内容——海军陆战队教义出版物《军人》。"一个从阿富汗回来的年轻人说。

"《加普的世界观》里的事故现场。"一个女的说。此人拒绝阅读悲伤的书,想必也没有读完那一本。后来从事医疗账单行业,给我儿子安排了第一份工作的男的,发表了八竿子打不着的评论:"我老是想着《盖茨比》里的那句话,'于是我们奋力向前划,小舟逆流而上,不停地倒退,进入过去。'不知道为什么,我就是忘不掉。"

不止一个人提到,不同的阅读习惯或者不可调和的阅读品味,会导致婚姻亮红灯。

"我丈夫一回家要是看见我在读书就气得不行。"一个环保人士兼教师朋友说。她把自己说成是"书寡妇",不过叫她那个厌恶书的丈夫"书鳏夫"恐怕更合适。"他认为我应该好好过日子,而不是看其他人是怎么过的。他觉得我应该把注意力放在他身上,结果我读的那些书把他给比下去了。我应该早点儿跟他离婚的。"

另一个人也应和道:"看到我未来的丈夫在读《独自和解》的时候,我就应该知道,不能跟他结婚。"

"我不会因为推荐一本书而和某人断绝往来。"一个退休的纽约市区老师说,"但我的第一任丈夫真心喜欢《源泉》。嗯……"

总的来说,我的朋友们的品味和他们的配偶或伴侣的并不一致。如果一致,倒是怪事。

"听我老婆谈论书是我们三十多年在一起的乐趣之一。"一个从事教育工作的朋友说,他的职业要求他对什么话题都要了解,"但我和我的第一任妻子就是因为这个互相折磨了四年。"

"我是在莎士比亚课上遇见我丈夫的。"那个和我一起被关在马克·吐温故居的女的说。"有几个作家是我们都喜欢的:马克·吐温、奥斯卡·王尔德、塞缪尔·贝克特、詹姆斯·乔伊斯、约翰·契弗、格雷厄姆·格林。因为他喜欢,我于是就更喜欢了。不过,我还崇拜伟大的女性作家:薇拉·凯瑟、乔治·艾略特、伊迪丝·华顿、爱丽丝·门罗。我丈夫对女作家却一点儿兴趣都没有。可惜啊,推荐的路径只有一个:从他到我。"

就算如此,也很了不起了。

"我看中我丈夫对书的品味吗?"一个出版界的朋友问,她的语气充满怀疑,"你见过我丈夫了。"

我家的情况略有不同。我确实看中我老婆对书的品味,但我不想仿效。我老婆和我性格完全相反,对书的品味也很不同。这对于劳动力分工是很有用的。安东尼·特罗洛普交给她读,我就算了。就好比她一直在社区里义务劳动,把我的那份也做了。作为彻头彻尾的英国人,她有时候也读关于英属印度的书,有的是我给她的,我自己一本都没读过。她阅读的话题包括无所畏惧(可能还精神错乱)的探险家、难以治愈的疾病、伦敦助产士的困境,以及年轻的塞缪尔·贝克特,直到忧郁彻底在他身上驻扎。我老婆还是我认识的人当中唯一一个读过不止一本威廉·盖迪斯的小说的人——她竟然读过两本。有时候,她会跟我谈论阅读这些书的感受,这样我也就不用亲自遭受折磨了。从这种意义上说,她其实扮演了经验丰富、值得信赖的书评人的角色,向读者介绍《承认》《木匠的哥特式古屋》《巴切斯特传》《2666》,让他坐直身子仔细听,但又不至于想立马冲出门去买这些书,或者去读。

我老婆有个神奇的绝技,可以在枕头的支撑下,躺在床上看书——这项密宗奇术我从来未曾掌握。但是她从不推荐书给我,因为她搞不清我喜欢什么,她也不在乎。多年来,每到圣诞节她都会送我一本关于温斯顿·丘吉尔的书作为应急礼物——《无人知晓的丘吉尔》《可能是例外的、你的真挚的——老醉鬼》《为了团队而牺牲的丘吉尔》《危急关头有维尼!》——直到有一年她发现本地书店里所有有关丘吉尔的存货都被她买过了,除了《温斯顿·丘吉尔演说集》。于是她把这本书给了我。我喜欢温斯顿·丘吉尔这个人,我也喜欢关于温斯顿·丘吉尔的书——《英语民族史》我读过两次——但正所谓过犹不及,好事也能成坏事,这最后一卷丘吉尔书实在没啥意思。接下来的一年,我请孩子们充当使节,叫她别再买温斯顿·丘吉尔主题的书给我了,把钱用在更崇高的事业上吧:红十字会、儿童援助协会、没有丘吉尔的医生协会……从此之后,她就再没送过我圣诞礼物。

老婆偶尔也会读一本我推荐给她的书,但她喜欢的可能性不大。我觉得佩内洛普·菲兹杰拉德《金童》顽皮的魔力肯定能把她迷住,但她觉得这本书完全没意思,"有点儿太造作、太英国了。"我给她的萨尔曼·拉什迪的小说也令她失望,她对V. S. 奈保尔也同样无动于衷;倒是觉得加里·格兰特的一本篇幅短小的传记更对胃口,也是我给她的。我们结婚三十五年了,我强烈推荐的书中她喜欢的不过七本,算起来就是五年一本的频率。但是我买给她书,她似乎是喜欢的。这可能是因为我在买礼物时不辞辛苦,投其所好——换句话说,我几乎从不买自己喜欢的东西送人。每一年快到她生日了,我会去找某本她还没读过的安东尼·特罗洛普的小说,要是找不到的话,就买本亨利·詹姆斯不太出名的作品。我老婆是我认识的人中最坚定的乐观主义者,但是每天晚上关灯睡觉前她都要读上四十五分钟的亨利·詹姆斯。简直没法理解。

  我儿子和我对电影的品味一致——都喜欢有爆炸镜头的片子——但对于书的看法迥异。我们都喜欢关于亚历山大大帝、马克·安东尼、乔治·阿姆斯特朗·卡斯特的书,但在科幻小说上产生了分歧。我儿子极其喜欢关于外太空、平行宇宙、上古神话这些题材。当年没能把这个兴趣扼杀在摇篮里,可以说是我作为父亲唯一的过失。好几年来,他都竭力动员我看弗兰克·赫伯特的作品,说来说去都是实践是检验真理的唯一标准这句老话,"你不读怎么能说它不好呢?"我的回答是:"照你这么说,没有去内华达看过燃烧人[1]的,就不能取笑这个活动了。你可以想象得出你会多憎恨它。从你知道的事实上就能推断出来了。"我儿子还买了两套《沙丘》,实在惊悚。不过他也买过两

---

[1] 燃烧人节(Burning Man)是一年一度在美国内华达州黑石沙漠举办的活动,有数千人参加,他们在仪式上烧毁巨大的木质人像,作为一种自我表达的方式。

套《伊利亚特》。

"想在临终时看到自己的孩子事业有成吗?"那个逃掉姨妈葬礼的朋友说,"那就让他们看书吧。"

我女儿是个神经科学家,她对我想读什么书判断得十分准确。她经常送我关于科学、艺术、历史的书。科学类书都是容易读懂,面向外行人写的。她几乎从不给我小说。她就是这么小心谨慎。作为回报,我送给她诸如《家中丧事》《元素周期表》《彼得潘》之类的书,她经常在收到的当天就开始阅读。和我老婆的情况一样,我给女儿的书也是写得很好,读来津津有味,而我自己可能不会去读的东西。但是家里有人读还是挺好的。女儿最近向我坦白,她十一二岁的时候,曾经躲在床单底下,在夜里如饥似渴地阅读关于开膛手杰克、穿刺王伏勒德的书。我完全不知道。也许,从她在家制作的学生报纸《吸血鬼日报》上能看出些苗头。这张报纸的大标题很是刺耳——带木棍的男人——而且挂在我的书桌上已经十六年了。大概这就是她成为神经科学家的原因吧,为了能更为仔细地观察大脑,探究为什么其他方面都正常的十二岁女孩对东欧的刽子手感兴趣。

女儿在阅读上算是个折中派,但她讨厌图书馆:

"图书馆就像墓地,但没有一点墓地的好处,"她说,"我读一本书,那就是投资,不是借贷。你要是不想买书,你就是个蠢货。"

她也不明白,为什么会有人把自己特别特别喜欢的书送给朋友,真的期待朋友也会同样喜欢。好像这是张石蕊试纸,测试的结果生死攸关。

"我一次只买一本书,因为我想马上阅读,"她说,"我想在正确的时间读正确的书。我不想把书当宝贝藏起来。我不想看到别人送我书。每一次阅读经历都是私人的。你拥有这一时刻。它只在现在存在。指望别人也会有同样的感受是愚蠢的。"

我问女儿,阅读是不是逃避现实,她回答道:"错,阅读是逃避现实的反面。阅读是极端的内省,以至于你走出了自己,看见了自己的另一面。"我又让她列出有生之年看不完的书,她提到《白鲸记》《德伯家的苔丝》《芬尼根守灵夜》《卡拉马佐夫兄弟》和《罪与罚》,最后一本她已经试读过六次了。这五本里有四本也出现在我不指望看完的书单上。让我们来总结一下:她鄙视只借书、不买书的人,不喜欢别人借书给她,恐怕不可能读完《芬尼根守灵夜》《尤利西斯》或者《苔丝》,还有个买过两套《伊利亚特》的弟弟。我开始相信读书品味可以遗传了。

* * *

在我的六十五位亲密的朋友当中,只有两个不是书迷。其中一位是大学里的棒球明星,后来带领欧洲联盟得分。他坚持说自己读的最后一本书是《愿葬吾心于伤膝谷地》。我不清楚他是再没找到内容同样精彩的书呢,还是他实在太恨这本书,干脆彻底放弃读书了。但有一点我是知道的:运动员晚上回家累极了,最不愿做的事就是睡前看亨利·詹姆斯。而且,运动员也不需要逃到更精彩的世界;他们已经活得很精彩了。另一位朋友是我十三岁就认识的,就算别人给钱,他也不肯读书。我还真提出过给他钱,他就是不肯读。虽然我们的阅读习惯如此不可调和,我对这两位的喜爱还是胜过某些读乔纳森·弗兰岑、乔纳森·萨佛兰·福尔、乔纳森·勒瑟姆,以及各种名字里有"科尔姆"的人。书不能造就人,但显然有所帮助。话虽这么说,我作为疯狂的书迷,还是很想知道从来不读书的生活是什么样子。我问这两人,一个不喜欢读书的人有没有可能拿起书来读并享受这一体验呢?答案是不可能。我接着又问,阅读对于他们来说是不是折磨。答案是肯定的。其中一人解释道:"读好书就像吃丰厚的食物。你得肠胃好,不然可要生病的。"他说的可能有点道理。我突然意识到,阅读就像旅行。要趁年轻的时候养成习惯,不然不可能上瘾。

显然,只有爱书的人才能和我交朋友,除了少数例外。但也不是绝对的。年轻又没钱的时候,我以为读书可以把我从深渊里拯救出来,"知识就是力量"是我的信条。知识确实是力量。但我读书还有个不太崇高的原因:我觉得自己比初中辍学、当了工人的父亲更上档次。只要读了书,就会比像他那样的人好得多。我厌恶贫穷的懒汉,而那时的我又和他们一起生活。我当时并不知道,不是所有贫穷的懒汉都是自作自受,不是每个人都有机会每星期去波德莱尔的墓地走一遭。二十一岁住在巴黎时,我每周去马拉科夫的水果市场打工三天,这个小镇就在巴黎南面。几乎每个早上我都是醉眼蒙眬、硬撑着上班的,前一天熬夜喝便宜的葡萄酒,读莫里哀、巴尔扎克和纪德。我很快意识到,和我一起在水果市场工作的人没有读过莫里哀、巴尔扎克和纪德,而且肯定没读过萨特,但我很喜欢他们。

读书会让你比别人聪明。但不会让你比别人更好。我了解越战因为我读过书。我的朋友里奇不读书,他了解越战是因为他去过越南。帮我修车的没读过蒙田的散文,但他是很棒的机械师。我住的小镇上的警察从没读过约翰·米林顿·辛格,更没读过哈尔多尔·拉克斯内斯。至少,依我看不像。但他们是很出色的警察。

作为爱书人,最激动人心的经历莫过于被别人的阅读习惯吓呆了。看到一个人的阅读品味超越典型的人口学边界,我会大吃一惊,就像被雷击中。大学时,跟我约会的一个姑娘的父亲居然为了在家读柏拉图、波伊提乌和圣·托马斯·阿奎那而辞去了邮局的工作。这些书他也没看多少本,我也不太清楚看过的内容他理解了多少,但这个做法令人钦佩。后来,我为《财智月刊》写专栏,我的编辑三十一岁,搬到威廉斯堡之前曾和一群朋克族住在华盛顿的一座房子里。可能她自己就是个朋克。不管是不是,她反正算不上典型的《财智月刊》编辑。她的生活方式很另类。她读过弗吉尼亚·伍尔夫、安妮·塞克斯顿、西尔维娅·普拉斯、史迪威·史密斯,并为她们而痴迷。伊娃-丽思·沃里奥[1]的《幸福之花》、藤川尧[2]的《童话》和《棉绒兔子》这些小时候喜爱的书,她现在还保留着。她还读过米兰·昆德拉、《特兰奇默·塔加特的歌谣》以及玛丽·尼米埃的《沉默女王》。这些都在意料之中。但是她也读过所有的"尼洛·伍尔夫系列"。全部七十三本。雷克斯·斯托特的"尼洛·伍尔夫系列"发生在30年代的美国西部,主角是个肥胖的私家侦探,在曼哈顿西区的家(某赤褐色沙石建筑)种兰花,从不出门。替他跑腿的叫阿奇,是个粗人。这套书写于1934年到1975年之

1　伊娃-丽思·沃里奥(Eva-Lis Wuorio):出生于芬兰的儿童文学作家,后移居英属海峡群岛。

2　藤川尧(Gyo Fujikawa):美国日裔插画家、儿童文学作家。

间,我这位朋友在 1975 年出生。这套书的风潮已经过去很久了。我一本都没读过,虽然我喜欢看侦探小说。我姐姐瑞伊也没看过,自从十二岁看完阿加莎·克里斯蒂的《杀人不难》、《罗杰谋杀案》后她就迷上了侦探小说。我问了这位编辑,她是怎么喜欢上"尼洛·伍尔夫系列"的。她说,有个在男同性恋杂志工作的朋友介绍了这套书,结果她从此沉迷其中。后来,我们之间了解更深了,她告诉我,十二岁的时候,她的父亲被人杀害,而尸体一直都没找到。听起来可能是黑帮作案。这也许能解释她为什么会读侦探小说。但无法解释她为什么读雷克斯·斯托特。

如果能遇上一个默默喜欢某个作家的读者,而这个作家也是我默默喜欢的对象,那就太好了。这就像掌握了一串密码,也像在荒漠里发现水源。很难得。一个人的品味很容易看得出:《怪诞经济学》的读者,迪帕克·乔布拉的读者,《调琴师》《钢琴家》《钢琴课》《学钢琴》《钢琴玩家》《钢琴教师》的女读者:只要和辉煌的八十八个琴键有任何关系的书都拿下。更常见的是欢乐地阅读一百六十一万五千本关于亚伯拉罕·林肯的书的男人——《林肯在皮奥瑞亚》《林肯在托莱多》《林肯宾州六英里》《林肯在林肯》,还得算上《长得太丑,死得太早:诚实的艾贝的人生和时代》以及《除此以外,你喜欢那出戏吗,林肯夫人?》,更别说《为什么对于不以写作林肯为生的人,林肯仍然重要》,还有那些刚刚从国外翻译过来的作品——《铁人林肯》《公正的林肯》《老天啊,林肯先生!》以及《林肯,疯狂的生活》。

这些读者的习惯一成不变。一个喜欢《飞行员的妻子》的人也喜欢《时间旅行者的妻子》并不奇怪。但要是一个人的阅读激情完全出乎意料,就会重塑我们对人类的信心。这样的事情我就遇到过,多亏了我的朋友托尼。

托尼只比我大几岁。他曾在越南执行飞行任务,从海军陆战队退休以后,给小型公司飞机担任飞行员,把企业管理人员载到世界各地。我们隔一段时间会碰一次面,但长时间说话的机会不多,也就是每年一次的柏油村花园俱乐部舞会了,这个舞会是由我们的老婆们操办的。托尼和别的丈夫有所不同,他会对华盛顿局势、联邦赤字、《纽约时报》发表精辟见解。他是个保守派,但并不盛气凌人。他有悠闲的风度。他不时会发一封短小、漂亮的电子邮件给我,回应我在《华尔街日报》上写的某篇无礼的文章。我一直喜欢和他交谈,但从没有谈论过书。这并不奇怪,因为我很少和不太熟的人谈论书。但某个冬夜,差不多晚上十点一刻,花园舞会快要结束了,托尼看了看手表,说:"今天就到此为止吧,我要回家了,睡前还得看看西默农。"

我以为我听错了。

"你说的是西默农吗?"我问,"乔治·西默农?"

"对啊,"他说,好像这再自然不过,"我……"

"你说的是那个写了梅格雷探案小说的西默农吗?"我打断他的话,"法国人西默农?"

"他其实是比利时人,"托尼纠正了我,"老家在列日。"然后,我们的谈话便一发而不可收拾。原来,当年托尼在布朗克斯的曼哈顿学院报名上过演讲课,需要在课上就书或电影做口头报告。托尼就是从那时起迷恋上梅格雷探案小说的。五六十年代有不少便宜的英语翻译版问世。这一系列总共有七十二本,其中翻译过来的大概有五十本。西默农算是"伟大作家中其实不够伟大的"一类——不像托尔斯泰那样伟大——写过两百多本书。其中不少是心理悬疑小说,有些还发生在美国,有的好看,有的不行。西默农的十几部小说还被改编成了电影,有些还不错。托尼对非梅格雷探案小说没有特别的兴趣;太压抑了,他说。西默农的小说我已经读了一百本了,大多数都是关于不知疲倦的梅格雷的。这些书几乎都是一百六十八页:简明扼要,扣人心弦。西默农的作品进一步确定了我几十年来的信条,即,悬疑或惊险小说没有必要超过一百七十五页。阿加莎·克里斯蒂的小说短小精悍。鲁丝·伦德尔最好的作品都不长。超过两百页的悬疑小说都是渣。

四十年来,我都是用原文读西默农的,不仅因为这样读来更有趣,我还可以借此练习法语。西默农的写法直接,易于阅读。我之所以喜欢他的作品,还因为他描写某些社区、某个酒吧和街道的方式,令他笔下的巴黎几乎能触碰得到。他一再重复法语常用词——le comptoir, le bistrot, le demi, la terrasse——就算他用了需要你查字典的词,也不妨碍母语是英语的人猜出句子大致的意思。这和福楼拜大不相同,他那么执念于"正确的字眼",老是在法语非母语的读者面前设置障碍。对于我来说,梅格雷不只好玩,还是一种练习。

至于托尼为什么喜欢西默农,我就理解不了了。他不说法语;看起来对法国也没有特别的兴趣;除了 P. D. 詹姆斯之外,他好像对悬疑小说兴趣也不大。但是他就是喜欢梅格雷小说,甚至特别去了趟巴黎,就为了参观所谓犯罪河岸——梅格雷的警察局所在地。托尼还说他以后可能会去勒努瓦大道,那是梅格雷和他非常耐心、善解人意的老婆居住的地方。等一等,我在巴黎住过一年,去过光之城[1]超过二十五次,但是那天和托尼交谈之前,我都没意识到勒努瓦大道这个离巴黎市中心不远的街道是真实存在的。于是,下一次我去巴黎的时候,特意拜访了虚构的梅格雷侦探住了很久的街道。考虑到这个人沉闷的个性,看起来还挺像的。

我们后来又交谈了几次,托尼告诉我,他没把梅格雷当悬疑小说看,他喜欢这套书是因为他觉得自己和梅格雷很像。

"他不是福尔摩斯那种类型的,"他说。"他对花园里的脚印、窗户上的发丝没兴趣。他的书是心理学研究。他走过来,观察受害人的家庭,问问题。'你们结婚多久了?你一直忠于你的妻子吗?'他想知道刺激人们做事的东西。"

托尼还认为鲁波尔是梅格雷的分身。他补充道:"读这套书对我自己也有好处。我也在学习他看人的方式。我喜欢像梅格雷一样分析别人,这么做我可以进入别人的内心,了解他们。"

托尼已经退休了,不再当飞行员了,他现在开始学法语。他告诉我,这辈子只碰到过一个和他一样热爱梅格雷的——一位海军护士。我从没遇到过。我们成立了一个乔治·西默农互相钦慕俱乐部,低哈德逊谷分部。这是一个会员制的私人会所,难以想象还会有人加入。现在,只要托尼看到了法语版的梅格雷小说,比如《梅格雷和他的死亡》《梅格雷之旅》就会交给我。而我也留意新翻译的版本,以及再版的旧书,比如《梅格雷和无头

---

[1] 巴黎的别称。

尸》《梅格雷和被勒死的脱衣女郎》。我们的西默农主题午餐是我五十年来作为爱书人最有意思的事。我想,我得感谢我老婆。那一场花园舞会成了一段美好友谊的开端。

第八章

生命支持系统

1971年，彼德·奥图拍了一部名为《墨菲的战争》的影片。他在里面饰演一位商船船长，船只在委内瑞拉海岸被纳粹的鱼雷击中，他被一个脾气暴躁的福音传道者和一个法国的石油商人救了出来。这位石油商由无可匹敌的法国性格演员菲利浦·诺瓦雷扮演，当时他也刚刚脱颖而出。《墨菲的战争》由彼得·耶茨执导。在其漫长的职业生涯中，彼得·耶茨导演过不少好片子（《警网铁金刚》《化妆师》《告别昨日》），但是《墨菲的战争》算不上佳作。

几年前，我从伦敦帕丁顿车站上车，去斯特劳德拜访亲家。帕丁顿因为阿加莎·克里斯蒂的《命案目睹记》而不朽；在斯特劳德又经常能看见《萝西与苹果酒》的作者劳瑞·李在晃悠。总之，我在车上翻阅一份英国报纸，正好看到诺瓦雷的一篇访谈（一年之内，他就去世了）。这篇访谈是在诺瓦雷最新一部影片的现场做的。文章讲了什么我已经记不得了，但是访谈快结束的时候，诺瓦雷跟记者说，如果她在旅行途中碰到奥图，请向奥图问好，他会很感谢她的。记者问道，你们还是很亲密的朋友吗？诺瓦雷说，他非常喜欢和奥图合作，也很崇拜他的作品，但是自从多年前拍过那个片子之后，他们就没再见过面。但是每次只要接受英国记者的采访,他都会借机向他的战友问好,而每当奥图接受法国记者的采访,也会做同样的事。两人就这样隔着时间和距离保持联系。

这是我听过的最美好的故事之一。

80年代早期的某个星期六晚上,我和一位名叫克莱夫·菲尔伯特的朋友乘坐纽约地铁,从春天大街北上。克莱夫是现代艺术博物馆的图书馆长。那时候我在索霍区的艺术画廊上班,帮忙看店,以便店长腾出空闲招揽生意,可惜生意还是不见起色;我上班的第一天正赶上约翰·列侬去世,不是个售卖现代艺术的好兆头。这家画廊有个女店主,她父亲出演了迈克尔·凯恩的第一部影片——《祖鲁》。她外表惊艳,特别喜好使唤别人,很会穿衣服,说话非常刻薄。有一天,两个面目粗糙的男人走进画廊,一看就不是艺术爱好者。他们问萨利为什么不给钱让人运垃圾。她说:我没有垃圾。他们说:每个人都有垃圾。她接着说:我没有。他们接着说:别胡扯了,夫人。她又说:我才不跟你扯。我想怎样就怎样懒得跟你们扯。于是他们走开了。我一辈子都没遇到像她这样的人。有的人回话和对方一样巧,而她回得更妙。

我很喜欢那份工作,虽然我们什么都没卖出去。那时候在索霍工作激动人心,画廊、咖啡馆、充满异国风情的小店方兴未艾,取代此前的铸造车间和血汗工厂。空气中飘散着反主流文化调皮的味道。那是披头族[1]之后,都市浪人[2]之前的氛围。

---

[1] 披头族(Beatnik)出现在五六十年代,举止怪异、反抗常规,可以说是对垮掉的一代(The Beat Generation)的肤浅模仿。

[2] 都市浪人(Slacker)这个词因为1985年的电影《回到未来》而流行,指逃避工作、好逸恶劳的人,通常是受过教育的,也可能是一种反物质主义的姿态。

反讽的旗帜尚未飘扬。索霍区到处是活力四射的年轻人,举止虽怪却货真价实,值得给予最高的赞美,不是那种一开口就遭鄙视的人。但是三年之内,美国企业就以其特有的闪电攻击把这里完全毁了,索霍沦落为伪波西米亚地狱,哥谭的新希望镇[1]。

如果我没记错的话,克莱夫和我乘地铁是要去我在墨菲山公寓,观看麦迪逊广场花园进行的名人赛,吉米·康纳斯对约翰·麦肯罗。(我们那一晚喝得很多,我居然还能记得这些倒是怪事。)克莱夫那天心情不错,刚从传奇的斯特兰德书店买了不少书。斯特兰德书店以其三十五万七千英里长的二手书著称。克莱夫不像我那样对书精挑细选——他从没读过《堂吉诃德》《战争与和平》或者《情感教育》,但他读过很多我没读过的书。不少都和艺术家有关,通常都是怪人,比如雷·约翰逊。这个人有回雇了个飞行员,载他飞越某先锋艺术节的现场,让他从空中扔下几磅重的法兰克福香肠。他还想叫他所属的画廊为这次即兴的空运埋单。画廊婉言谢绝了。

克莱夫还对政治宣传册感兴趣,比如《穿破裤子的慈善家》这种又臭又长的书。我自己也有过一本,后来因为实在不想读,大概是被我放火烧了。他也喜欢《耳目一新》这种对贫农生活的动人叙述,作者是改过自新的共产主义者,荣誉退休的贫农F. C. 鲍尔。我对这些不感兴趣,虽然严格说来我也是城市贫农出身。那天晚上,克莱夫抓着满满一包从斯特兰德淘来的书。坐地铁我记得特别清楚,因为我们的购物袋扯破了,一打百威啤酒在车厢里乱滚。一旦我们快要够着,地铁就突然发力,于是我

---

[1] 新希望镇(New Hope):宾夕法尼亚州的一座小镇,以旅游业著称。

们奔来跑去,始终差那么一点点。同一车厢的乘客们觉得我们野蛮的努力十分有趣。最后,我们只好认输,告诉大家别客气,享受啤酒之王吧。接着我们又继续讨论书了。

他那天淘来的宝贝包括安东尼奥·葛兰西的《狱中书简》。我那会儿对葛兰西还不熟,研究了一番封底才知道,这个人在20世纪20年代这个最糟糕的时刻成立了意大利共产党,结果被墨索里尼关进了监狱。我对倒霉的意大利红色分子向来不感兴趣,但克莱夫大肆吹捧这本晦涩的家书(许多篇目深入哲学领域),以至于我开口向他借阅。我把这本书带回家,放在了同样挑动人心的书籍旁边。我那个晚上没来得及读,第二天晚上也没读,后来也没有读过。事实上,三十一年后的今天,在我码这些字时,它仍然在我的书架上占据着同样的位置,旁边是奥尔特加·加塞特的《大众的反叛》、帕特里克·怀特的《沃斯》、J. P. 唐利维的《巴萨泽·B 的野蛮的至福》、恩斯特·勒南的《耶稣生平》、托尔斯泰的《哈吉·穆拉特及其他故事》、卡米洛·何塞·塞拉的《杜瓦特家族》以及另外几本我一直丢不掉的书,尽管我怀疑恐怕这辈子甚至下辈子都不会去读它们。

至于我为什么没去读,我一直没搞明白。《芬尼根守灵夜》不好懂,《杜瓦特家族》是用我不会的语言写的,这都还好说。其他的书并不长,也没有哪一本看起来肯定会令人类神经系统停止运作,《沃斯》除外。但只要我一拿起安东尼奥·葛兰西的《狱中书简》,一看到封底宣传——"本书包含实用的索引,以及信息量丰富的分析传记介绍,帮助读者以历史视角来理解这位至关重要的意大利思想家",我就跟自己说:算了吧,现在还不是时候；我还是再读一遍《罗尔德·达尔[1]精选》吧（已经第九遍了！）。

克莱夫借给我那本书已经许多年了。我抽出时间读了成百上千本悬疑小说，情节都忘得差不多；还读了怀亚特·厄普和老布什的传记，以及不怎么重要的古怪书籍，比如《巴黎的下水道和管道工》《牙签》《橄榄》《铅笔》以及《厄恩·马利事件》。最后一本说的是"二战"后的一个文学恶作剧，其负面影响导致了澳大利亚诗歌倒退了一个时代，甚至更多。但是，这么多年来，我就是没空去读安东尼奥·葛兰西的《狱中书简》。

我想我知道原因了。每次看到这本书，我的思绪就回到了那个地铁之夜，时光倒转，克莱夫和我又年轻了。那次地下冒险之后没几年，我就彻底戒酒了。我并不怀念每夜酩酊大醉的时光，但我对那个晚上幸福的醉意并不后悔。现在，我要是无意中看到百威罐头，不一定会想到克莱夫或者那个晚上，但是当我看到安东尼奥·葛兰西的《狱中书简》像悲哀的哨兵立在我的书架上，等待迟迟不来的攻城战时，我眼前就会浮现出那些红白蓝相间的罐头在六号线车厢里欢快滚动的情形，我们的笑声也能听得见。所以，我不会和这本书说再见，尽管我并不会去读。只要以后还有读安东尼奥·葛兰西的《狱中书简》的机会，克莱夫和我就会回来，回到莱辛顿大道慢车[2]上。

我想这样的经历不会因为Kindle而发生吧。

---

[1] 罗尔德·达尔（Roald Dahl）：挪威裔英国儿童文学作家，著有《查理和巧克力工厂》、《怪桃历险记》等脍炙人口的作品。

[2] 莱辛顿大道慢车（Lexington Avenue Local）：即纽约地铁六号线，连接布朗克斯和曼哈顿，全线二十四小时都有慢车服务。

* * *

二十年前，我买下了纽约柏油村的一座小山丘上的一栋房子。哈德逊河景尽收眼底。这栋房子紧邻洛克菲勒家族的一大块空地，其祖传的洛克菲勒庄园离我们只有几百码距离。我从小在游手好闲的落魄者当中长大，买下这栋房子还真是很有象征意味。

这栋房子是一本正经的殖民时代建筑，有白色的尖桩篱栅，二楼有门廊，后院也挺大。但其实就是一个小平房，一个被美化过的农舍。前一任房主对其进行了笨拙的整修，想让它看起来更有气势，结果难以令人满意。厨房设计得十分愚蠢，正当中的岛台只能制造混乱。烤箱早就过时了，但是尺寸又很独特，除非拆去内墙，根本无法更换。起居室和漏风的车库相连，一年到头都有穿堂风，冻得好像来到了阿拉斯加。我们在这里居住了十九年，从来没想过整修房屋，对漏风的房间、阴暗的光线、喜歌剧式的炉灶做点什么。因为我老婆宁愿把时间花在带小孩、照顾社区的老年人和阅读特罗洛普身上。而我宁愿无视小孩和社区的老年人，把时间花在读塞万提斯上。买房的时候，我肯定自己会一直在这里住下去。

哈德逊的河景是看不腻的，但就算最令人感伤的象征体系也有崩溃的一天，如果有不同象征体系的人搬到你隔壁的话。就在我们买下房子后第七年的某一天，我儿子跑进门来，告诉我有一帮衣着奇怪的人正扛着测量仪器在外面的空地上闲逛。我们很快打听到，这处空地已经私下里卖给了一帮肮脏的开发商集团，他们计划在我家门后建上几十个大型豪宅。这意味着我们在这栋房子里的日子屈指可数了。我们对大型豪宅的憎恨还不如对里面业主的憎恨。一栋房子不管有多大、有多没品位,最多只能用丑陋来形容。但要是有人住进去,糟糕的可能性就无穷无尽了。

第一座预制板组合的城堡很快就在离我家两百码处的山脚、临近的沉睡谷搭建起来。我之前就说过,沉睡谷里住的都是唯利是图的雅皮,只要能提高计税基数,开发商在他们老妈的坟墓上修古罗马竞技场的复制品,他们也愿意。神奇的是,另外一半位于柏油村和我家相邻的地方的空地一直没有动工,首先是因为2001年经济衰退,然后是因为2008年更严重的衰退,到现在还没缓过来。与此同时,村子里做了一系列环境影响调查,暂时遏制了开发商罪恶的手。某天这家开发商破产了,真是大快人心。这段空当点燃了我的希望,也许修建工程拖延得足够长,美国人可能会醒悟过来,阻止施工队砍伐数百株树木,以独门独栋的筒仓来取代。这些人的灵感是威廉·特库姆塞·谢尔曼[1]和成吉思汗。这个国家的某些地区还真的对这些白痴大厦说不,但指望柏油村自己清醒是没戏的:它总是毅然决然拖后腿,敞开双臂欢迎粗鄙行径。

这块地最后落入了托尔兄弟公司[2]的魔爪,这些人无处不在、冷酷无情。大型豪宅终于动工了。我家后面的空地在落锤破碎机的轰炸下消失,我这才意识到我应该为卖房子做准备了。孩子们已经搬出去住了,正是缩小规模的好时候,可以趁机甩掉

---

[1] 威廉·特库姆塞·谢尔曼(William Tecumseh Sherman,1820—1891):美国南北战争期间以"魔鬼将军"绰号闻名的北方军将领。
[2] 托儿兄弟公司(Toll Brothers):美国房地产商,专门从事豪华住宅的开发。

一些我们不需要的东西。我首先清理了密纹唱片，然后是 CD 光盘，接着轮到清理书了。

这太痛苦了。书永远是我生命的一部分。它们一直是优秀的战士、志趣相投的伙伴。每一本书都经受过多年来数不清的清洗；每一本书都曾被叫到地毯上，对自己的存在做出解释。我收藏的每一本书都打过漂亮的仗，赢过生死较量，才有权利获得一席之地。一本书如果在那儿，就有在那儿的理由。

果真如此吗？我就真的一定要抓住没读过的《苏蒙基督教杂谈：有趣且丰富的收集——意想不到的冷知识》不肯放手吗？就没有办法说服我丢下《费城人读本：勾勒费城人队戏剧性历史的棒球文献总汇》以及《阉割：在监狱里的八个月》吗？我真有空去读马琳·乔伊·刘易斯的《欲望：双性恋情色文学》吗？我老婆再次查看《理解怀孕和生育》的可能性有多大？像我这种失落的天主教教徒，保留《未被选中的人：哈西德造反派的隐秘生活》还有多大用处？为什么《幻灯片：豪伊大街狂欢节》会在这里？再说，我真的不得不留着《哇—哇—哇—轰：炸弹壳、美女画像、性感女郎、派对靓妹》这种下流艳俗的书吗？

其实还真是这样。第一本书是我姐姐送的；第二本书是我妹妹送的；要是没有那本关于怀孕的百科全书，我老婆可能一不小心就生下笨蛋。关于哈西德造反派的那本书是一位女性朋友写的，她在我 1994 年拍的低成本影片里担任主演。熬过那次拍摄后，她成了四处奔走的记者。她写的书比我的电影好多了。亚德里安·杜·普莱斯合著了《幻灯片》一书，讲的是臭名昭著的温哥华股票交易所。这本书对我 1989 年在《福布斯》杂志上发表的一篇报道大有助益，而这篇报道最终导致该交易所破产。

事实表明,温哥华交易所是唯一一个在我的帮助下倒闭的交易所。《阉割》的作者是拉尔夫·金兹堡,一个进过班房的名人,正是他给了我第一份自由写作的活儿。也是在替他工作那会儿我和马琳·乔伊·刘易斯见了面,她笔下的双性恋色情故事节奏和打屁股一样快。我读过一遍,可能还会再读一遍。

这个单子上的最后一本叫《哇—哇—哇—轰》,是一位很亲密的朋友送的,可惜他死得太早。九十年代早期,我第一次来洛杉矶玩,艾德是《院线》杂志的合伙编辑,我听说过的娱乐杂志中就这么一份不是明目张胆给电影工业拉皮条的。星期六早上,艾德会出现在游泳池边,把他庞大的身躯摆放在椅子上,叫来多得可笑的食物,记在我的账单上。然后,他会用笑料百出的故事款待我,告诉我在他父亲1965年制作《这些在飞行器里的了不起的男人们》时,他是怎么捉弄詹姆斯·福克斯[1]的。

"你追不到那个姑娘,也你赢不了比赛。"有一天他这么跟福克斯说话。艾德那会儿不会超过十三岁。"你知道'重写'是什么意思吗?"福克斯叫人把这个早熟的小阿飞撵了出去。至少在艾德的记忆里,事情是这样的。

我总觉得艾德和我会一直保持这样的关系:他不要脸地半夜里打电话来,告诉我他开车去圣地亚哥看第十九遍《三面夏娃》;而我在圣母球场打电话给他,泪流满面地分享第一次看到耶稣触底得分[2]的激动心情。我以为,等我们老了,也会在酒店

---

1 詹姆斯·福克斯(James Fox),英国演员。
2 耶稣触底得分("Touchdown Jesus")是圣母球场的昵称。该球场附近的图书馆外墙上有一描绘耶稣复活的壁画,耶稣举起的手臂很像裁判表示触底得分的手势,故而得名。

的泳池边坐下,我再次听他讲他是怎么开着加长豪华轿车冲向洛杉矶国际机场,拯救在多伦多电影节上惨败的《天堂之门》的明星们,把他们快速转移到安全的藏身处、乡村的避难所甚至法国,远离新闻记者的视线。与此同时,我会告诉他我觉得约翰·马尔科维奇[1]就是"勇敢的心"老年的样子,并问问他的看法。可惜,艾德竟不终天年,四十九岁就败给了充血性心脏衰竭。如今,我对他的记忆永远和那几本荒谬的书搅在一起:《哇—哇—哇—轰》《赤裸裸的视频指南:如何在录像带上找到你最喜欢的男女演员的裸体》,以及《烂片我们爱》。最后,我决定放弃草率的史蒂夫·麦奎因、吉娜·劳洛勃丽吉达传记。但是《哇—哇—哇—轰》得留下。

这可不是大清洗的开门红。我硬着头皮继续,任务也没变得更容易。不知道怎么搞的,我竟然有三个版本的《伊坦·弗洛美》,而且我还不喜欢这本书。可以扔掉两本。第三本差点被扔掉的是一本破破烂烂的《火山下》法语译本。这部马尔科姆·劳里的经典之作我三十年前读过,但不是法语版。一天夜里我和我的大学法语老师聊天,四十三年来我们还是朋友。当年我能拿到奖学金去法国一年还得感谢他。这是别人为我做的最好的事了,对任何人来说都是最好的事。也是因为他的缘故,我永远都不会和快要散架的《谈话的艺术》说再见。这本土褐色的丑陋的书,没有多少有用的语法知识,但这是我们大二读法语的课本。我向汤姆解释我

---

[1] 约翰·马尔科维奇(John Malkovich):美国演员,导演。后面说的"勇敢的心"即中世纪苏格兰英雄威廉·华莱士。1995年美国演员梅尔·吉布森以此为题自导自演了华莱士的传记片。

的困境,到底要不要保留《火山下》呢?这本书究竟什么时候会派上用场?

"我还留着亚里士多德《伦理学》的法译版呢,"他说,"世事难料啊!"

问题在于,我收藏的每本书都会叫我联想到某个时间和地点,因为我每次买书总会把我的名字、购买的时间和地点写在封面内页上。所以,可以说我的书都是纪念品。我保留的书中有几百本经常重读的经典作品,还有一百多本是我十分尊重的朋友们送给我的,其余都是能引发我的联想的。比如那本法语版的《火山下》,不知道是谁把它丢在了卢尔德[1]的台球房,我就顺手牵羊了。如果这本书是在里尔的酒吧里捡的,我可能早就不要了。说不定我都不会去捡。但是卢尔德就不一样了。圣女伯尔纳德[2]会从坟墓里爬出来,天涯海角追住我不放的。帕特里克·怀特的《白鹦鹉》与之类似,这部短篇小说集是我和一个朋友在曼哈顿大街散步时,从一个垃圾桶盖上捡来的。而我几乎肯定不会再和这位朋友见面了。怀特总是让我觉得挺难办的;1976年夏天我就开始看《沃斯》了,到现在还没看完。《白鹦鹉》也很可怕,但它让我想起一段已经消失的友谊,而当年它又是多么充满生气。所以这一本也得留下。

做了几个星期艰难抉择之后,我决定数一下我的藏书里到底多少本背后有故事。结果它们都有。我在芝加哥买的书,我在李堡买的书,我在普罗维登斯买的书,我在哪儿哪儿哪儿买的

---

[1] 法国西南部城市。
[2] 圣女伯尔纳德(Bernadette Soubirous,1844—1879):出生于卢尔德的基督教神秘主义者,声称见过圣母显灵,死后被天主教会追封为圣人。

书。我得承认，不是每本书都因为文学质量高才留下的。《在你头上钻个洞你还能活下来吗？》和但丁的《神曲》我都有，因为这两本书是女儿送我的圣诞礼物。《冷酷军团：埃德加·艾伦·坡在西点》我也有，因为有个朋友叫我写书评，我发现这本书很有原创性，特别好玩。我还留着《安迪·罗迪克用平底锅打我》，因为我和这本书的作者成了朋友，他叫我为此书编纂一个幽默索引，而我借此取笑他和他奶奶打高尔夫球都输。比分差距还不小。这本书现在可以说是藏家精品了；有几个作者会把讽刺索引外包出去，聘请自由职业作家来写呢？

我经常出于特别的或者情感上的原因收藏书。格雷厄姆·斯威夫特的《日光》是一位英国朋友送的礼物，她曾和作者一起工作过。我不怎么在乎斯威夫特，但显然很喜欢她。况且这本书还有个神奇的段落："一切如何发生？我们怎样选择？某人走进我们的生活，没有他们我们就活不下去。但此前我们活得好好的。"

我保留的《炼狱之路》里有马克斯·艾伦·柯林斯的签名。某个下午，他曾在芝加哥市中心一家中餐馆里跟我说了两个小时艾略特·尼斯[1]的悲伤故事。此人离开风之城[2]前往湖边的错误[3]后就越混越惨。《激进政治时尚族　大反贪官矛矛党》我是在好莱坞西边一家酒店的屋檐下读的，那是我第一次在洛杉

1　艾略特·尼斯（Eliot Ness，1903—1957）：美国禁酒令时期传奇的联邦探员，在芝加哥带领绰号"铁面无私"（Untouchables）的团队执法，其事迹多次被改编为电影。
2　风之城（Windy City）：芝加哥的别称。
3　湖边的错误（The Mistake by the Lake）：俄亥俄州城市克利夫兰的别称。

矶过夜。半夜里酒店经理到我房间投诉,说我一直大笑,吵得楼下客人睡不着觉。于是我把这本书给他:"你读了就知道。"《戴珍珠耳环的少女》我是在希斯罗机场买的,此前刚和特蕾西·舍瓦利耶[1]录完广播节目;一同录制过广播或电视节目的人会变成一辈子的好朋友,因为他们曾齐心协力、聚合资源,避免可能发生的灾难。詹姆斯·克伦利的《跳舞熊》和《伸冤记》购自夏洛茨维尔[2]的一家书店,我儿子曾在那里工作过一段时间。这两本至少现在得留下。

出于同样的理由,我也没办法和《蓝色先生》《奥普·奥鲁普》《没完没了的巡洋舰的日子》《疯子的工作装》《再见,明天见》甚至《尤利乌斯·马兰士的哀歌》说再见,这些书都是一位朋友的礼物,而这位朋友突然从我的生活中消失了。还有阿诺德·班尼特沉闷的《五座小镇的冷酷微笑》《吉米·斯图尔特:轰炸机飞行员》,以及格哈德·杜赫-凡·罗森的宏伟著作《小时的历史:时钟于现代的时序》,这些都是朋友、以前的朋友、同事、亲属、我老婆给我的礼物。《创造性失眠》《行话的乐趣》《说谎大师》《愚者之名》《愚者之局》和《疯狂的 U》都是我的朋友们写的。这些书都不错,不过大多数人可能看上一遍就丢掉了。我不行。同样的情况也适用于奥克利·霍尔的《安布罗斯·毕尔斯和三珍珠》。这本书是我上回陪快要死的母亲去她最喜欢的赌场——南泽西的克莱瑞芝时买的。上次陪她去休闲国际赌场酒店,我买了路易斯·贝格雷的《海难》。最近我看见了那天

---

[1] 特蕾西·舍瓦利耶(Tracy Chevalier):《戴珍珠耳环的女孩》的作者。
[2] 夏洛茨维尔(Charlottesville):弗吉尼亚州中部城市。

大书特书

在《海难》内页写下的字：

> 乔·昆南
> 2005 年 1 月 18 日
> 偏偏在亚特兰大

于是，这两本购于南泽西的书要留下。

我很快意识到，"扬谷器行动"收效甚微。简直是闹剧一场。某天早晨，徒劳无功的大清洗可能进行到一半吧，我从后窗上看到道路尽头已经冒出了大型别墅的雏形。该来的终于来了。人渣就要搬过来，很快我们就得搬走了。但以我的一贯作风，我无法决定什么时候该走，或者说忍耐的底线应该画在何处。应该再挨一年，等我们正好在这座房子里度过二十年再搬走吗？还是根本不需要考虑这么多？我们该等到开发商在我们隔壁盖上哈利卡那苏斯[1]规模的丑陋大楼再搬吗？还是要等到二十四幢爱尔汗布拉宫[2]仿制品都建成了，开发商被迫退出，我们因为连锁反应而获益——买不起给暴发户造的房子，转而买下边上的房子，永远沐浴在它的阴影下？在我看来，一切都是谜。而我讲究实效的老婆说，我们应该等到想走的时候再走。可真帮了大忙。

不出意外，我想出了一个和书有关的解决方案。我决定，在我读完家里所有没读的书之后，我们就搬。这样一来，时间就限

---

[1] 哈利卡那苏斯（Halicarnassus）：波斯古城。
[2] 爱尔汗布拉宫（Alhambras）：建于 13—14 世纪的西班牙格拉纳达的摩尔人王宫。

制在,比方说,两年以内吧。但是这个行动很快就被我破坏了,因为我又去重读《爱到尽头》《万世流芳》《鼠疫》《劝导》等我已经读过好几遍的书了。于是,我把原计划改为,待我读完曾经令我在这栋房子里开心过的所有书之后,我就把房子卖掉。这个方案自然也要好几年才能完成。然后我又决定读完孩子们留在家里的书,包括《巴泽尔·E.弗兰克魏莱尔夫人混杂的档案》和《极地特快》,不错,还有《沙丘》。这个做完也要好几年,而且这些书都不好玩。我继续制订这些草率、不可行的阅读计划,直到我自己也不得不承认局面已经失去控制了。我自问,什么时候才能抽空去读《宿命论者雅克》?什么时候才是读 H.G. 威尔斯《世界史纲》的良辰吉日?我会有心情去读两卷版的《提香传》——而我只有其中一卷——以及《利文顿的河流:赞比西河探险史,1858—1864》吗?我这是在骗谁?我想出来的计划一个比一个蠢,这时我才突然意识到,书在我的生活中一直扮演着这样的角色——我并没有把书当作消遣,或者陶冶情操的工具,而是借此拖延不想做的决定。此时的我正是在用书来逃避现实。

迷恋阅读会损害人的身心健康吗?我想答案是肯定的。读书对我而言并不总是积极的体验。在书的影响下,我眼中的世界是歪曲的,像哈哈镜一样。正是因为我花了这么多时间看书,才没能撕碎连接一层到二层楼楼梯上令人作呕的地毯,没能重新粉刷餐厅破裂的墙面,没能更换那个糟糕的炉子(其中两个煤气喷口几年来都用不了)。一副漂亮的双联画在我的办公室凋零了四年,我就是没能抽出十五分钟时间把他挂好,因为我忙着读普鲁斯特。家里有个水池龙头两年来一直漏水,而我在忙着读塔西佗。我没空付账单、开发票、回电话，因为我的注意力都在书上。有一天，我意识到办公室里的落地窗已经十二年没洗过了。而更糟糕的是，我上一回清洗整个房子里的窗子还是克林顿第一次赢得大选的时候。这么多年来，我就把擦洗的任务交给了雨，而自己忙着重读普鲁斯特。有时也读托尔斯泰。这可不是过日子的办法。

某一天，我发现我家的高清电视、蓝光播放器和车库的门都打不开，实在受不了了。我决定严肃对待这个问题。在接下来的一个月里，我一页书也不读，最多看报纸。效果十分明显，我竟然坚持下来了，这在我生命里还是头一遭。没了书的陪伴，我异常坚定，买下了3D立体电视，清理了衣橱，挂起了双联画，重新整理了唱片收藏，更换了扬声器，买了笔记本电脑，买了智能手机，安装了新打印机，把三年前罗马旅行的照片洗了出来（那是我第一次也是唯一一次去那座城市），回了七十五个电话，付了我的账单。还和家人共度时光。然后我又回去读普鲁斯特了。直到现在，我家和办公室的窗子都没洗过。

最近，我读了一篇用心险恶的书评，评论的对象是一本关于电子游戏的书。书评的中心思想是，电子游戏比真实生活更激动人心，更令人满足，所以年轻人喜欢电子游戏而不是我们大多数人所说的"现实"，并不奇怪。书评人认为这种现象非常可怕，我也是这么想的：日落、恋爱、在斯古吉尔河边漫步怎么办？但是我想得越多，就越来越意识到我自己和书的关系与年轻人和电子游戏的关系其实十分相似。我开始疯狂读书的时候还是个孩子，住在保障房里，受制于酗酒的父亲，我和我的姐妹们的童年就是被他剥夺了。显然，我读书是为了逃离，姐妹们也如此,甚至我父亲也如此。我最喜欢的一些书——《金银岛》《诱拐》《双城记》《八十天环游地球》《血字的研究》——也是他最喜欢的。他也不愿意受冻、挨饿,过着苦不堪言的生活。要是那会儿有电子游戏,他恐怕也会玩玩看呢。

依我看,人从小时候起就发展出一套行为模式,或者补偿性的技巧来应对某种问题,但是,问题解决后,他也不愿意放弃甚至修改之前的做法。痛苦的保障房岁月过去了几十年,我还在如饥似渴地阅读着,日以继夜几乎不顾一切,因为现实——就算是新的、大为改善的现实——也绝不可能比书里的更崇高。所以,正如在电子游戏上浪费生命的年轻人被家长痛骂,我也应该接受批评,因为我花了大量时间读书,而把更为紧急的事务丢在一边。基督教令这个星球上的穷人精神振奋,所以才扎了根。阅读也如此。而且一旦上瘾——对书也好,对宗教也好——你就摆脱不掉。我的一生中,无数重要的项目在枝头死掉,就因为我一直忙于读书。直到三十岁才正视自己的事业,因为我一直忙于读书。我不肯和对我的工作有帮助的人交往,因为我一直忙于读书。当然,这些人都很恶心,这也是原因。但是长话短说,就算叫我重新来过,我还会走同样的路。东西没坏,我不会去修,这就是我的态度。实际上,就算坏掉,我也不会去修。

话虽如此,我如今也认识到必须停止把书当作延迟机制的做法,房子该卖还是要卖的。不然,十年后我会发现旁边住的都是被我鄙视的人,他们的车库够放七辆车,窗户是大教堂的尺寸,游泳池有拉脱维亚那么大;而我连动都动不了,因为《米德尔马契》还没看完呢。于是,我决定打包财物,卖掉房子,搬到一个可以让我装很多很多书柜的地方,让我在接下来的二十年赶上阅读计划。每个人都有长大的那一天,不都这么说吗。世上最糟糕的事莫过于此。

* * *

关于书有很多美丽而忧伤的故事。奥维德被放逐到黑海的死水处,他用当地野蛮人的语言写了一首歌颂他的仇人奥古斯都·恺撒的诗篇。这首颂词和所用的语言都已消失。荷马写过一首喜剧史诗,已经消失得无影无踪。洛佩·德·维加的一千五百部戏剧都不见了。埃斯库罗斯的全部作品几乎都在大火中毁于一旦,因为反文化的纵火狂在公元640年点燃了亚历山大图书馆。其实埃斯库罗斯写过八十部戏。唯一一部全集在埃及人手里,是他们从希腊借来的。结果只有七本幸存。

上述悲剧的描述出现在《失传书籍书话》一书中,这本美好的书不知道被谁从我的书房里偷走了。有了电子书,这样的悲剧不会再发生了。挺不错,但我还是更喜欢纸质书。对于我来说,书是神圣的容器。明信片、照片、音乐会节目单、戏票和火车班次表都是纪念品,而书是结缔组织。至少爱书人是这么看的。看得见摸得着的书定义了我们,正如中世纪的手写经卷定义了僧侣,他们把经卷藏起来,以免被野蛮人损坏。我们相信书这样的物件是有魔力的。

更喜欢电子书的人可能很难理解这种想法,甚至觉得我们傻。他们觉得纸版书仅仅占用了空间。这话不错,但是你的孩子、布拉格、西斯廷教堂也占用空间啊。我最近读到一篇文章,一位有名的科普作家认为,纸版书不重要,最多是种恋物癖。他说,书本"就像葬礼里的棺材"。虽然有这样的言论存在,我并不担心书的未来。如果在匈人、汪达尔人、纳粹和摩尔人的摧残下,书还能存活到现在,它们肯定不会怕有名的科普作家。有人会继续阅读、珍藏纸版书;有人不会这么做。一位朋友说,将来"书会越来越漂亮,纸张很厚,绑着丝带,装订很好"。珍惜书的人希望书看起来像宝藏。所以他们想要丝带。还有一个朋友说:"摄影发明了一个半世纪,人们还在绘画,因为绘画和生活的关系非比寻常。我想书也会有相似的命运。"第三个朋友说:"书会存活下来的。书在我们的DNA里。""纸仍然是伟大的科技。"第四个人说。第五个人比较忧郁,书会存活下来,"会有小众市场,有点像在中央公园坐马车。但不至于那么差"。

人们只有期望的份儿了。

我描述给你听的阅读生活令我心醉神迷,但我愿意承认,我这样的人都是疯子,可能比疯帽子[1]还要疯。我们发现了一种对我们有用的处世方式,但并不适合所有人。有书在手、在家、在口袋、在生活中对于我的幸福永远至关重要。我是不会买电子阅读器的。它们对于我毫无用处。几乎看不清的女友的笔迹不会惊喜地出现在 Nook 上。褪色的埃菲尔铁塔门票也不会从 Kindle 里掉出来。我是个勒德[2]分子,并引以为傲。

我听过一个故事,说的是一个男人爱上了一个住得很远很远的女人。他们很少见面,但是经常互赠礼物。她送给他书,他回报给她唱片。她送的书不是随意选的,每一本都有寓意。通

---

1 疯帽子(Mad hatter):《爱丽丝漫游仙境》里的人物。
2 勒德分子(Luddite):19世纪初英国捣毁机器的手工业工人。

常不是出自很有名的作家,不是他会给自己挑选的书,但每一本无一例外都很美,很鼓舞人心。他通过这些书认识了未知的世界。作者有日本的、荷兰的、阿根廷的、越南的。有异国情调,奇怪且美妙。她一共送给他四十七本书,他除了一本之外都读过了。收到书后,他会慢慢来,并不急着去看。看完之后,他会把书放在架子上,天天看它们,每天拿出来摩挲几次,因为只要碰到书,他就能感受到她的存在。这些书是一段恋情的编年史,佐证了两个人的爱有多深。

人生不如意十有八九,两人的恋情也渐渐暗淡。他们相隔太远,情感疲劳来临,他们还有别的事情要做,热情已经不再。他们有时也通电话,但并不愉快,因为在电话上说的都是朋友间无关紧要、机械式的闲聊,而他们在一起时说的是恋人间的神秘语言。有一天,她写信说,不愿再和他相见,这段感情结束了。她不会再给他打电话;她也不会说"再见",因为"再见"是最残酷的词。她从他的生活中消失了。他再也不会见到她。她再也不会送书给他。

他既生气又失望,他的心碎了。他觉得遭到了背叛。他把她送的所有书都放进纸箱,藏在地下室。他一时冲动想把书送出去,甚至销毁掉。但他打住了。这么做是不可能的。

时光飞逝。他再没听到那个女人的消息,他的愤怒也慢慢消逝。爱过了失去了,也比从没爱过要好。他在哪本书里读过这句话。某一天,他跑去地下室,把书扛上楼,又放回了书架。他根据热恋时收到书的日期把书重新排序。然后,他又按顺序重读这些书。他读了关于武士的书,关于注定要下沉的船的书。他读了关于围棋手的书,关于慈悲天使的书,关于探险家的书,关于蚕宝宝的书。他就像当年一样喜欢这些故事。他会一再重读,直到他死去的那天。他知道他再也见不到那个女人,但这些书会把她烙印在他心上。

唯有她送给他的最后一本书他一直没读完,说的是一个男人追求一个神出鬼没的女人的故事。他开始读书时正是恋情结束之际,还没读到第十页就收到那封致命的信件。他合上了书,决定永远都不打开了。因为只要他还没读到最后一本书的最后一页,他一生的挚爱就不会完全走出他的生活。只要他不读完那本书,就还有一份等着他的礼物。好像这份礼物是属于未来的。好像这份礼物是属于过去的。

用 Kindle 就不会有这样的故事了。

* * *

杰奎琳·卡威尔,我最要好的发小的母亲,生命中最后六年是在柏林度过的,和她女儿还有德国女婿住在一间公寓。她的身体很虚弱,唯一能让她兴奋的就是偶尔去趟公共图书馆了。正是在这六年里,杰奎琳的心脏越来越差,但她读了两千本书。两千本。她真把书当作了生命支持系统,拼着命去读书。

我父亲的故事也差不多。父亲和我关系并不好,但我们都非常喜欢读书。他下葬那一天,我最后一次去了他狭小的住处。三个塑料垃圾袋就能装下他的全部财产,这也是他僧侣般生活的隐喻吧。他拥有的东西不多,留下的也不多。走进他的公寓时,我发现冰箱里没有吃的,墙壁上没有艺术品,只有一个接触不良的磁带放音机,没有电视机。但是那里到处是书。关于圣人的书,关于牛仔的书,关于罗马人的书,还有一本关于巴斯克维尔猎犬的书。还有很多类似历史上的今天的书：林肯、约翰·菲茨杰拉德·肯尼迪、野比尔-希克科、耶稣去世的那天，世界上发生了什么。他的人生慢下来，死亡越来越近，他把不需要的东西都丢开了。电视上的东西对于他无关紧要。挂在墙上的任何东西也不会对他产生什么影响——照片、油画甚至十字架。但书对于他还是重要的，年轻的、充满希望的他，没有被酒精拖累时的他也是爱书的。书给了他成就事业的希望，让他休息得更安心。他的书让他坚持从未实现的梦想。书并没有帮他成功，却减轻了他失败的痛苦。

人类利用阅读来拖延不可避免的东西。我们通过读书向天空挥动拳头。只要还有这些史诗般的、无法完成的阅读计划在前头，我们就不能咽下最后一口气：叫死亡天使迟点儿来吧，我还没看完《维莱特》呢。我觉得这就是书给人类最好的礼物。每个生命就算再精彩，结局都是悲惨的。我们崇拜的人会去世，我们喜欢的声音再也听不见。书却告诉我们，未必如此。简会跟罗切斯特结婚。伊莱莎会衬托西蒙。冉阿让会比沙威活得长。皮普会娶艾斯黛拉。坏人会被打败，好人必将胜出。只要还有美好的书等在那儿，我们就有机会调转船头找到安全的港湾。希望还是有的，用福克纳的话说，我们不仅会活下来，我们还会得胜。希望还是有的，我们会从此过上幸福的生活。

致谢

本书作者感谢下列朋友的帮助:瑞克·科特、劳拉·迪丝岱尔、凯尔·戴维斯、弗朗西斯卡·贝朗格,特别是凯特·克兰。本书作者同样对其妻弗朗西斯卡·斯宾纳深表谢意。本书的一部分曾以不同形式刊载于《纽约时报》《华尔街日报》《洛杉矶时报》《GQ》《纽约杂志》《旗帜周刊》,以及多伦多《环球邮报》。

图书在版编目（CIP）数据

大书特书／（美）昆南（Queenan,J.）著；陈丹丹译．
—北京：商务印书馆，2014
ISBN 978-7-100-09557-0

Ⅰ．①大… Ⅱ．①昆… ②陈… Ⅲ．①随笔－作品集－美国－现代 Ⅳ．①I712.65

中国版本图书馆CIP数据核字（2014）第116512号

所有权利保留。
未经许可，不得以任何方式使用。

大书特书

〔美〕乔·昆南 著

陈丹丹 译

商 务 印 书 馆 出 版
（北京王府井大街36号 邮政编码100710）
商 务 印 书 馆 发 行
山 东 临 沂 新 华 印 刷 物 流 集 团
有 限 责 任 公 司 印 制
ISBN 978-7-100-09557-0

2014年12月第1版　开本880×1240 1/32
2014年12月第1次印刷　印张8.125
定价：39.00元